悄吟文丛

古耜

主编

第三辑

张映姝

空白之地

著

中国言实出版社

图书在版编目（CIP）数据

空白之地 / 张映姝著. —— 北京：中国言实出版社，
2024.1
（悄吟文丛 / 古耜主编. 第三辑）
ISBN 978-7-5171-4737-4

Ⅰ. ①空… Ⅱ. ①张… Ⅲ. ①随笔—作品集—中国—
当代 Ⅳ. ①I267.1

中国国家版本馆CIP数据核字（2024）第015288号

空白之地

责任编辑：郭江妮　邱　耿
责任校对：宫媛媛

出版发行：中国言实出版社
地　　址：北京市朝阳区北苑路180号加利大厦5号楼105室
邮　　编：100101
编辑部：北京市海淀区花园路6号院B座6层
邮　　编：100088
电　　话：010-64924853（总编室）　010-64924716（发行部）
网　　址：www.zgyscbs.cn　电子邮箱：zgyscbs@263.net

经　　销：新华书店
印　　刷：徐州绪权印刷有限公司
版　　次：2024年3月第1版　　2024年3月第1次印刷
规　　格：787毫米×1092毫米　　1/32　　10.75印张
字　　数：207千字

定　　价：59.80元
书　　号：ISBN 978-7-5171-4737-4

女性散文何以风光无限

古　耜

在中国古代，知识女性撰写锦绣文章虽系凤毛麟角，但属确切存在，易安居士和她的《金石录·后序》便是这方面的标本和佐证。不过作为一种创作现象或文学品类，女性散文终究是五四新文化运动推动妇女解放的产物，冰心、庐隐、丁玲、林徽因等才是其发轫与前驱，而女性散文真正的强势崛起和蔚为大观，则是从新时期到新世纪伟大时代的馈赠。

近半个世纪以来，在思想解放和改革开放历史大潮的强力推动下，从五四新文化现场一路走来的现代女性散文，越发显示出生机勃勃、阔步前行的态势：几代女作家进一步冲破陈旧观念的束缚和保守势力的阻滞，以崭新的精神风貌、饱满的生活热情和旺盛的创作精力，投身于变动不居而又生机盎然的生活现场，既积极参与公共空间的世相书写与问题探讨，又潜心关注女性自身的发展、提升与进步，从而不断捧出流光溢彩、质文兼备的散文佳作；一大批女性散文家正是在这种有内涵、有难度、有追求的创作实践中砥砺前行，逐渐登上一个时代的散文标高；而整个女性散文创作亦凭借持久的不间断的繁荣红火，成为当今时代散文现场勃发向上的重要一翼。恩格斯说："在任何社会中，妇女解放的程度是衡量普遍解放的天然尺度。"而女性散文的蓬勃发展正是女性解放的卓然呈现，透过它，可以看到国家的昌盛、社会的进步和民族的振兴。

女性散文何以风光无限，其中的原因应该有以下几个方面：

第一，新时期以来的女性散文创作，蕴含一种多方探索，跃动不羁的内在活力。曾有如是说法：在新时期的文学领域，小说、诗歌、戏剧乃至文学评论，都经历了强劲大胆的文体变革，唯有散文安步当车，依然故我，给人以陈旧保守的感觉。这样的说法是否符合散文的实际尚待讨论，但如果拿它来评价女性散文，则明显是圆凿方枘，失之偏颇。

事实上，女性散文并不缺少试验和探索。二十世纪八九十年代之交，"小女人散文"不胫而走，风行一时。其中掺杂的琐碎、无聊和自恋固然需要摒弃，但它对世俗场景的关注，对笔调的经营和细节的把握，以及由此酿成的较强的文本可读性，还是给散文创作以有益的启示。稍后，一种直接以"女性散文"为标识的创作群体亮相文坛。叶梦的《羞女山》、王英琦的《女性的天空是高远的》、韩小蕙的《女人不会哭》、张爱华的《关于爱情：往错了说》、斯妤的《也是叹息》、匡文立的《历史与女人》、唐敏的《女孩子的花》等一批作品，勾勒了这一群体的早期阵容。毋庸讳言，这些作品或多或少带有西方"女权主义"的影子，但更多的还是连接着中国女性实际的生命体验和观念认知，是基于自我感受的艺术表达，唯其如此，它们对于强化散文创作的女性意识，推动女性散文向纵深化和个性化发展自有重要意义。接下来，"新潮散文"和"新散文"交叉或次第登场，其中一批才华横溢的女性散文家，如周晓枫、格致、冯秋子、张立勤、陈染、塞壬、洁尘、杜丽等，以特立独行，高蹈脱俗的创作吸引着文坛的目光，其新颖的散文理念，个性化、陌生化的叙事风格，还有在语言修辞层面的苦心孤诣，剑出偏锋，均为女性散文的柳暗花明、推陈出新提供了有力借鉴，进而成为女性散文创新发展的重要资源和不竭动力。

第二，历史语境的转换和社会氛围的变化，为女性散文的繁荣发展提供了特殊机遇。无论古代还是现代，个体人生的日常生活都是丰富和重要的，然而由于文化传统、历史条件和社会心理的复杂互动，在较长一段时间里，人们的日常生活并没有得到文学书写的青睐，相反常常被忽略或遗漏。新时期以降，随着社会主义市场经济的兴起和人的主体意识的确立，以及商品和消费理念的传播，日常生活开始越来越多地进入人们的视野，并迅速成为文学的主要表现对象。在这一过程中，日常生活不再单单是一种题材或景观，同时还是一种不可缺席的审美要素——即使是篇幅宏大的历史或地理散文，日常生活亦常常是一种基因性底色性的存在。也正是在这一过程中，女作家的特长和优势得以充分展现：约定俗成的社会伦理和家庭分工，决定了她们相对疏离公众诉求与商场奋斗，而更多同衣食住行、儿女情长缠绕厮磨；长期的家庭责任和亲情输出又让她们对日常生活拥有更多形而下的理解与把握；加之有现代女性的思想和知识就中加持，这使得她们笔下的日常生活不但栩栩如生，活力沛然，而且时常发人深思，耐人寻味。近年来很是活跃的女性散文家，如苏沧桑、陈蔚文、李娟、阿微木依萝、钱红莉、王芸、指尖等，虽然创作题材与艺术风格均有较大的差异，但其中异曲同工、美美与共的一点，便是对日常生活的准确把握和生动描摹。而正是这种对日常生活的成功再现，给当下的女性散文增添了别一种精彩和魅力。

　　第三，在散文和女性之间存在一种微妙而稳定的对话与契合关系。曾有研究者认为：散文是一种更接近女性的文体。这话初听会觉得笼统和偏颇，但细想又不无道理。如所周知，散文属于文学中的"自叙事"，它通常需要作家更多调动主体的才华和手段，以构建属于"我"的精神天地与情感世界。而在"表现自我"的维度上，女作家显然更得缪斯的神髓与钟爱。你看：抒情是散文重要而得力的表现手段，网络背景下，一些沉溺于匆忙叙事的男性作家不同程度地舍弃了它，而在阿舍、安然、许冬林的笔下，一种源于女性生命深处的汩汩深情，或与岁月同行，或请山川相伴，或携诗境共生，则是一派流光溢彩，沁人心脾，显示出"情为何物"的力量。自视与内倾是五四时期女性散文常见的言说特征，这一特征在当今女作家中不仅得以延续，而且获得新生。不是吗？同样的绵绵絮语和娓娓道来，以往主要是精神沉吟，心灵独白，如今则更多引入日月消长、万物更迭，将其化作人在天地间的哲思和同一切生命的对话，张映姝、祁云枝、朱朝敏、项丽敏等女作家的生态书写，可谓这方面的生动展现。尤其值得关注的是，一批女作家如李舫、何向阳、艾平、王雪茜、林渊液等，大抵从弗吉尼亚·伍尔夫的创作理论得到启发，在坚持女性散文基本特征的基础上，开始进行积极的吸收与拓展，如大胆突破约定俗成的题材限制，合理强化作品的理性元素和文化内涵，不断尝试多见于男性作家的技巧手法乃至风格营造等，所有这些都有效地强化了女性散文的表现力、感染力和影响力，同时也为散文的整体发展提供了启迪与借鉴。

正是基于以上事实，窃以为，当下文坛应当对女性散文多一些关注、研究和推动。也正是沿着这一思路，笔者在中国言实出版社的鼎力支持下，选编了旨在展示当下女性散文创作成就的"悄吟文丛"，并于2017和2021年先后出版了该文丛的第一、二辑，每一辑均包括十位女作家的潜心创作。现在该文丛的第三辑翩然问世，再次推出十位女作家，她们是朝颜、阿微木依萝、黄璨、宁雨、罗张琴、蔡瑛、菡萏、张映姝、斤小米、张金凤。我热切希望读者能喜欢这些作家和作品，同时通过"悄吟文丛"，感受到中国女性散文的风采以及她们欣然前行的跫音。

（作者系著名文学评论家、作家）

空白之地

花园子

空
白
之
地

空白之地

一

　　登上小渠子的观景台，一扇心门被轰然撞开。眼前是再熟悉不过的山野景象：南山绵延，向东西迤逦而去。蓊蓊郁郁的松柏，像一百年前一样，列阵于山脉的阴坡。这些古老而年轻的战士，腰杆笔直，却比不过挺拔俊美的云杉。阳坡上，绿意已呈现倾泻而出后的疲倦和懈怠，这是百草盛极而衰的表征。只有方地柏不动声色地匍匐着，像专注的狙击手，伺机发出致命的一击。这样的沉默是众所周知的转移视线之举，它的根正分分秒秒围猎、绞杀其他草本植物的根系，贪婪攫取草皮下土壤的养分。天蓝得有点失真，云朵不见踪迹，太阳一览无余地照耀着，完美演绎出秋高气爽的格调。立秋已过，山下暑气横扫犹如老虎，山上已是秋风萧瑟，尤其是在背阴之地。

　　视线下移，是一道山沟。谷底平坦，大大小小的鹅卵石勾勒出水流的轨迹。按理说，八月份这里还处在冰雪融化的高峰期，却见不到流水。雪线越来越高，冰川越来越少，流水怎么会长流呢。流水的名字我不清楚，沿河散落的这个村落叫什么名字也就不知道了。只有阳光下火一样的红顶房屋，昭示着它是新农村的一分子。这些红顶房子单独看，突兀又刺眼，在绿树的掩映下，却透着富足人家的气息和诗意田园的美感。

这样的山水，位于新疆的大地上，也在我的心灵深处。它像一面镜子，我经常从怀里取出，轻轻擦拭。擦亮它，也擦亮蒙尘的心，负重的肉身，让自己回到原来的模样。

那天，我在观景台的亭子下眺望了很久，一再确认门洞开启的感觉。

"荒野没有词。"是的，荒野无言。

二

踏着石阶，每一步都小心翼翼，克制住自己绝不往两边看。

已进三九，却没有民谚中说的那么冷。都说今冬天气反常，该冷的时候不冷。

石阶上覆盖着厚厚的冰雪。午后两点的阳光是力气最足的，也是最温暖的。路面的雪在轮胎的碾压下，变黑，融化，蒸腾起白色的水汽，丝丝缕缕，消散在透明的光里。石阶上的冰雪化得慢，往往是表层的雪变软了，水哒哒的，下层的冰还是硬邦邦的。下脚时要格外小心，重心要稳，脚掌落地要扎实，否则滑倒了还是小事，滚下石阶麻烦可就大了。这些石阶顺山势而上，两边并无护栏。

友人从南方来，没有见过冰雪覆盖的山野。他在电话里说，去看看你经常去的山野吧。

我很少说"大自然"这个词。我说不出原因。似乎它只存在于我的文字中。在我的植物诗集里，山野里的植物，取名"山野的山，山野的野"；自己种的植物，是"种出来的小自然"；各种园子里看到的花草，是"另一种自然"。

大自然，它太博大，我的小心脏装不下它的万物；它太神秘，我的头脑承载不了它的丰富常识和未曾被发觉、认知的"非常识"。我的大自然，就是我的山野，是用我的眼睛注视过的，用我的手抚摸过的，用我的脚丈量过的。

我更谨慎地使用"荒野"这个词，它是精神性的、个体性的。

南山。被冰雪隐藏的南山。白色的起伏。蓝色的穹顶。

南山，我这样一说，就暴露了我是土生土长的新疆人，而且是北疆人。南山，我这样一说，新疆人都知道我说的是天山。天山像一扇屏风横亘于新疆中部，将新疆划分为南疆和北疆。南疆人往北面看，天山巍峨高耸直插云霄，会说北山真高。北疆人往南面看，天山巍峨高耸白雪皑皑，就说南山真美。去年到南疆阿克苏，采风活动安排去北山塔村。我听了一怔，旋即心领神会地微笑，是天山塔村哦。

哦，关于天山，诗人沈苇写下最精辟、最经典的比喻：如果说新疆是一本打开的书，那么，天山就是书脊，一页是南疆，另一页是北疆。

三

我的视线落在观景台的北面。

两座院落安放在缓坡上。一座院落是老房子，土黄色的坡地，土黄色的墙，土黄色的干草垛。另一座在两百米开外，地势偏高，红色屋顶，白色塑钢门窗。不确定是否有牧民居住。我等了半天，也没见出来一个人。

一群绵羊在山坡吃着去年干枯的草，有一口没一口地。另一群山羊吃得兴致勃勃，在几十米外的野蔷薇丛下。野蔷薇枝条的皮鲜亮，是有光泽的枣红色，红色的小果实像一串串微缩的干石榴。我很奇怪，竟然没有鸟来啄食，或许它枝条上密布的皮刺让鸟儿却步。野蔷薇的叶子应该比枯草美味。吃完落在地上的叶子，几只山羊站立着，两只前蹄搭在枝条上，吃起枝条上还未飘落的叶片。我担心它们的嘴被刺到，它们却吃个没完。

三五头牛卧在两群羊之间的坡地上，懒洋洋的，嘴巴不停地咀嚼着。这些牛不受耕劳之役，只为产奶而活。此刻，应该是它们生而为牛最无忧无虑的时节吧。

三匹马在远一点儿的野蔷薇丛边的坡地上站着，百无聊赖的样子。它们安全度过了冬宰时节。我猜想，几个月后，它们就会被装饰一番，安顿在景区里，或者与到此一游的游客拍照，或者驮着大呼小叫、提心吊胆的"骑手"跑上一两百米。在牧人开着摩托车放羊的时代，谁能懂得一匹马的孤独？它在哪里放逐奔跑的野性？这些马温顺、闲散，只有耳朵抖动着，捕捉着风中的秘密。

此刻，静谧笼罩天地。羊、牛、马都回归自然，惬意地晒着太阳，心满意足。有太阳可晒的冬日，让它们的幸福远离几百米外阴坡的冰雪和寒冷。

我被这样的幸福感动了。友人说，你看到了这一切，也是幸福的。

我久久回味着。

一只鸟飞过，将我的思绪带入远方。直到现在，我都不能确定，它是白鹡鸰，还是喜鹊？

四

很长一段时间，我沉浸在谢丽尔《走出荒野》的世界里。那条太平洋屋脊步道对她意味着什么？荒野，让她摆脱世俗的种种困顿、枷锁。孤独，让她回到自身，用身心观察周边，融入自然。她还带着书，读一页撕一页，以减轻背负的重量。她的荒野之行，证实了两句话，一句是：大自然是有疗愈功能的，另一句是毛姆所说，阅读是一处随身携带的避难所。

山野之行，以我有限的经历来看，最好不超过四人。

我的第三次小渠子之行，完全是意外之举。久未见面的亲戚突然聚到一起，激情从拥抱的一刻开始蓄势。三十年了，当年的妙龄少女已不敢相认，我从她的皱纹里看出自己的衰老。她身边的姑娘，有着她遥远青春的眉眼、神采。有女如此，我们怎能不老呢。

爬上山顶，是我们的所愿。羊群踏出的山道上，雪已微融，加上坡度大，每走一步都得试探一番。几个女人顺势停下脚步，站在雪地里聊起旧事。几个男人继续往山上爬，两百米外就停了下来，聊着笑着。两拨人的欢笑此起彼伏，被山野的寂静放大，又弥散在山野的寂静里。

雪地上的动物足迹，空中划过的飞鸟，干枯的大蓟、灰藜，甚至远处的雪峰、蓝宝石般的天宇，我都没有留意。我错过的这些，永远在这里，昨天在，明天也在。

有些东西，一旦错过，就永远错过了。三十年一聚，不知道还有没有下次了。

小渠子，于我们而言，不仅仅是地名和风景。往后的岁月里，它将是这次聚会的辽阔背景，是亲情绵延的无限景深。

五

从观景台上空飞过的那只鸟，飞在自己的世界里。它俯瞰的大地，是山野无数个冬天的样子。一场又一场的雪飘落，飘落在阳坡，也飘落在阴坡；飘落在山岭，也飘落在山谷；飘落在树上，也飘落在草上。雪飘在空中，飘在它的时间里。雪落在地上，落在它的生命里。

那只鸟每天必然的飞翔，偶然地闯入我的视线。它像一把神奇的钥匙，像一句魔性的密语，不经意间，为我打开了一个封存的宝库。

几个月前，就在观景台上，我突发奇想，写一本属于我的荒野录。世界那么大，我不能潇洒地说"我想去看看"。世界那么大，它的中心却与每个个体同在。"你身在哪里，哪里就是世界的中心。"以色列作家阿摩司·奥兹如是说。如此，这片山野就是我的世界中心。写它，就是写自己，就是写自己的世界。

起初，我不敢轻易动笔，我想让我笔下的自己的世界，呈现出真实的面目：有花有草，有飞禽有走兽，有人物有故事，有历史有现实，有物质有精神……很快，我发现是自己写不了。我认识一些常见的植物，却对鸟类一无所知。我的山野应该有声音的，充满了生命的欢唱和呼唤，盈荡着万物自由的乐音。没有鸟儿飞翔的山野，是不可信的；没有鸟类鸣唱的世界，是不完整的。我知道，自己遇到了大麻烦。

那只鸟，根据我的比对，是白鹡鸰的可能性很大。我一直觉得，那只鸟的出现是负有使命的——我不再犹疑，开始对远超过人类历史长度的鸟类的探索。我深知其中的甘苦。

博物，是我所知最艰辛也最幸福的"事业"。过去的几年，我在植物上花费了很多时间和精力，也得到了无与伦比的欢欣和满足。拥有一颗博物之心，你的世界才是独特的、丰富的、细致的、只属于你的。

好了，跟着那只鸟出发吧。

六

那只绿头鸭是奕瑶先看到的。

它浮在半是冰半是水的湖面。所谓的湖，不过是南湖广场中央一片人工挖掘的水域。一座城市有山有水，是可遇不可求的。

我安身立命的乌鲁木齐，压根就是个山窝子。清晨，推开我家客厅的窗子，朝霞照亮了博格达峰，那是东天山的最高峰。往南一望，山脉如屏，连绵不绝，延伸到伊犁，然后到哈萨克斯坦，在那里它换了个名字——阿拉山。山窝子里的乌鲁木齐市中心有座山，就是大名鼎鼎的红山。红山对面，几公里外，是雅玛里克山。城里有山，称得上稀罕。

红山脚下，原来是条河——乌鲁木齐河。南山的冰雪融水滚滚而下，流向安宁渠、五家渠的沃野，浇灌着万亩农田。如今，乌鲁木齐河早被车水马龙的河滩路取代，安宁渠、五家渠已然成为地名。

没有流水的城市，是缺少灵气的。没有了河的乌鲁木齐，只剩下山的庄严和沉重。当星星点点的人工水域，在鳞次栉比的楼群间闪烁，当星星点点的水禽，在粼粼波光的水面游弋，智者乐水仁者乐山的古意，穿越时空，停驻在乌鲁木齐市民的怡然自得里。

南湖广场的这方水域承载的，是人类对山水的无限诗意，是对安居乐业的现实考量。

七

三月的乌鲁木齐，距离春天还有段距离。

沿着广场的最外面的路，我们走得慢而随心所欲。天是阴的，风吹到脸上有点冷。如果是大晴天，风就是暖的了。太阳就是有这么大的能量，可以把风晒热。在新疆，即便是盛夏，树荫下、房间里，阳光照不到的地方都是凉爽的。草原上，即便是大晴天，站在一片云的影子下，只消十几分钟，你的皮肤就会因寒凉而起鸡皮疙瘩，你的脚步就会不由迈向一两百米外的阳光洒落之地。我问奕瑶冷不冷，她嫣然一笑，不冷，脸上满是好奇，眼睛亮亮的。

这个午后的散步，于她而言，和惯常的走路完全不同。边走边聊中，她认识了树皮枣红带横纹的山桃树，被修剪成蘑菇状的金叶榆，还有枝条带刺的野蔷薇。在长凳坐着的时候，我摘了丁香的籽壳，告诉她种子已经被鸟儿啄食，或者随风流浪到远方。

我的耳朵留意着鸟鸣声。我还没有闻声识鸟的本领，只是依靠鸟鸣确定鸟的方位，进而找到鸟的身影。我已经在识鸟软件上认识了几十种鸟。我要看看阳光下飞翔、鸣叫的活生生的鸟，也就是与鸟面对面地直接感触，以此来验证从别处得来的间接经验。在学习植物的过程中，翻来植物图鉴都认识，看到实物就蒙圈的事情经常发生。我预感到这样的事情也会发生。我太想看到真实的鸟了。

在看到绿头鸭之前，我们已为数不清的麻雀密集的身影兴奋过好几次，也数次驻足聆听它们叽叽喳喳的叫声。原谅我，我贫乏的语言不能找出另外一个词语，来代替惯常的叽叽喳喳。以我的听觉，它们的叫声，实在是与我小时候喂养的母鸡的孩子叫声相似。

麻雀是我最常见的鸟了。春天，它在高高的白杨树杈间筑巢，用毛虫喂养雏鸟。夏天，它停在院外的沙枣树上，啄食最甜的黑沙枣。秋天，它成群结队地降落在成熟的葡萄园，每串葡萄啄食几粒，让人恨得牙痒痒。冬天，它停留在屋檐下、仓房外，东啄啄西啄啄，蹦来蹦去，捡拾可以饱腹的东西。饥饿的麻雀还会飞到猪圈里，在猪食槽上叼食猪嘴漏下的玉米糁粒。

也是在冬天，饥不择食的它，为一把米麦，陷入人类精心设计的圈套。一根木棒支起一个大大的簸箩，簸箩下放着一把谷物。木棒支在地面的一头绑着细长的绳子，绳子的一头握在藏在隐身处的孩子手里。万事俱备，只待麻雀上当。白雪覆盖大地，北风呼呼刮着，饥肠辘辘、寒冷交加的麻雀，无法抗拒近在咫尺的美味，一旦啄食谷粒，簸箩扣下，便成为孩子的玩物或者餐桌上的美味。

在我的记忆里，童年小伙伴喂养的麻雀，无论是从鸟窝中掏来的，从窝里掉落下来的，还是试飞失败的，抑或诱捕的，都没有活下来的。一个孩子的失望，抵不过一只关在笼子里的麻雀的绝望。这种绝望，以不吃不喝以至死亡来昭示。

八

那天中午，陪伴我们的，除了麻雀，还有一群喜鹊。

起初，我们都被麻雀的身影和叫声吸引。它们呼啦啦从这棵大榆树起飞，呼啦啦落到几十米远的那棵大榆树，一落下便不甘示弱地叽叽喳喳个不停，好像在讨论什么重大问题。冷不丁，又呼啦啦展开翅膀，飞向不远处的一棵白蜡树。旋即，继续接着开它们的重要会议。我们仰着头，眯着眼睛，试图锁定它们的身影，却是徒劳。

麻雀的叫声中，夹杂着另一种似曾熟悉的叫声。还是奕瑶的眼力厉害。我顺着她手指的方向看去，大榆树上有一只鸟，体型明显大于麻雀，黑头，腹部灰白。我们等了一会儿，它忽扇着翅膀飞走了。我们盯着树，随后又发现了两只。

榆树太高，枝丫细密，光秃秃的，又是阴天，两只鸟像两团不小心滴落的墨迹，任我们的眼睛睁了眯，眯了睁，无论如何也辨别不出来它们的身份。

走出广场，返回办公室的僻静路上，我又看到了这种长尾巴的鸟。不是一只，而是一群，一二十只。这次看得清楚一些了。快看，它的翅膀是蓝绿色的，尾巴也是。脑海里搜索看过的鸟类图片，又逐个否定：伯劳是戴着黑眼罩的，像佐罗；大山雀腹部是有一道粗黑纵纹的；家燕的尾巴是剪刀状的，不是这样整齐得黑刷刷……完全蒙圈了。它分明是眼熟的呀。看我懊恼的样子，可心的姑娘用手机拍了两张放大的照片，说是发给我用识鸟软件辨识一下。结果竟然是——喜鹊。简直是醍醐灌顶呀。我怎么可能一丁点都没想到呢？多么熟悉的吉祥的喜鹊呀。

九

还得拐回广场，说说那些绿头鸭。

看完山桃树红瑞木丁香，欣赏过麻雀喜鹊的飞翔和鸣唱，脸颊和双手都有点冷了，上班的时间也快到了。我们把手揣进大衣口袋里，加快脚步往回走。湖面上覆盖着冰，冰的颜色不是冬天里那种坚硬的半透明的白，而是陈暗的灰绿色，夹杂着点蓝。我抬头看看天，猛然发现云层也是这样的色调。天气预报说明天有降雪，那白色的云定是饱含了水汽。云层是吸足了水，颜色才由白变乌的吧。半透明的白色的冰呢，是不是因为快融化了颜色才会变成这样忧郁的颜色。

靠岸的地方，湖面的冰已经融化。去年的干枯荷叶垂着头，挂在枯瘦的叶梗上。芦苇早被割去，只留下一簇簇短短的苇茬。这样的衰败是水面上的。我敢说，过不了一个月，就会有绿色的新叶从枯败之处挺立而出。生命就是这样代代更迭的。而这样的生命奇迹，是春天博大、温暖的馈赠。

枯败的茎叶密集、杂乱，可以想象出去年此处荷叶田田的盛景。枯叶间似乎有什么动静。看，一只鸭子，奕瑶连惊带喜地叫出了声。我定睛一看，是一只雄性的绿头鸭。它可真漂亮，头是泛着光的深绿，颈部有一圈白色的领环，白色的尾巴上翘着，黑色的翅羽尖端收拢后，在灰色的身体两侧上排出醒目的粗道。按常理，它不会独自在这儿的。我仔细观察，就在两米外，一只雌鸭安静地浮在枯枝败叶间。它通体褐色基调，与枯叶混为一体，不仔细看是分辨不出来的。我指了又指，小姑娘才看到。她略带失望地说，怎么这么难看呀。她哪里知道，绿头鸭是雌雄异态的，两者外貌的差异之大超出想象。其实，动物界里，同一物种的雄性通常都比雌性漂亮而有魅力，人类除外，我笑着补充说。

边走边看，边走边数，竟有二十多只。如果不是这些绿头鸭，我还以为春天还早着呢。看来，绿头鸭的生物钟比我们的灵光、敏锐得多。它们赶了几千公里的路，从南方风尘仆仆而来。它们是落脚于此短暂歇息一下，然后继续北飞，还是长久地停留在这片人工水域，已然不重要。重要的是，它们回来了，这代表着新的繁殖季就要到来了。

这个春天的大幕，就这样被这群绿头鸭拉开了。

我的空白之地，绿头鸭拍打着双翼，从水面飞向天空。

鸟鸣里的春天

一

"五月宝贵的三十一天里塞满了繁殖、育雏、觅食和鸣唱，令人目不暇接，也很难知道从哪儿开始聆听。"这说的是不列颠群岛。

我的印象里，在乌鲁木齐这个距离海洋遥远的城市，天空中鸟群展翅高飞，树林里鸟声啁啾不止，水泽边亲鸟筑巢育雏，也是从五月开启的。

漫长的冬季，最常见的留鸟就是麻雀。树枝上起起落落的，是麻雀；窗台上啄食米粒的，是麻雀；垃圾桶边蹦跳、翻捡的，还是麻雀。能听到的叽叽喳喳的叫声，肯定也是麻雀的。麻雀是离我们最近的鸟儿，无论是农村还是城市，我以自己有限的人生经历，得出这个结论。

另一种留鸟是喜鹊。相比麻雀，它安静得多。它的叫声不好听，急促而干涩，咳咳咳咳咳——，像机关枪突然发射了一梭子子弹。如果它像麻雀那样叫个不停，会把人吵得头疼，也会把自己累个半死。就我所见，喜鹊的数量也比麻雀少得多，这大概和喜鹊喜欢成对活动有关，而麻雀喜欢群集的生活。

其实，这里的冬天还有别的留鸟。只是，之前我没有留意罢了。

经历了这么漫长又单调的冬季，五月，鸟语花香的五月，真的是美好的月份。

然而，乌鲁木齐的春天，从四月就徐徐拉开了宏大而生机勃勃的序幕。

二

"了解鸟类最好的方式——也是令人满意和愉快的方式——是在当地找出一块'自留地'。"我找到的"自留地"，就是蓝天森林花苑。

它是我家旁边的居民小区。这个小区依雅玛里克山而建，随着一期一期的扩建，它已成为山的一部分。换句话说，小区的居民从位于仓房沟南路的大门进去，回家就得不停地爬坡。小区的房子价位一直高于附近的其他民宅，重要原因就是树多，有木栈道通向山顶，一条流水从半山腰跌宕而下，顺着木栈道旁的水道哗啦流淌。

雅玛里克山又名妖魔山。二十多年山还是荒山，每年春天风起土扬，遮天蔽日，像妖怪祸害人间。为改变恶劣的生态，乌鲁木齐市民连续多年义务植树造林，创造了"把荒山变成绿山"的奇迹。如今，走在山路上，我找不到当年抡起十字镐挖树坑的山坡，更找不到与同事一起栽下的树苗。风吹，叶动，心波荡漾。仿佛自己也是漫山中的一棵。

新疆的流水，大多来自冰雪融水。雅玛里克山海拔最高的青年峰，不过一千三百多米，这注定它无永久的冰川提供源源不断的融水。这里属于温带大陆性气候，降水也很有限。那么，蓝天森林花苑木栈道旁的流水是怎么来的呢？是把山下的水用水泵分级提取到半山腰，然后再注入水道奔流而下。由于山势陡峭，落差较大，流水冲击水道中的石头，玉珠飞溅，轰然有声。这是个大工程，水流的确来之不易。

因了这水，这片山有了灵气；因了这水，这片林子有了更多的鸟鸣虫吟；因了这水，这个森林花苑才名副其实，拥有小桥流水人家的江南景致和审美趣味，在背倚的西北山脉特有的荒凉大背景下，呈现出矛盾统一的美学气质。

这个森林花苑，符合理想的"自留地"条件，从我家步行到小区大门，几分钟就到，从木栈道爬到山顶，一个小时足够了。它有居民，有水流，有人工树林也有自然植被，有山的阳坡也有阴坡。

接下来，就是频繁地造访这里，记录它所经历的变化。

三

"观鸟不仅仅是关乎鸟本身：它是一种生活方式，是一种与人类及自然世界发生联系的方式。"做出这样的选择，于我，是自然而然的。当你想了解自己身处的地域，当你想与这片地域的生命和谐共生，当你试图从它们身上发现与你一样的喜怒哀乐、生老病死，进而探究生命的意义，观鸟无疑提供了另一条充满希望的蜿蜒小路。这条路，通向天空，需要仰视。

四月三日，我第一次去"自留地"观鸟。我会记得这个日子。我用了三个小时上山、下山，跟着鸟鸣停停走走，用眼睛在光秃秃的树枝上和步道旁的灌木丛、杂草间，搜寻鸟儿可爱的身影。麻雀、喜鹊、家鸽、乌鸫、山雀、赭红尾鸲，这远远超出了我的预期。还有一只白色黑喉的鸟儿，它的鸣唱吸引着我。终于在山顶的老榆树上看到了它的身影，我循着鸟鸣靠近，它却展开翅膀，箭一样射了出去，消失在视线之外。一只美丽的鸟儿，用鸣叫编织、丰富了我的踏春之旅。

经常会有这样的感觉，你关注什么，就会在周边频繁发现它的出现。鸟儿也是这样。我去过蓝天森林花苑那么多次，爬过那么多次山，在水流边休息过那么多次，闻过春花，尝过秋果，避过夏雨，沐过冬雪，如今回想这些温暖的时光，却发现它们如二十世纪初期的默片，只有影像，没有声音，那种属于自然界的竞相生长的生命之声。意识到这一点，我多少有点遗憾。

我的观鸟之旅，将会弥补以往的缺憾。

一进小区，鸟鸣声就闯入我的耳朵。是熟悉的麻雀的叽喳声，稠密，无序，像冲出课堂的小学生般吵闹。我在公交车上见识过他们麻雀般地涌入车厢内，麻雀般地聒噪要把车厢顶吵翻过来的情形。第一次，我觉得这声音不再是让人心烦的噪声，而是欢快的、跃动的乐音，与明媚的阳光，与湛蓝的天宇，与坐在石凳上休憩的老人、牙牙学语的婴孩，与步行街手里拎着果蔬等的主妇，完美地融合。它们在为自己的生活鸣唱，而它们也是这个小区内祥和生活的参与者、亲历者。

我注意到，这个小区楼群最密集之地，也就是步行街附近，麻雀的数量最多，一会儿飞到这棵树上，一会儿落到灌木丛中，叽叽喳喳的叫声不绝于耳。从步行街中央右拐，就踏上了木栈道。沿着木栈道往前走，走不了三四百米，随着地势的抬升，叽叽喳喳的鸟鸣，连着步行街商家的音响声、汽车喇叭声、孩童的喊叫声，似乎都被树林阻挡弱化，停滞于山下。

四

我的目光四处逡巡，猛然发现，四五米外的榆树上有个熟悉的鸟影。它一动不动，站在距离地面两米多高的树枝上。我蹑手蹑脚地靠近，举起手机连摁了几下。黄色的眼圈，黄色的喙，通体黑色。是只雄性乌鸫。我盯着它看，它一动不动地看着前方。一只鸟从它后面的灌木丛扑啦啦起飞，我的视线跟随而去。它发出的叫声，证明了自己的身份——喜鹊。再回头看乌鸫，它却悄无声息地不见了。

接下来，这只乌鸫的"消失"被数只同类的出场弥补。我边走边搜索。很长的一段山路，只要我停下脚步，抬头就能看到树枝上乌鸫入定般的身影；听到灌木丛发出哗啦哗啦的声响，很快就能在地面的枯枝树叶中锁定一个移动的黑影。它是在翻找藏在泥土、枯叶中的昆虫，还是啄食灌木掉落的果实、干枯的草籽呢？

听到一阵婉转、多变的鸟鸣，我从石凳上站起来，踏着木台阶往上走。没有鸟群呀，我好生奇怪，明明叫声很近的。定睛一看，一只乌鸫站在不高的树枝上，黄色的嘴巴开开合合。我猛然想起，乌鸫可是有名的天才歌唱家，能模仿很多鸟儿的叫声，燕子、柳莺、画眉甚至小鸡等都是它的模仿对象，因而有些地方称呼它为"百舌鸟"或"反舌鸟"。据说，雄鸟为获得爱情歌唱，之后就不再歌唱，全力投入繁殖后代喂养雏鸟的伟大而光辉的事业中。

下山中途，在水池旁的木椅上休息，抬头看大山雀的时候，不经意间看到一个鸟巢。这个巢筑在一棵榆树的主干分杈处，距离地面有两三米的样子。仔细一看，好像有鸟卧在里面，一截尾巴露在巢外暴露了它。我拿出手机调整到放大十倍拍摄功能，屏幕上，它清清楚楚的，嘴巴褐红色，通体黑色，分明是只雌乌鸫。分杈处的一根枝干被锯掉了，因而我能看到它的巢很浅，碗状。我有点担心，它未来的宝宝抢食时不小心会掉下来。

这个鸟巢的发现让我大吃一惊。这儿算是山下，来往的人不少，这个鸟巢就在木栈道旁边，若不是有灌木丛拦着，轻而易举就会被淘气的孩子毁掉。乌鸫胆小、眼尖，对外界反应灵敏。把巢筑在这交通要道的中枢，只能说明，它不怕人，或者说，人对它不构成威胁，我这样猜测。

我的猜测很快得到证实，第二天，也就是四月四日，在两栋楼中间的一棵不大的榆树上，还是在主干分叉处，我又发现了一个鸟巢，距离地面大约两米。一只乌鸫妈妈在安静地孵蛋。

我特意去看了看第一个鸟巢。手机屏幕上，我赫然发现，孵蛋的鸟竟然换成了爸爸，它的嘴巴是明亮的黄色。我从手机图库里翻出昨天拍的图片进行对比，果然不是同一只鸟儿，昨天孵蛋的是嘴巴褐红的雌鸟，今天的是嘴巴黄黄的雄鸟。百度上说，乌鸫是雌鸟孵蛋的。这对乌鸫夫妇是要打破常规吗？

卧在巢里的乌鸫爸爸安安静静的，黄嘴巴一直张着。我以为自己对着它拍照惊吓着它了，它准备鸣叫着飞走。它并没有飞走，真是个尽职尽责的爸爸。我坐在木椅上，一是为了不让乌鸫爸爸紧张，二是想等乌鸫妈妈回来，验证自己的判断没错。乌鸫爸爸的嘴巴一直张着。它是通过这种方式降温吗？或者它又渴又饿，体力不支了？或者是我的存在让它紧张？我起身离开，盼望鸟妈妈快点回来换班孵蛋。

五

从观音像开始，上山的路分为两条，我选择了不常走的左边那条。这条路走的人少，鸟鸣声明显稠密些。

这里已经是半山腰了。回头望去，楼群片片。鸟鸣声不再是乌鸫婉转又富有变化的乐章，变成了清亮干脆的"唧—唧—唧—唧——"，间或夹杂着"刺喂—刺喂—刺喂——"的叫声。

一只蓝山雀停在前方一丛灌木的枝条上。它一边鸣叫，一边警惕着周边的动静。一有动静，就飞到远一点儿的地方。另一只蓝山雀在几米远的地方应和着它的召唤。它们在享受甜蜜的恋爱时光。

两个半大小子从山上下来，嘻嘻哈哈，脚踏在木栈道上嘭嘭直响。我的心脏跟着怦怦直跳。两只蓝山雀受到惊吓，一前一后飞走了。我再也没有找到它们。

鸟鸣声牵引着我的脚步。我又看到了一种山雀。我在识鸟软件上已经熟悉了它的外貌特征，头部黑色，颊白色，背部黄绿色，白色的胸腹中央有黑色纵纹与颌、喉的黑色相连。这种山雀就是大山雀，又名白颊山雀。我第一次见到自由飞翔的大山雀，激动不已。一路向上，所闻多是大山雀的叫声，所见多是大山雀的轻快、活泼的身影。它们始终与我保持着几米的安全距离，我一走近，它们就飞到远一点的地方停下来，好像在故意逗我。

大山雀持续的歌唱过程中，有一种鸣叫与众不同，温柔又明媚。我想一探芳踪，看看拥有这副好嗓子的主人的尊荣。一直爬到山顶，歌唱家还是千呼万唤不出来。顺着声音，我仰头查看。它停在高枝上，白色的身影娇小俏丽。我后悔没带望远镜，看不清它的容颜。它似乎不愿被我打扰，张开翅膀快速飞到山的那边了。不知为什么，我觉得它也是一只山雀。

这两天走到哪里，都可以看到大山雀，听到大山雀的鸣唱，显然大山雀在求偶。现在刚进入四月，各种候鸟正在飞往繁殖地的漫长迁徙途中，我猛然意识到，大山雀和麻雀、乌鸦一样，都是留鸟呀。天气刚刚转暖，它们就急不可耐地开始歌唱，挑选中意的爱人，然后满怀爱意地一起选择最合适、最满意的地点，安家落户，筑巢生蛋，哺育后代。相比还在旅途中奔波的候鸟，它们占据了天时地利的优势，等五月候鸟千辛万苦赶到这里，这些留鸟的孩子已经张开嘴巴嗷嗷待哺了，说不定还有些就要忽扇着翅膀试飞了呢。

六

把视线从树梢拉回大地，一小片黄色的顶冰花盛开在水道边的树荫下。它是这个春天我看到的最早盛开的花。这几天，或者更早，在遥远的西天山，漫山遍野的白番红花、毛茛花、顶冰花是草原的春之使者，紧接着，野杏花、野李花、野苹果花、野山楂等果花赶着趟儿竞相开放。大地芬芳，是植物身着华服的靓丽出场，也是它们未卜命运的转折点。一场突如其来的风雪，羊群的偶然经过，蜂蝶的微小忽略，都将改变它们的命运。对于一株植物，活到秋季，籽实成熟，都是艰难之事。

眼前的这几簇顶冰花，在周围干枯的背景下，黄得耀眼，醒目的绿叶将它从枯叶中完美托出。早春开花的植物，叶片并不茂密、肥硕，植株会把营养尽可能多地提供给花苞，促使花朵早一点开放，开得更鲜艳一点、更甜美一些，以吸引这个时节为数不多的昆虫前来授粉。隔着近两米的水道，我看不到是否有昆虫在它周围忙碌。这黄花的出现，提醒我关注脚下的大地。星星点点的绿意，从枯枝败叶间渗透出来。枝条光秃秃的灌木丛下，绿色更浓、更润。我左看右看，却找不出第二片盛开的顶冰花。我知道，它会在某处自由生长，静静等待一场美丽的邂逅。

山上的树木不少，榆树、白杨、白蜡很多，山桃、杏树、榆叶梅也不少，灌木以野蔷薇为主，荒野中常见的锦鸡儿却很少。因为这一小片黄色的顶冰花，我留意起身边的草木。我原以为，再过十天八天，它们的春天才会显山露水呢，毕竟前几天才下过一场纷纷扬扬的大雪，冷空气来势汹汹，气温骤然下降了十几度。

木栈道旁的一棵大柳树，靠近根部的树杈，枝条的上半部分树皮已经呈现出水润的黄绿色，迥异于下面部分的树皮。抬头向上看，高处树枝的颜色还是灰突突的，和冬天时没什么区别。不是应该从最高处的枝条开始萌发树叶吗？我有些犹疑。又看了几棵柳树，都是靠近树根的枝条梢子树皮先泛出黄绿。

木栈道旁，有大大小小的火炬树。生命的力量在火炬树根部聚集，等待突破时刻的到来。我小时候在团场没见过火炬树，一直以为火炬树属于城市，后来才知道它是外来树种，因擎根能力强，病虫害少，而被广泛用于荒山坡地、城市道路等的绿化。它的叶片是互生的奇树羽状复叶，叶片长披针形，微风过处，婆娑起舞。我原先住的房子窗外就是几棵火炬树，我目睹了它们七八年内从小苗长成大树的过程。它枝头挺立的圆锥花序是毛茸茸的红色，的确像举起的火炬。尤其是秋天，当叶片也变红时，火炬树的颜值是谁也不能忽略的。

现在，火炬树的枝头还是光秃秃的，没什么变化，它的圆锥花序的颜色开始鲜亮起来。整个冬天，它的火苗慢慢熄灭，花序像未燃尽的火把黑突突、灰蒙蒙的，毫无美感。我仔细观察一支火炬，那些细密的绒毛似乎恢复了元气支棱起来，颜色也红润起来，迎着光看，有金丝绒般的质感。难道这火炬每年都会重新点燃，在去年的果实生长之处开出新的花朵？我以前从没想过这个问题。我找了一棵小火炬树，它的三个小火炬干巴巴、灰突突的，没有丁点儿泛红的意思。我轻易地就取下一个，用手指一捻，颗粒掉落，它完全干枯了。我愈发好奇，举目望去，泛红的火炬都是大号的，没有泛红的基本上个头很小，且长在小树丛的枝头上。我还发现，火炬树的枝头顶端约莫两寸长的树皮上密布了一层细密的绒毛，褐色中透着绿，在阳光下泛着光。新生的鹿茸，我的脑海中冒出这个念头。的确很像。

自然界里孕育了无穷的秘密，亿万年来，这些秘密自生自灭，不为人知。拥有其中一个，也是幸运的。

七

白色小鸟"逃遁"的失望还没消散，幸运就再次降临，尽管当时我并不知道它就是幸运。

从山上往下走，又渴又累。我实在是没经验，上到半山腰，为了减轻负担，就把随身携带的水喝得一干二净。现在是中午两点多，早过了饭点，我身上连一块可以补充体力的巧克力糖果什么的也没有。正准备坐下休息一会儿，一只鸟落在对面的树枝上。我轻手轻脚靠近，它很警觉，一下飞到另一棵树上。我不敢造次，用手机放大拍摄，可惜角度不好，它被树枝挡住了部分身体。我调整角度，拍下它完整的照片。完全出乎我的意料，不是大山雀，而是一只我完全没见过的鸟，头、颈、背部黑色，腹部、尾巴栗棕色。我满脑子想知道它会是哪种鸟，完全忘记了口渴肚子饿。

回到家后，我在百度、识鸟家软件上折腾了许久，最终确定它是赭红尾鸲。比对中，我还认识了与它极为相似的另一种鸟北红尾鸲。如果在野外看到这种鸟，我保准第一时间就能识别出来，与赭红尾鸲不同的是，它的翅膀上带有倒三角形的白色翼斑。我又一次体验到学习的快乐。

八

短短的三个小时，我已经熟悉了乌鸫的鸣唱。它婉转地鸣唱，成为这个春日众多鸣唱中的主调。

距离步行街二十米的亭子下，三个小伙子在聊天。我经过他们时，乌鸫的歌声响起来。一只乌鸫在旁边的榆树上歌唱。我转过身，退回树旁。乌鸫像口技表演家，不停变换旋律。它唱了许久，我陶醉其中。为什么雌鸟不来呢？难道她还没被打动吗？

我猛然想起，可以用手机把它的歌唱录下来，这样随时可以聆听欣赏这美妙的歌声。乌鸫收获了爱情后，就不再这样纵情歌唱了。

一只雌乌鸫飞了过来，落在几米外的草地上。它叫了几声，挪几步，又叫了几声，然后飞走了。几秒钟后，树上的乌鸫停止歌唱，展开翅膀，朝着雌鸟飞走的方向径直飞去。

乌鸫的求爱之曲，被我保存在手机里。

它是这个春天盛大音乐会的华彩序曲，也是自然界万物生生不息的生动诠释。

鸟鸣里的芬芳

一

我一直惦记着乌鸫的那两个巢。

一号巢是我4月3日发现的。当时，乌鸫妈妈正在安静地孵蛋。如果不是附近有雄性乌鸫的婉转鸣唱，吸引我探寻歌者的身影，我就与这个满载希望的家失之交臂了。鸟巢筑在木栈道旁的一棵老榆树的主干分叉处。不知什么原因，一根分枝被锯掉了，我得以看到巢的部分。乌鸫妈妈的碗形巢太浅了，我能看见卧在里面的它的头、背，它的尾羽甚至是支棱在巢外的。巢是用小树枝、干草茎搭建而成。我转到另一面，看到几缕白色的塑料薄膜或者丝带挂在巢边，很显然，它们也是筑巢材料的一部分。这个家太简陋了，还那么小那么浅，我真为还未出生的鸟宝宝的将来担心。

隔了一天，也就是4日，我在26号楼前的一棵小榆树上看到了二号鸟巢。这个鸟巢的高度更低，我伸手就可以摸到。这个棵树距离人行道不足两米。这个巢太容易被人发现了。调皮的孩子用根木棍就可以轻易地捣毁它，会爬树的猫三两下就可以蹿上去，让鸟妈妈鸟爸爸蒙受丧子之痛。

哎，乌鸫爸爸和乌鸫妈妈有点不靠谱了，这爱巢的选址太嘈杂，工艺太简陋，安全性太低。等看了约翰·巴勒斯《飞禽记：鸟的故事》，我才明白，即便是选址再幽静、筑巢工艺再精湛，甚至人类以为的安全性再高，鸟蛋和雏鸟都极有可能被饥饿的天敌（一条蛇、一只松鼠等）轻易得手。

我的担心不是无缘无故的。从7日那天起，一号巢里就再也没有乌鸫妈妈的身影了。我不知道发生了什么。前一天中午，我惊奇地发现，卧在巢里的竟然变成了爸爸，可百度上说，乌鸫是由雌鸟孵蛋的呀。我曾经以为，鸟妈妈去进食补充体力了，由鸟爸爸顶一会儿班。当时，鸟爸爸一直张着嘴，我猜测它要么饥渴，要么被我惊吓了，所以就赶紧离开了。今天已经是17号了，巢里还是没有亲鸟。我确定，这个巢被弃用了，最大的可能是鸟蛋被破坏了，那么，可恶的凶手会是谁呢？

二号巢也出现过两次没有鸟妈妈孵蛋的情况，但都是暂时的。我去山上转一圈，回来再看，鸟妈妈又安静地卧在巢里了。鸟妈妈短暂的离开，一定是去吃饭喝水了，否则它没有体力和精力完成繁衍、养育后代的神圣而艰难的使命。

去蓝天森林花苑的路上，我很兴奋。二号巢是4日发现的，距今已经 13 天了，说不定雏鸟已经破壳而出了呢。乌鸫的孵化期是 14—15 天。

可是，乌鸫妈妈仍然在安静地孵蛋。新的生命，一两天后，终将以开天辟地般的声势，打破这隐忍而充满希望的宁静。

而一号巢，乌鸫的身影不再。或许，下个月，从南方归来的新主人会在这里迎娶新娘，开启另一段幸福的家庭生活。

二

我还惦记着那两棵山桃树。

其实，我是念念不忘那棵白花山桃树。这并不是说，我就辜负了那棵粉花山桃树这个春天的绽放与芬芳，忘记了那棵粉花山桃一路走来，在十几个或者二十几个春夏秋冬的轮回里，经受过的雨雪风霜、生离死别，轻视了它作为生命形式之一的植物之心。

几天前，伴着乌鸫、大山雀和麻雀的春天奏鸣曲，我沿着木栈道上山。距离前一次来这里仅仅隔了三天，蓝天森林花苑就变了模样，这儿一树粉花，那儿一树白花，为数不多的几棵，却呼喊着"春天来了，我要开花"的豪言壮语。粉色的是山桃花。杏花的花骨朵是红色的，初绽的杏花是粉色的，白色的杏花就是暮美人迟暮了。往年的规律，山桃花开了杏花开，杏花开了榆叶梅开，接着是李花、梨花、苹果花、海棠一气开。今年春天天气反常,热几天,来股寒流,再热几天,又冷空气来袭,搞得花朵们晕头转向,索性趁着这两天气温骤升,赶着劲儿竞相开。我也趁着兴头往山上赶。花开了,我的心头也开花了。

那两棵山桃树猛一下闯入眼帘。一棵粉红,一棵雪白,真是乍眼。我一眼就能确定粉红的是山桃。另一棵呢,花朵五瓣。看花萼,是清新的绿色。我有点疑惑,山桃就是粉红色的呀。仔细打量,树皮发红泛光泽,光滑有小横纹,典型的山桃。是谁把山桃花是粉色的这个认知深深刻入我的脑海的?那个下午,那棵究竟是什么树的疑惑,像一条吐着舌信的小蛇,在心头窜来窜去,直到几小时后下山回到家,查百度,多方核实,我才确信,山桃也有白花品种的。

现在,我要专门去看白花山桃,顺便比一比哪种山桃花更美,更入我心。我还做好了准备,要和它们分别合张影,以纪念与它们特别的邂逅。这棵白花山桃填补了我的认知盲区,而且,它真的很美,而且,它和那棵粉红山桃,肩并肩、手拉手,如影随形地站立在一起,像情同手足的姐妹,更像情意笃定的恋人。

我看见它们了。它们站在那里,像上次见到那样,独立而互倚。一股山风吹过,粉红的花瓣袅娜而下,雪白的花瓣婆娑飘落。枝头的白花多于粉花,地上的粉色胜于白色。几天时间,开启春花大幕的主角,已经开始盛装退场了。我不无遗憾地想,太短暂了,山桃的春天就这样溜走了，我还没来得及好好地欣赏它的美。

那两棵山桃，会怎么想呢？它们一定不遗憾，为了开花，它们准备了那么久，默默积攒着能量，在早春的料峭中，尽情绽放这块土地生长的第一树花。它们，是真正意义上的英雄花。

三

我选择走北道上山。北道两边坡地上都是树林，鸟鸣声热闹、欢快。

那些野韭菜还在树下吧？我有备而来，带了一个塑料袋和一把小刀。出门前，我已经给自己安排好了晚餐——野韭菜猪肉馅饺子。我没挖过野韭菜，更没吃过这种饺子，这不代表想象不出它的美味，况且我是调馅的高手呢，一般的韭菜都能调出不一般的鲜香，更别说野韭菜这种天然的山野食材了。

走在木栈道上，耳朵听着鸟叫声，判定鸟儿的方位，随后，眼睛开始扫描，聚焦于坡地上、枝头上的熟悉的身影。除了乌鸫，还是乌鸫。我已经熟悉了它的歌唱，熟悉了它觅食的环境，而且，经过半个月的聆听训练，我的耳朵能够捕捉到灌木丛、草地上鸟儿翻找食物的动静。它好像能够自动过滤掉我不关心的其他声音。这种感觉真的很奇妙。

我的眼睛也不会错过道边一米范围内萌发的野花野草。

只有一寸多高的花旗杆，已经绽放出花瓣细长的粉紫的十字花。同样高度的香雪球，顶着白色的伞房状花序，每朵十字科小花的花瓣是小而饱满的圆形，自带娇美、可爱的小女孩气息。这一平方米左右的地方，竟然盛开着十几株花旗杆和香雪球，真是出乎意料。它们也是这个春天我看到的第二种、第三种野花。第一种是顶冰花，十几天前我在水道边的树荫下发现了它纯正的黄色。几天工夫，这些不起眼的植物就破土而出，以惊人而不易为人察觉的速度，完成了生命中的精彩绽放和高光时刻。"每一个生命，都值得赞美。"这句话，被我写在诗里。这句话，被这十几株野花写在一平方米左右的坡地上。

如果不是被一簇簇叶片细碎的植物吸引，从而观察到其中或挺立或倒伏的干枯成灰白色的茎秆，以及半人高茎秆上干枯的果实，我就不会意识到，这座山上会有这么多的蓝亚麻。以往的植物观察中，我留意、关注的是植物的花。我把自己去山野散步的行为，称为"看花"。似乎看到花、熟悉了花，就认识了这种开花的植物，懂得了这种开花的植物。此刻，我脑海里清晰地浮现出蓝亚麻的花朵，梦幻神秘的蓝紫，纤薄颤动的五片花瓣，细长的花梗和聚伞花序……可是，我认不出它刚钻出土壤萌发芽叶的模样。这多让人羞愧、沮丧。某种程度上，我就是《盲人摸象》故事中的某个盲人呀。

这是蓝亚麻给予我的教诲，来自大自然的教诲。

四

　　我找不到那片野韭菜了。浩荡的春光下，一颗心悄无声息地被这片山地爆发的蓬勃而神秘的生命力深深吸引、陶醉。我早已忘却春天赐予的口腹之欲，不知不觉中，用柔软的心，品味着春风，啜饮着春意。

　　我看不到那两只野兔你追我赶的快乐身影，听不到它们在灌木丛间穿梭弄出的喧闹动静。我静静地站在曾经看到过它们撒欢嬉戏的地方，想着它们与我的初次相见。

　　兔子曾是我最亲近的动物。童年时光，我和弟弟先后饲养过几百只家兔。它们潜伏于心房最隐秘的角落，带着我孩童的柔情蜜意和挥之不去的愧疚不安。生命的延续，我从灰兔妈妈诞下的小兔的成长中习得。母性的光辉，我从那只因频繁生育而精疲力竭的黑兔妈妈身上感知；为了它的六个宝宝免于被饿死的命运，我的妈妈把它和它的孩子从兔洞里抱出来，放在铺满棉絮的竹篮里，用胡萝卜、苜蓿精心喂养。而从那只与母亲长得一模一样的毛色如雪、眼睛红红的小公主身上，我知晓了遗传和基因的神秘。一只只兔子被几个月前曾把它们当成宝贝和伙伴的我们吃掉，甚至兔皮也换成毛毛钱。这样的喂养在继续，短暂的友谊情分终究抵不过锅里香气四溢的美味。当这样的境况在我最喜爱的小公主身上重演时，一种难以言说的东西，随着缭绕的充满诱惑的肉香，擦拭我懵懂的心灵之窗，将内疚、羞愧、疼痛、无奈等灌注、扎根在那里。从此，我再也不吃兔肉。

那两只野兔的出现猝不及防。那时，我正观察坡上灌木丛边的一只灰扑扑的鸟。它站在地面的干枯枝叶间，这里啄一下，那里扒拉一爪，发出哗啦哗啦的声音。距离太远了，我看不清楚，便蹑手蹑脚地靠近。它早就看到我了，继续在落叶中扒拉、啄食，不时抬头警觉地看着我，随时做好逃离危险的准备。我停下来，两分钟后掏出手机，准备放大十倍拍摄，以确定它是什么鸟。它突然停止啄食，似乎要配合我的拍摄。它猛地一下蹿入了灌木丛，我还没来得及懊恼，两团麻灰色的身影一前一后疾驰而来。呀——我惊叫起来。声音还没落地，我就确定冲过来的是两只野兔。野兔没料到有人挡住去路，领头的往左一拐，冲进野蔷薇的领地，后面一只紧紧跟上。我看着眼前野兔蹬起的还未消失的飞尘，耳边飘过的野兔腾跃出的声响，仿佛过电一般，许久，才回过神来。

我看着不远处荒凉的山顶，心里叹服它们安然度过了长达四五个月之久的寒冷冬季。漫长的冬季，凋敝的山地，它们以什么为食物呢，干枯的草叶，冰冷的草根？可是它们的体型那么胖硕，一副养尊处优的样子。真让人想不明白。

春光明媚的今天，它们没有出现。它们会在这片山地的某处，自由玩耍，撒欢打闹，相亲相爱，像我未曾见过它们之前的那些日子那样。你怎么能够奢望，它们明白一个人此刻的期待，以及落空后的小小失落呢。

各自安好，便是春天。

五

我还惦记着那几株野郁金香。

上次见时，它们紧贴在就要到山顶的木栈道旁的贫瘠之地，躲在还未萌发出新叶的灌木丛中。两三片寸把长灰绿的叶片还未伸展，叶片已抽出同样灰绿的花葶，捧着小小的花骨朵。灌木是锦鸡儿，浑身是刺，在这里安家落户，不仅能避免被动物啃食，更重要的是，能躲过人的摘花之举和挖根行为。有朵性急的野郁金香花骨朵微微咧开了嘴，露出内轮花被的一抹明黄色。就是这抹明黄色，暴露了它的藏身之处。是呀，黄色的顶冰花开过，就该是黄色的毛茛、黄色的蒲公英的主场了。

全国的野郁金香有 15 种，新疆就有 13 种。这里生长的是新疆郁金香。比较常见的还有生长于天山的伊犁郁金香，塔城、额敏、托里一带的准噶尔郁金香，和阿勒泰地区的阿勒泰郁金香。我曾在网络上查找图片，仔细分辨它们的异同，却被它们差不多的叶片和花形搅了满脑子糨糊。即便如此，我还会为百里千里之外盛开的野郁金香心动不已，不顾一切跋山涉水地去看。欣赏一朵花的美，我经常会想，与拥有关于它的知识之间，究竟有多密切的关联呢？

在我的印象里，野郁金香都长在光秃荒凉的贫瘠之地。所以，在距离山顶还有一段距离的半山腰的树林里，突然看到一片开花的野郁金香时，我简直不敢相信自己的眼睛。我蹲在地上拍了十几张照片。很明显，这里的花朵比我以前看过的大一圈，花葶细高一些，似乎支撑不住花朵的重量似的。我猜测靠近山顶的那几株也开花了，便急急忙忙往山上走。一路上，不时看到被丢弃在木栈道上的蔫巴巴的野郁金香花朵。看见一朵，心疼一下。真不知道摘花的人是什么心理，野郁金香可是国家二级保护植物品种。

快到山顶的岔路口，一个五六十岁模样的女人走过来，手里提着一个塑料袋。对面的一个男人问，在哪里挖的？她回身一指，那山坡上，多得很。我盯着那塑料袋看，里面分明是带根的野郁金香呀。我恨得牙痒痒，却一句话也说不出来，三步并作两步便往山顶跑。看到灌木丛下星星点点的黄色花朵，在山风中微微晃动，我的心落回原处。

野郁金香，乌鲁木齐人叫它老鸹蒜，根部发甜，物资匮乏的年代，春季开花的它招摇醒目，常被孩童挖掘食用。如今，糖成为健康的一大隐患，还有人挖食它，的确难以理解。

我准备从南坡下山。新疆的山，南坡也就是阳坡，植被稀少，少有树木，与北坡蓊蓊郁郁的景象不可同日而语。路边的大石头，可以看到清晰的页岩结构。像别处的阳坡一样，锦鸡儿、野蔷薇这两种灌木，这儿一大丛，那儿一大蓬，保持着稀疏的距离，满身的刺让人不能靠近。石子石片泥土混杂之处，新疆郁金香的花朵像盛满琼浆的金杯静静安放。这么多的野郁金香，我上次怎么没有看到呢？如果不是它的花朵，它紧贴地皮生长的三片条状的灰绿叶片实在不起眼。它的叶片见过就不会忘记，像八爪鱼的腕足卷曲着，叶缘有波纹的起伏之感。它不能忽视的美只能绽放十几天，一个月后果实成熟后，它的地上部分就会枯萎而亡。这并不代表它生命的终结，泥土之下，一个新的鳞茎已经长成。它会进入漫长的睡眠，开始做另一个开花结果的春秋大梦。

新疆郁金香历来被植物专家关注，它是唯一的郁金香多花品种。这我是知道的。此刻，我的目光聚焦在一株盛放了三朵花的植株上。在微距多角度拍摄时，我无意间发现，三枝花葶下半部分是一体的，更准确地说，下部是粘连在一起的，上部又独立成三枝。这和我理解的"多花"并不吻合。我将照片微信发给凤鸣咨询，她是我的"植物宝典"，总能给我提供专家级别的信息。果然，她说，两种情况她都见过，一种是一株多花葶多花，一种是一株一花葶多花。我拍的这株属于第二种情况。原来如此。

六

看到那只榭鸫时，我正被满坡星星点点的野郁金香撩拨得心花怒放。出乎意料地看见在灌木丛下啄食的鸟，我怔了两秒，随后边兴奋地走过去，边从口袋里掏手机。那只楣鸫愣了一下，仅仅一下，就惊恐地扑扇着翅膀飞走了。它一气飞到对面那座山茂密的北坡才落下，我似乎听到它落地之后惊魂未定的喘息，心里涌起错失又一次观察楣鸫的遗憾。

就在上个周六，我第一次看到楣鸫。四个人约好去永丰乡上寺村踏青。从我家门后的公路一路南行十几公里，过永丰乡乡政府后的岔路口左拐，前行几公里就到目的地。上寺村这两年知名度越来越高，以花海种植打造的"花儿上寺"旅游项目很是成功，吸引力大批游客。格桑花、百日菊、月季、红豆草……这些常见的普通花草，一旦铺成大地上的花毯，哪怕只有几十亩、上百亩，带来的欣喜和审美愉悦都无与伦比。

这个时节，土地裸露出本色，远处的雪峰，近处的天山大峡谷，水西沟丝绸之路滑雪场从山顶而下的滑雪道，在蓝色的天宇下，清晰，透亮。前几天，天山一带突降大雪，这耀眼的白，大面积的白，新鲜的白，就是春雪啊。这里，是我看过千次万次却永远看不够的如画江山，也是我生于斯长于斯并将长眠于斯的家园，一股暖意在体内流淌成河。

从车里出来，我建议直走进村，看看旅游产业发展模式下的新农村景观，到农家乐里坐坐，和村民聊聊天，尝尝跑地鸡的味道。瑛姐拉住我，先到那边散步。那边，就是曾经盛开的花田，现在是光秃秃的裸露的土地。不远处依灌溉渠而生的树林给它镶了一道充满生机的边儿。杨树的树皮已经泛白，柳树的枝条有了黄绿的色泽，老榆树的枝头，一粒粒芽苞开始鼓胀。

看，那有一只鸟。不知谁喊了一声。我逡巡一圈，懵懵懂懂，找不到那只鸟。原来，那只鸟就在路边的白杨树下，在落叶、干草丛里东啄啄西啄啄。是麻雀吗？麻雀小小的，哪有这么大。我仔细打量，头、背部灰褐色，喉部、腹部白色，密布黑色斑点。我确定百度下载过这种鸟类的图片，却想不出它的名字。我站在那里，拍了十几张图片。它似乎知道我不会伤害它，并没有退缩之意，向我走了几步，在路边光秃处站下与我的镜头对视。十几秒后，它张开翅膀飞到了几十米外的一棵高大的榆树枝头。

走了一百多米，就踏入了荒凉的花田，而一簇簇的野草在干巴巴的泥土中探出了头。就是在挖蒲公英和苦苦菜的愉悦中，一个词在脑海里翻滚——槲鸫。对，就是它，槲鸫。这是第一次与它相见的故事，短暂而潦草。当时，我想，下次相见，一定要好好看看它，毕竟是新疆特有的鸟呀。

没想到，再次相见的机会这么快降临了。一切被我搞砸了。见到它，为什么不冷静地停下，待它确定无风险后再去观察拍摄呢。鸟，并不是植物，它有翅膀，所以你不能用观花的方式对待一只鸟，我告诫自己。

七

蓝天森林花苑，对我意味着什么呢。当我把它确定为自己的观鸟"自留地"，我只是为我的写作寻找对象的栖息地，以便于观察它们、熟悉它们，进而写写它们，以及它们与我的故事。

雅玛里克山，对我又意味着什么呢。无疑，它是与蓝天森林花苑联系在一起的，它们原本就是地理意义上的一体。仅仅是这样吗？似乎还有别的。

在不算远的 2011—2014 年，我曾在这座山北面山脚下的一个小区里借住过三年。那三年，是一个毫无经验的母亲面对青春期的儿子，内心慌乱却貌似平静，每天小心翼翼过地雷阵的日子。一夜白头，被拉长为一千多个日夜的煎熬。如今，那段岁月，像被氧化的一件乌蒙蒙的银器，被我时不时取出精心擦拭，露出亮闪闪的光。

更远一点的年代，每逢周末，两个年轻的母亲，两个天真可爱的孩童，走在这座山的另一条山道上。那时，是两个母亲最好的年华，年轻而幸福。那时，是两个孩童无忧无虑的童年。如今，孩子已经长大，提及爬雅玛里克山的细节，他们大多不记得了。已在职场打拼为生活奔忙的他们，经常会说，那时候真快乐呀，孩子为什么要长大呢。我会笑着说，因为妈妈要变老。

是雅玛里克山看护了我的岁月，还是我也是它的一部分呢。一座山与一个人，那么多的秘密，还得由他们自己生发、珍藏和阐释。

大地无言

走在西域的荒野，总让我产生一种幻觉，仿佛自己行走在巨大的书页中，走过的每条路，都把你引领到书页中的一行行文字，以及文字构筑的奇妙世界。构成这些文字的，是我目光无数次抚摸过的山川、河流，戈壁滩遍布的石头，裸露的土地上萌发的野草，山坡上的灌木丛，等等。在西域大地的辽阔背景中，不同的地域，每种事物具有相同的面貌，水西沟、板房沟、石人沟的石头，和榆树沟、哈熊沟、鹰沟的石头一样坚硬；菊花台和甘沟的云杉一样笔直，一样有张开手臂拥抱天空的梦想；东白杨沟和西白杨沟的山坡，与芦草沟一样，长满了名叫野蔷薇、锦鸡儿的灌木丛，四月黄色的锦鸡儿拉开芬芳的大幕，五月黄色的野蔷薇进入耀眼的花季，都会引来蜂蝶飞舞。

可是，让我奇怪的是，这些相同的自然界的元素，这些熟悉得不能再熟悉的事物，对我怎么会有那么大的吸引，以至于每周不去看看它们，就心神不宁。更让我百思不得其解的是，同样的元素，同样的地理背景，同一季节，我的每次抵达，为什么总会产生耳目一新的新鲜度和陌生感呢？！

一

从仓房沟中路，进入216国道，过永丰乡，有一个岔路口。左拐，去往南疆的乌拉斯台。过上寺村，到赵家庄子左拐，穿过一个沟，就到板房沟乡，再穿过一个沟，就是水西沟乡。这两个乡都隶属乌鲁木齐县，是乌鲁木齐市民节假日出行的首选目的地。

岔路口直走，过永盛村、公盛村，半道又有大的岔路口，直走可达菊花台，右拐通向小渠子。

无论是左拐去往乌库斯台，还是直走通向菊花台，两条大路，走不了多久，就或左或右地有许多小的分岔口。每个分岔口通向某个村子，或者某村的某个小队。坐在副驾驶座位上，每到分岔口，我都要留心看看路标箭头以及箭头指示的地名。我的脑海里有一幅地图，它的面积由我的双脚踏勘而成。每过一个路口，我就把箭头标识的地名填充进地图。极有可能，下一个周末，地图上那个枯燥、干巴巴的地名，经由我的心血来潮或者有意探寻，短短几个小时的漫步，就成为一段生动灿烂的游历时光，成为一个活色生香的野外记忆，或者一个念念不忘的人生故事。

所以，去往小渠子的路上，当看到一个右拐的小岔路口的指示牌指向黑家沟，我们的目的地随之右拐就是相当自然的了。

二

前行几分钟，几个白色的大字赫然出现在山坡上：一〇四团牧二场。我吃了一惊，十几年前，我家住在西山某小区，西面几公里就是一〇四团团部所在地。我家早已搬到乌鲁木齐南郊，从我家向南四五十公里的此地，竟然还是一〇四团的地盘，而且还是一个牧场，这团场可真够大的。

路的左边，不远处出现了几栋崭新的房子，与背后山坡上零星分布的牧民的旧房子，形成鲜明的对比。新房子前面的空地上，推土机在忙碌着。我目测了一下，似乎在挖鱼池。旁边的林地、草地上，有木栈道蜿蜒至亭子。这应该是在建的一个休闲观光点。这儿地势平缓，属于山前草甸，又是牧场，居民大概率是哈萨克族，距离城市也不算远，若能依托哈萨克族民族风情，集旅游娱乐休闲于一体，服务到位，生意肯定兴隆。

黑家沟在哪里呢？疑惑之时，又看到了黑家沟湿地的箭头指示牌。箭头指向前方。我从未听说这边有湿地。有湿地，就该有水流。果然，距离马路几十米远，与马路平行，有一道下陷的河床。

河床上遍布大大小小的石头。春夏两季，气温升高，山上的冰雪融化，河床里流动的就是水流；秋冬两季，气温降低，冰雪冷凝，河床里静止的就是石头。这些沉默的石头，以宁静宣示河水曾经的喧嚣，和摧枯拉朽、一往无前的风范。

这些停留在河床上的石头，是凝固的水流。

很快，就无路可走了。路被封闭了，很显然，那边在施工。

三

这是今年第五次摘锦鸡儿花了。

当看到有两辆轿车停在路边，听到几十米外的灌木丛边传来欢声笑语，我才猛然发现，坡上的灌木丛中夹杂着一树一树的黄花。是锦鸡儿花呀，刚刚落寞的心一下明亮几分。

前四次摘锦鸡儿花，都是在蓝天森林花苑的山上。4月23日，锦鸡儿花刚刚开放，我和子茉相约摘花。27日傍晚，我独自一人在阳坡摘花，锦鸡儿花事荼蘼。30日，我和诗友小曹爬山，阳坡的锦鸡儿花已失去了嫩黄的光泽，花瓣已经发白，水分也失去了大半，软塌塌且轻飘飘的。昨天，也就是5月3日，阴坡的锦鸡儿花也呈现出颓势。我不禁感叹，短短十天，这个春天盛大的锦鸡儿花事，就这样匆匆落幕了。

幸运的是，我没有像去年那样错过它的美。而且，我已经摘了不少的花，足够我在随后一年内闺蜜聚会的场合，用以制作花饼，烹煮红枣枸杞锦鸡儿花羹。

我跑向山坡。坡地上，星星点点绽放着黄色的蒲公英花。枝头上，密密匝匝盛开着黄色的锦鸡儿花。这里的山坡是贫瘠的，即便是春天，地皮上也是一层浅浅的灰绿。如果不是黄色的花朵，是不大能认出蒲公英的。土地贫瘠，降水稀少，空气干燥，蒲公英只能把根往泥土深处扎。为了减少蒸发、集中养分开花结果，它的叶片稀少而短小，紧紧地贴着地皮。花朵也是贴着地皮的，没有高挑的花茎，所以，不远的将来，也不大可能被折断举到嘴边吹它毛茸茸的种子，让小伞兵飞得又高又远，在别的地方安家落户。

锦鸡儿的生命力堪称顽强。它与野蔷薇是西域大地上的异姓姐妹，如影随形，荣辱与共。戈壁、荒滩、山地、草原，哪儿都有它们的身影。

大概是山区气温略低的缘故，这儿的锦鸡儿还在盛花期，花色鲜亮，水分充足，清香中带着一丝蜜甜，每一朵都带着自身的分量。每一丛开花的灌木丛都萦绕着蜜蜂的嗡嗡声，还有蝇虫的嘤嘤声。花朵给予传粉者甘甜的蜜，而传粉者帮助花朵完成授粉，从而延续植物的繁殖。多么奇妙的互惠互利模式。我被大自然的智慧、法则深深折服。我们人类从自然中索取最多，却给提供我们所需的万物付出过什么呢？

四

鸟儿在明媚的天空下歌唱。

好几次，我的手停止摘花，竖着耳朵聆听不远处灌木丛中传出的鸟鸣。我不熟悉这种鸟鸣，更不知道它的主人。唯一能确定的，那儿有一个温暖的小家，几个小家伙正安静地等待父母回来喂食。一旦小家伙都声嘶力竭地叫起来，仿佛炸了锅，那一定是父母回来了。每个小家伙都试图用叫声引起父母的青睐。这样的热闹，过不了多久就会重演一次。

我走向那喧闹之地，想一探究竟。鸟叫声骤然停止了。是亲鸟发现了我的存在，不敢轻易落下，还是小家伙们感觉到危险来临，害怕得不敢发出声响呢？唉，我的好奇心严重干扰了这一家子和谐幸福的生活。我赶紧离开，那嘈杂而欢快的鸣叫却再也没有响起。

咳咳咳——，咳咳咳——，喜鹊的叫声急促、刺耳。我不用看也知道它的模样。人们赋予它报喜的美好寓意，并在图案、纹样中对它进行了美化。其实，在我看来，喜鹊长得有点笨，飞起来也莽撞得很，似乎掌控不好平衡，让人不免担心。它的巢筑在高高的树上，大而粗糙，用树枝搭成。我经常去的雅玛里克山上一棵高大的树上，有一个巨大的巢。每次刮风，我都担心树枝不堪重负折断，将巢摔下来。我亲眼见到喜鹊父母站在巢边喂食嗷嗷待哺的宝贝。喜鹊的筑巢手艺实在太简化了，把树枝叼回来随便摆放一下，就心满意足了。站在树下，我抬头竟然能看到鸟巢树枝间的空隙。

附近并没有可以筑巢的大树，喜鹊的叫声却近在咫尺。"鸟鸣山更幽"，的确如此。空旷的山野，因为鸟的鸣叫，凸显出自然的寂静，放大了蜜蜂的嗡嗡，昆虫的嘤嘤，鼠类爬行的窸窸窣窣。我仔细聆听，鸟儿的种种叫声清脆明亮，却是从山坡的那边或是公路边的林带那儿传来的。

布谷—布谷—，布谷—布谷—，这种叫声连孩童都不会弄错。布谷鸟叫了，该播种了。这亲切的鸣叫从远处的村庄传来。布谷鸟把自己隐藏得很好，人们很少能见到它的模样。

用鸣唱为自己命名，并让人们记住它，布谷鸟是智者。

五

拐向去村庄的路，路边的田地里绿色葱茏。是苜蓿呀。

苜蓿是极好的饲料，被誉为牧草之王，富含粗蛋白和多种维生素。新疆生长的多为紫花苜蓿。

种植苜蓿，一年可收割三茬。晾晒之后，垛在院落里、圈棚里，即便是冬天风雪再大，羊马都不会挨饿。若是家里没有过冬的牲畜，以谈拢的价格交给有牲畜的人家收割，也能带来一笔可观的收入。

新疆人有吃头茬苜蓿的习惯。四月初，多年生的苜蓿刚刚发出柔嫩的茎叶，便有农民掐了尖装在尼龙袋里，到市场叫卖。一公斤二三十元，价格远超蔬菜。人们嘴里嫌贵，却爽快地往塑料袋里装。那农民笑着说，费工夫掐呢，天刚亮就去掐，几个小时才掐了这一袋，看看这苜蓿多嫩，包饺子那个香。谁都知道，吃苜蓿就吃头茬，过几天苜蓿老了就不能吃了。

一个年轻女人在苜蓿地中忙碌着，一个三四岁的小女孩蹲在旁边。我走过去。她在挖野菜。挖蒲公英吗？不是，是曲曲菜。我一头雾水。她篮子里的野菜，分明是苣荬菜哦。这野菜味道苦，茎秆中空，折断后会有白色汁液流出，兔子很喜欢吃。问她怎么吃，答曰：我们甘肃老家用它来做浆水。原来清汤寡水带着一股特殊味道的浆水，是用这野菜发酵而成的。我想起一位老家是甘肃天水的作家说，他的新疆媳妇一口也不吃他精心烹制的浆水面，说是馊了怎么能吃，他一脸懵懂地辩解，纯正的浆水就是这个香味。

小女孩的手里拿着一把蓝紫色的花。马蔺开花了呀。我的眼睛扫向路边的沟渠。这儿一丛，那儿一簇，性急的，已经星星点点地露出姣美的花容。还有的，费了九牛二虎之力，才刚把匕首尖一样的鹅黄叶片从板结的土地中挣脱出来。我用手摸了摸叶片，竟然是坚硬的。

路过一片砂石地，一簇簇的马蔺鼓突出来，顶着蓝紫色的头冠。蹲下观察，各种角度拍摄，怎么看怎么美，怎么看也看不够。马蔺的花色醒目，却没有明显的香味。记忆中似乎没看到过蜂蝶围绕它采蜜、授粉的画面。倒是经常看见有黑黑的大蚂蚁在它的植株上急匆匆地爬上爬下。或许，荒漠地带的马蔺，就是靠这些大蚂蚁授粉的呢。

马蔺在荒坡、石滩太常见了。水渠边、人畜踏实的小路边，也常见它的身影。凡是草场退化之地，都会生长马蔺。看着它柔美的花朵，未曾想到它的根可达数米，是固沙小能手。

马蔺是北方孩童传唱的马兰花。南方的马兰花是另一种植物。当初马兰花把我迷惑了好久，才搞明白植物也有重名的。"你拍一，我拍一，马兰开花二十一……"无论是哪种马兰花，它都与童年的无忧无虑、天真可爱水乳交融，成为记忆中的一抹靓丽。

六

就在马蔺盛开的砂石之地，还盛开着另一种不起眼的小白花。我认出它就是前几天我在雅山上看到的那种花。只不过，这里的一片一片的，像是给沙石滩绣了一簇簇的精致的花，又好像给本色的砂地打了一块块漂亮的花补丁。它们紧紧贴着地面，每株叶片不过三四片，却密密匝匝挤在一起，每个植株都打开一把小小的花伞，攒在一起，就很醒目啦。

白色的四瓣花，和香雪球的花模样差不多。我确定它是十字花科，具体的花名却说不上来。用形色软件识别，提供的答案是附地菜、砂引草。附地菜我认识，这肯定不对。砂引草，也不可能，花瓣花型都对不上。

我趴在地上，拍下了它与马蔺编织出的美丽花毯。这些贴着地皮生长的植物，它短暂的美能够被关注欣赏，于它可有可无，于我却有独特的意义。

十几株荨麻跃入我的眼帘。它们长得太快，已经有小腿高了。十几年前的春日，在石人沟水库边的农家乐里，我品尝过荨麻芽的味道。去年，去南山友人家的小院，又吃到了春天馈赠的这一美味。我一直期待今年春天摘些荨麻芽过过嘴瘾。

荨麻，又叫蝎子草，茎秆和叶片都有细密的毛刺，扎上后皮肤又痒又疼。牛羊都不吃它，所以它长得飞快，能长到一人多高，并能很快占据周边空地。

我拿出剪刀，咔嚓咔嚓，分分钟就剪下七八株荨麻的嫩芽，然后用剪刀夹住放进一个厚塑料袋里。即便这样，手背不小心触到植株，麻麻的刺痛立即蔓延开来。我赶紧在它的周围寻找灰灰菜。凤鸣曾告诉我，灰灰菜的叶片揉搓出汁液，涂抹在被荨麻咬过的地方，一会儿麻痛的感觉就会消失。一般而言，这样相克的植物也会相邻而居。

我没有找到灰灰菜，只好用自己的唾液涂抹麻痒之处，好像没什么效果。转念一想，晚餐就可以吃到心心念念的凉拌荨麻芽，空气中似乎飘来姜蒜辣皮子被滚油泼过后激发出的香味，也就不觉得手背上那么麻那么痛了。

"空白之页向四方展开。"特朗斯特罗姆的诗句，指向冰雪覆盖的岛屿。

　　此刻，大地无言，它的丰富、博大、神秘，像亘古的宝藏，等待无尽的开启，等待一次次身心的完整投入。我像吃饱了的婴孩般满足，内心洋溢着温暖、幸福的感觉。

五月花海五月云

一

"云，是天空的诗行。"

几年前的七月，当我写下这个句子时，大巴车正沿着准噶尔盆地的边缘，一路向北，驰往童话边城布尔津。天空，像我童年时的天空，蓝而高远；云朵，似我少女时的云朵，洁白、松软，大团大团的，各种形状像是孩童笔下的随手涂鸦，或是手中橡皮泥的自由造型，充满梦境的神秘、奇幻。云朵在飞，巨大的云影也在大地上飞。

今天，当我想起这句话时，五月的春雨已悄无声息下了一夜，又在清晨的某一刻，不为人知地收敛了心思，停下了脚步。天空并没有放晴，云层还是乌蒙蒙的，但已经不像之前那样低沉。我们决定出发，这已经是每个周六或周日的惯例。出于对云层走向的不可预知，谨慎的我特意带上了一把雨伞。

依然是沿着216国道前行，路边的景致已经熟悉如自己的掌纹，哪里分岔，岔路通往何方，一个个标识牌提供准确无误的地名。我所喜欢的，是将这一个个教科书般严肃的地名，天鹅之乡、烽火台小镇、亚洲地理中心、永丰乡、上寺村、下寺村、黑家沟……，认真标注在我用脚步丈量并在脑海里勾画出的地理版图上。更让我心动的，是那些岔路的尽头，大地巨大棋盘上渺小如棋子般的村落里，充盈并散发出的自然气质和人间烟火。

二

我的脸贴在车窗上，眼睛眨也不眨地看着一闪而过的景致，心里充满奇迹即将出现之前几秒的紧张和兴奋，尽管我知道奇迹会在哪片荒野出现。

就在四天前，5月5日，在往亚洲地理中心的路上，在东南沟村外一览无余的荒滩上，我看到了从未见过的花海。如果不是有心，百分之九十九的人都不会看到这低矮地盛开。而我，就是那百分之一的幸运之人，并由此拥有了百分之百的震撼和欣喜。我可以准确地告诉你，那是念珠芥花海。

念珠芥，这让人浮想联翩又自带亲切感的名字，我是前一天才知道的。当我在黑家沟几近干涸的河岸上，迷恋于马蔺花的耀眼的蓝紫和独特的花瓣，无意间发现一簇簇小小的花球贴着地皮绽放。它们像完美的组合，让这片孤独寂寞的河边之地，成为盛大春天的舞台一隅。马蔺公主气质高冷，飘动的蓝紫裙摆富丽、神秘，念珠芥侍女低头含胸，捧着小小的白色花球静立于侧。而裸露砂石的地面，抬眉可见的雪峰，以及有规律分布的天山云杉，提醒我：不要忘记自然的馈赠啊，这就是天山。我念念不忘这侍女的温柔、静美，想了解她不为人知的家事，便向远在几百公里外的凤鸣求助。凤鸣即刻语音回复，是念珠芥，野生品种，和园艺品种香雪球很接近。

那天午后，当我的眼睛掠过五月初荒凉的戈壁滩，一片浅浅的灰绿蔓延铺开。我惊喜地确定，那是盛开的念珠芥铺展而成。停下车，穿过林带，花海在脚下延伸。一簇一簇的念珠芥随意扎根在泥土和石块混杂的土地上。土地平坦而开阔，一两公里外，一座红顶房子立在视线的左前方，更远的右前方，几幢厂房正在兴建。走近看，念珠芥并不是连片生长的，植株间干涸的泥土、鸡蛋大小的鹅卵石随处可见，它们像你拉我我拉着你的小姐妹，转着圈跑，随心地跳，全然忘记了步法和韵律。跳得那么开心、忘情，不再顾及低矮的身形——它们最高的不过十厘米，刚及我的脚踝。我蹲下，又蹲下，在起伏间一株株打量这些盛开的花球。每一株都捧出几个花球，花球上数量不等的十字花科的小白花，精致而娴静，圆圆的花瓣边缘像是圆规绘出那般标准、圆润。每一朵花，每一个花球，每一簇植株，都经得起火眼金睛的苛刻考量。花球如此繁密，以至于贴地而生的叶片和茎上寥寥的叶片被遮蔽了，或许说不定是我的视而不见呢。

日头下，这些花球尽情地绽放着，毛茸茸的长条形叶片却蔫头耷脑的。在干旱少雨的新疆，尤其是没有一点遮挡的戈壁荒滩，所有植物的生长节奏被加速了，否则就会渴死、旱死、晒死。即便在新疆生活了半辈子，大多数的荒漠早春短命植物的花我都无缘一见，短短的一两个月，它们就完成了一次生命轮回，花期又能有几天呢。我有些好奇，这么大面积的念珠芥花海，往年怎么没见到过呢？我录了一段视频，做资料保存，然后又分享给凤鸣。凤鸣羡慕连连，这是真正的花海呀。

昨晚的雨下得不小，路面有积水。即便云层没有消散，路两旁的树也煞是好看，嫩黄的黄金榆，红色的紫叶李，山楂树的花苞青翠、饱满，紫海棠的花瓣零落于地——春雨贵如油，对于干旱之地更是如此。不远处的戈壁荒滩，不再是晒干的灰白，露出湿润之后的泥土的颜色，带着一层淡淡的绿意。我对先生说，只要连着下几场雨，戈壁滩就会变绿了，那些干柴一样的草墩、枯草根部就会蹿出新生的枝叶。先生说，若是在四川，土地都会被茂盛的植物覆盖，即便是边边角角的地方，都会种几株豌豆苗、玉米秆，哪会像这样一望无际地光秃秃的。这话刚说完，远处戈壁的绿意稍微浓了一些，空气中似乎浮动着淡绿色的轻纱。我恍然大悟，那些绿意就是盛开的念珠芥花海呀。只有在雨后，它的落满尘土的毛茸茸叶片才会被清洗干净，舒展出被滋润的绿。

淡绿色的轻纱之上，与之呼应，一小片蓝色的天空镜子般新鲜、明亮。风推着云层，往南移动。南边的云层越来越厚，越来越重，似乎把山都压低了。

三

我们的周末之行，只有大的方向，却没有明确的目的地。

之前的很多次，还没有抵达预定的目的地，我就心血来潮地拐向了通往未知之地的岔路。这种随心所欲的行为，总是带给我别样的感受，让我在意外的收获后屡屡生出人间值得的感慨和满足。人生有多种可能，出行同样如此，为什么要给自己预设目标呢，况且我的出行原本就是漫游，漫游于山野，让负重的身心通过短暂的放松，获得大自然给予的疗愈。

一条岔路通向龙泉沟，我的兴来之举指向那里。此前我没有听说过，也没注意到这个岔路口。道路有点奇怪，一段是平整的柏油路，一段是土石路，两种路面交替变换，我猜不出缘由。前行不远，就看到低洼处的几栋建筑。一辆白色越野车停在前面。我们也停车熄火。我问白车的主人，这是什么地方，答曰不知道。我沿着小水渠前行，先生沿着马路走向那几栋建筑。

这里的植被明显减少，甚至连路边坡地常见的灌木丛也没有。水渠那边的耕地，此刻还是光秃秃的。我有点等不及想看到洋芋花开赛牡丹的胜景，也憧憬着向日葵转动着花盘的金色大地。水渠这边，我欣然信步。山野之风轻柔地吹，带着清新和凉意。偶尔，有蒲公英的黄色花朵吸引我的目光。如果不是另一种黄色的花朵，我会忽略那些只有二三十厘米高的枝条。清甜的锦鸡儿花开在这些枝条上，昭示着浩荡春风里的点点春心。我看着这些幼小的枝条，担心它承担不了花朵张扬的春意，却发现花朵比我以前见到的大而鲜嫩，于是忍不住摘下一朵放在舌尖。柔软的舌尖，被更柔软的花瓣柔软，接着，又被细腻的花粉和丝丝的花蜜传导出的香甜柔软。

几辆车冲下坡地。我们随后跟上。路过那几栋建筑，我留意到墙面下部三分之二是砖墙，上面三分之一和屋顶由半透明的材质搭建而成。从敞开的门洞，我看到里面空空荡荡，地面打了水泥地平，树立的金属柱子支撑着金属的房顶支架。这不是温室大棚，不是厂房，只能是牲畜的过冬之所。

天空中有黑色的猛禽盘旋，竟然有七八只之多。这有点奇怪，鹰隼之类的猛禽都有孤傲的王者风范，孑然一身，独来独往。当看到几顶毡房和几栋红顶房子，以及随之沸腾而起的羊咩牛哞，还有停在水塘边的两溜几十辆汽车时，我知道龙泉沟到了。

四

马路的尽头，是一方水塘。水塘方方正正的，周边整齐地铺着碎石块。碎石块上，是坐着小马扎的垂钓者。这些垂钓者就是那两溜汽车的主人，是从几十公里外赶来的城市人。不时传来鱼上钩后被鱼线牵引发出的啵啵啵的声响。我身边的垂钓者定力超然，盯着水面，丝毫不受影响。

我继续前行，路面有些泥泞。路的右面，是彩钢到顶的棚圈。透过半掩的门，我们看到了挤挤挨挨的羊，一群大鹅，几群芦花鸡。在一个棚圈的大门口，十几只小鸡在妈妈的带领下走走停停，东啄啄西叼叼，小小的爪子前划后刨，忙乎个不停。小鸡的颜色五花八门，有的全身鹅黄，有的通体乌黑，更多的是杂色的，鸡妈妈却是典型的芦花鸡。这番可爱的景象，不由把我的思绪带回童年。那时，我养的小鸡都是鹅黄色的小可爱，等绒毛褪去，就变身为羽毛雪白的公主了。

我老远就看到了那群毛色、花纹各异的牛。它们被圈养在一片空地上，空地周围用木头、铁管围了一圈，算作牛栏。牛栏中央放着摆放着三列长长的水泥槽，为一百多头牛提供饲料和水。空地被众多的牛蹄反复踩踏，加上昨夜雨水的浸泡，湿乎乎的，一些吃饱了的无所事事的牛就卧在潮湿的泥土上。两头小公牛在顶架，一头黑牛，一头黄牛，头抵过来又抵过去，好像在逗着玩。一头额头、鼻梁、嘴巴白色的小牛站在牛栏边，安静地看着十几米外的我，揣摩着这个陌生女人的心思。这些可怜的牛，终其一生也不能到草地上自由地啃几口野草，喝几口冰凉甘洌的流水，撒着欢跑一通。它们的存在，已经被异化为产奶的工具。

牛栏那边靠近树林的地方，还有一个羊圈。挤挤挨挨的羊毛色污浊，咩咩的叫声此起彼伏。

牛栏的门口，一辆高斗的小送料车挣扎着，上坡的路面泥泞不堪，它的车轮打滑使不上劲。一辆越野车从坡上的院子开下去，准备把小车拉回坡上。

我继续往前面走。欢快的鸟鸣引着我走向两三百米外的那片树林。

五

布谷鸟的叫声，从另一条沟里的村庄传来，正亲切地呼唤人们趁着大好春日赶紧播种庄稼。

近处的树林里鸟声啁啾。林子由杨树、榆树、柳树组成，一看就是人工种植的，已经有些年头了。在西域大地上，有水流的地方就有人居住的痕迹，或长期定居，或短暂停留；有人居住的地方，就有树，三五棵，一二十棵，或者这样的一片。绿色，给人以希望和生机。树林，给人带来阴凉，为鸟儿提供安家落户的绝好便利。

绿叶覆盖枝条，也遮住了鸟儿的身影，我徒劳地在林边来回走动。鸟儿欢快的鸣叫，从林子里传出来，有我熟悉的大山雀、麻雀、乌鸫的叫声，还有几种我从未听到过的。在我抬头寻觅鸟儿时，猛然发现天空已经湛蓝如洗。

春光明媚，春风轻柔，鸟儿在为爱情歌唱，为自由歌唱，为未来美满的生活歌唱。此刻，这歌唱，俨然是多声部的和声，回荡在山野。

一只鸟儿从我头顶的枝叶间扑啦啦起飞，停在路边的一棵榆树上，不等我靠近，又扑啦啦飞走了。灰扑扑的，估计是楲鸫。走到榆树下，我看见一个未完工的鸟巢安放在榆树的主干分叉处，距离地面两米左右。一截绿色的塑料带子，白色的一团看不出是什么材质，这就是我能看到的筑巢材料了。

我的背后就是一家哈萨克牧民。几个男人一直在忙碌着，大声说着我不懂的哈萨克语，大声地笑着。小送料车停在院子里，那辆把它从坡下解救回来的越野车停在旁边，黑色的车身上溅上了泥点，轮胎上也满是泥。我猜想，他们是在说越野车的力气大。

带着几分看不到鸟儿的失落往回走，迎面看见一个皮肤黝黑的小伙子走过来，手里捧着一只鸟。我问他是什么鸟，他用汉语回答，不知道，路上捡的。见我一脸严肃，他赶紧说，一条腿断了，我把它救一下。我说，能让我拍一下吗？他停下脚步，捧着那只可怜又幸运的鸟，等着我拍。这就是我与棕背伯劳的第一次近距离接触。这种有屠夫鸟恶名的鸟，捕食昆虫、蜥蜴和小鸟，甚至能模仿鸟的叫声诱捕小型鸟类。它背部棕色，腹部白色，黑色的贯眼纹使它具有了佐罗的大侠气质，也成为它最显著的标志。

它的腿怎么会折断呢？别的鸟类伤害不了他，除非大型猛禽。会不会是那些盘旋不去的大鸟呢？极有可能。这片牲畜集中饲养之地，为鸟类提供了丰富的食物来源，因而聚集了不少鸟类。而这些小型、中型鸟，又是大型猛禽的食物来源之一。

我为那只受伤的鸟儿纠结了一会儿，很快就释然了。自然界的生命都是庞大食物链中的一环，环环相扣，接续不断，才能维持万物的正常运行。我对食物链顶端的说法产生了怀疑，猛禽应该是草原空中之王，它的天敌只有自己。当它孤独地死去，它会回归大地，骨肉血液融入大地，被土壤中的微生物分解、消化。天宇之下，谁能逃脱这样的命运结局？活着，拥有一颗飞翔的灵魂；死去，魂归大地，以肉身回馈载物的大地，以大地的厚德作为灵魂的安妥之地。这是最朴素的生命哲学。

六

先生坐在坡上的木头上，长久地注视着这个牧民定居点的日常生活场景。一个想法已在他的头脑里孕育多年。退休之后，他要回几千里之外的故乡颐养天年。少年离家的人，始终对故乡怀有历久弥新的情感和鲜活生动的记忆，况且他的故乡如今真是绿水青山鸟鸣呦呦。挖一方鱼塘，养一群跑地鸡，喂两头牛，种几亩有机稻，他满怀憧憬。再给你建个温室大棚，专门养你喜欢的多肉植物，有空你就满山转，看到什么写什么，保准你一辈子也写不完。

这该是我们规划的几年后的美好生活图景。它的摹本似乎是此时此刻眼前这个村庄的日常。如此，我们现在的漫游、旁观，也是一种切实的介入，是起飞之前的蓄力、振翅。

我的心底，还有一点隐隐的秘密，在生活审美化的同时，打造一个田园休闲之地，解决亲人们的老年生计。城市只是他们的打工之地，而非养老之所。他们终将回到生养他们的脐血之地，就像大地孕育的万物，最后回归大地的怀抱。

走进米东的四种方式

做客玉希布早村

十几年前，我几次路过玉希布早村。去峡门子风景区，沿着公路一直往山里开，快到林场时看到的村子，就是玉希布早村。村民的房子沿着公路两边延伸，不宽的马路上经常被壮硕的黑底白花的奶牛挡住，你使劲打喇叭它们也不理睬，还扭过头睁着无辜的大眼打量你一番，然后才优雅地不慌不忙地挪动脚步。羊群也经常遇到，二三十只不用担心，一打喇叭，就往路边涌去。若是几百只，那就有点麻烦，羊群是跟着头羊走的，羊群的队伍那么长，你怎么打喇叭，隔着两三百米的头羊都不理视来自后方的动静，眼睛只盯着前方，一根筋地沿着公路向前进。车子就这样跟着羊群前进，若不是骑马或骑摩托车的牧人见状，赶到队伍前面，把头羊赶到路边，车子慢腾腾地过去准保得浪费十几分钟。

村委会在进山的路的左边，若不是那块牌子，路人是不会知道这个村子的名字的。那些年，我们每年春季、秋季进山去玩。春季去踏春，挖蒲公英，掐苜蓿头，看远处的灯杆山、马牙山，遥想当然的道士走几十公里山路下山，然后背着粮食、日用品等，再走几十公里山路上山。遥望雪峰的时候，经常想起山顶上的灯盏初一、十五都会点亮，为山下的民众祈祷平安。秋季去看金色的白桦林和胡杨树，看秋天的太阳一点点西落，莫名的忧伤一点点浮起，这时，只有羊咩牛哞的声响和袅袅的炊烟，才会把忧伤一点点地驱赶，让人生出生活就在此处的感慨。

我从未走进这里的一户人家，聊聊他们的故事，看看他们的生活。这个村子，像一个童话，离我这么近，又离我那么远，直到姐姐带我去看她的亲戚。说是亲戚，并没有血缘关系，是2015年姐姐的结亲户纳西一家。短短的几年时间，姐姐一家和纳西家已经成为真正意义上的亲戚，纳西家的大小事情都会征求姐姐姐夫的意见，纳西家族里的婚丧嫁娶一应事宜，姐姐一家都会出席、帮忙。遇到内地来的朋友，想了解、体验哈萨克民族风情的，姐姐也会安排到纳西家坐坐，喝一壶正宗的哈萨克奶茶，尝尝正宗的哈萨克饭食。纯朴的纳西一家会让客人带着满心的好奇而来，带着满心的欢喜而去。

第一次去纳西家，同行的还有安徽来的潘老师和宁夏来的杨老师。走进院子，就闻到抓饭的味道。一锅抓饭在院落里的大灶上雾气腾腾的。走进房间，我们被惊到了，宽敞的客厅里一大半是炕，靠南墙的一面垛满了绣花的被褥，炕上大大的长条桌上摆满了吃的，干果类，油炸的果子（包尔萨克），各种水果，居中是两个高脚的大玻璃盘，托着摆放整齐的馓子。桌子四面的炕上摆放着大大的靠垫和坐垫，绣满各种艺术化的羊角图案，色彩搭配醒目，绣工精细繁复。我们不由发出赞叹，竟然不舍得坐在上面。姐姐说，这些都是纳西绣的，她的手艺好，参加了村里的绣花合作社，靠绣花一年的收入也不少呢。纳西能听懂汉语，却说不出来，腼腆地笑着，低头给客人倒着奶茶。

纳西的婆婆陪我们坐着，纳西和丈夫赛里木汗忙活着饭菜。我打量着这个殷实富足的家庭，总感觉有点冷清，缺了点什么。姐姐悄声说，纳西不能生育，没有孩子是这个家庭的隐痛。幸好与赛里木汗感情很好，否则……我这才明白，这个家里缺少的是孩童的喧闹和欢笑呀。难怪纳西的眼神里除了羞涩，还有一丝落寞呢。纳西已过生育年龄，最终的希望就是抱养亲戚家的孩子了。

第二次去纳西家，我专门给纳西带了一件礼物，是苏绣的一条蓝色丝巾。我猜想，蓝色是娴静的纳西喜欢的颜色，自由而宁静。我还想让精于哈萨克民族刺绣的她，看看苏绣的花样和绣法，说不定她会受到启发，开发出新的图案呢。姐姐把我的心思告诉了纳西，纳西略显粗糙的手轻轻抚摸柔软的丝巾，脸上、眼神里的欢喜流泻而出。

吃过饭后，我们在院子里聊天。一会儿，就来了好几波女人。见了面，就紧紧抱住姐姐问候。姐姐笑着给我们介绍，这个是纳西的姨姨，那个是纳西的嫂子……亲切熟悉得就像一家人。我们看着她们说话、拥抱，内心洋溢着朴素、良善的情愫。

过几天，我又要去纳西家做客了。姐姐说，纳西要带我们去她家的牧场转转，那里的花就要开了。纳西也知道了，我喜欢花花草草的。

哦，忘记告诉你们了，玉希布早，是哈萨克语三个牛犊的意思。现在，你知道为什么这里的牛那么牛气冲天了吧。

锦鸡儿花开哈熊沟

从玉希布早村的纳西家去新地梁，我们走了一条近道——进哈熊沟，翻山到独山子村。车子出峡门子后不远，在丁字路口向右一拐，就进入哈熊沟。

据林管站人员说，20世纪五十年代建站时，这里能看见雪豹、哈熊等大家伙，北山羊、黄羊、狐狸等更是经常见到，常见的鸟类多达几十种。这话我是相信的。那个年代，新疆很多地方人烟稀少，却是动物的自在之地。我听五十年代末就在准噶尔盆地屯垦的父亲说，少有人去的林地草深枝密，蹲在草丛里方便的职工，竟然能一把搂住觅食而过的马鹿的脖子。现在，雪豹像个传说，哈熊也不见踪迹，只留下一个让人浮想联翩的名字——哈熊沟。

路越来越窄，路面的砂石明显增多，上坡下坡交替而来，车子颠簸起来，几个女人不时发出惊呼。我提醒姐姐开慢一点儿，安全第一。开惯了山路的她嘴上答应着好，车速却一点没减。车内的几个姐妹的叫笑，起初是因为颠簸，后面夹着有点夸张的故意。久居城市的她们，需要一场山野里的疾驰，为波澜不惊的生活，或者死水般的按部就班的工作模式，注入活跃因子，增加一点刺激感和新鲜度。况且，况且，这是五月，五月的山野，五月的天空，五月的春天，五月的我们。

越来越多的灌木丛铺展在山坡上，连成一片。野蔷薇、锦鸡儿，还有爬地松，大多是这些。眼下，盛开着挤挤挨挨的黄色花朵的，是锦鸡儿。野蔷薇的黄色花朵掀起的蜂蝶的盛宴，还没有开席。我坐直身子，深情地望着窗外春意盎然的山野，望着清香浮动的锦鸡儿花。这雀舌般的花朵，我每年都要摘一些，尝尝鲜，其余的就珍藏在冷藏柜里。闺蜜小聚，气氛氤氲之时，酒香茶香之后，一盘清香扑鼻的锦鸡儿花饼的隆重出场，是众望所归，把友情的相聚推向又一个高潮。今年，眼看着花期半个月的花季就要过去，我还未采摘呢。想到一年内都无锦鸡儿花饼的高光时刻，心情不免黯淡起来。

这些黄色的是什么花？有人问。锦鸡儿花，姐姐回答。哦哦哦，就是映姝姐做花饼的花吗？子茉惊讶地问。就是这种花，我头也不回地说，眼睛仍然盯着窗外。那我们去摘吧，就可以经常吃花饼了。对呀，我怎么就没想起来，现在就可以摘呀，我们原本就是踏春而来的呀。

几个女人在盛开的灌木丛中，像蜜蜂般辛勤忙碌着。在黄色花朵铺排出的春天的背景里，她们像五朵盛开的花朵。我不禁为眼前的场景和脑海里涌现的比喻欢愉起来。

采摘锦鸡儿花，并不是件轻松的事。锦鸡儿枝条密布硬而长的刺，一朵朵黄色的蝶形花就长在刺丛中，每摘一朵，都得小心翼翼避开。不时传来姐妹们被刺中的叫声。这个花为什么要长刺呢，不长刺就摘得快了，子茉咕哝了一句。因为每一朵花，都度过了寒冬，每一种美，都来之不易，值得珍惜，我说。五月的阳光下，蜂蝶飞舞，清香淡淡，有那么一阵，"我们不说话，就很美好"。

映姝姐，我以后再也不要求你做花饼给我吃了，我从来不知道，采摘锦鸡儿花这么不容易，子茉面带愧色地说。采摘了半个小时，她的塑料袋里才有一丢丢的花。当她再吃花饼时，每一口，除了美味，还会有更复杂的味道和心绪吧。

南果北种柏杨河乡

几年前参加米东作协的一个采风活动，其中一项重要内容，就是参观长山子村的设施农业基地。走进高大的温室大棚，看见一排排整齐的地沟。里面没有通常大棚里枝叶茂盛、花团锦簇的模样。仔细一看，一株株硕大的仙人掌科的植物规规矩矩地生长着，三棱形的叶片长达一米左右，被固定悬挂着左右对称生长，每个叶片上有多个绿色的芽苞。此前，我无数次吃过白肉、红肉火龙果，知道它是亚热带水果，却对火龙果这种植物一无所知。我围着植株转了又转，不确定这灰绿色的仙人掌科的植物，能结出鲜艳的、汁水丰富、个头不小的火龙果。我问，果实结在哪里？棚主笑了，指着叶片上的芽苞，这就是它的花，一个花结一个果。我更好奇了，这个叶片上又三个芽苞，难道结三个果？他微笑着点点头。带着一路疑惑，回到家，我就百度了一下火龙果的内容，图片上果实累累的火龙果种植图片让我瞬间惊呆了。

就是那次采风，我还头一回知道了五彩稻、稻田蟹、东海子景区，等等。在我的脑海里，关于米泉的零星认知，才完全让位于米东区的崭新发展形象。

友人知道我对植物感兴趣，去年邀我去米东看自然风光。返回的路上，专门带我们去柏杨沟村看人参果种植基地。走进大盆，一行行植株整齐排列，植株近一米高，却不见人见人爱的果实。原来人参果已经收获完了。我看见植株上还有一些小小的花苞，两三个月后，它们就会成长为带紫色条纹的白皮果实，水润、爽口，伴随着淡淡的雅香。

大棚的主人是大名鼎鼎的"水果大王"张运华。从2016年开始种植南方水果以来，从人参果、火龙果，到百香果、木瓜，他已成为柏杨河村"南果北种"的带头人。如今，围绕"南果北种"产业带动的休闲旅游、采摘观光发展模式，带动了村里的花卉、蘑菇、草莓、多肉种植。

具有独特优势的乡村振兴产业已产生良好的经济效益，并形成良性循环。

第一个敢吃螃蟹的人，无论成败，都值得称赞。张运华是本地人，从1996年开始种植大棚蔬菜，春秋种西红柿茄子，冬天种毛芹菜，勤于钻研的他早就成为种蔬菜的行家里手。2015年他得知张掖大棚种植火龙果和人参果成功的消息后，也萌生了种植大棚水果的念头。说干就干，在去张掖实地考察之后，来年春天，他开始试种火龙果和人参果。如果没有他的心思一闪，没有把一闪的念头落实为具体的考察行动，如果不是有不计得失的放手一搏，也许他还在轻车熟路地种菜，周围的村民还在原来的种植模式上打转，柏杨河村还是原来的模样。榜样的力量是无穷的，这就是一个例证。

大棚的另一边，是百香果植株。百香果，又叫鸡蛋果、紫果西番莲、洋石榴，是西番莲属草质藤本植物。绿油油的百香果藤蔓铺展在棚架上，垂挂一个个青色的果实。过不了多久，这些果实就会变成紫色，就可以采摘上市了。

我们没有见到水果大王，正在大棚里劳作的女人说，他去村民家的大棚里了，去技术指导，他忙得很。我们相视一笑，走出了大棚。

蹚水水磨河

当一个地方，可以让你重温记忆深处的某些场景、某种心境，它就是个值得被记住的丰饶之所。它像带着密码的基因细胞，埋藏在身体里，随时光流逝，潜移默化又不为人知地影响着你，丰富着你，让你成为独一无二的你。

水磨河流淌在米东的土地上，流淌在独山子村的山野，流淌在新地梁村的坡下。开过去的车，走过去的人，都不能忽略它的存在，因为公路沿着河道而走，公路悬在高处，河水哗啦在低处，在山谷里。依河而居的村民，到处闲逛的牛羊，也不会轻视它，因为它是此地唯一的水源——母亲河。我们看到的是一条河，一条叫水磨的河。这条河，千百年来的生老病死还、悲欢离合，都随着它的无尽流淌而流逝；如今，这块土地上的生生不息、时代巨变，还在它的无边吟唱中生发、繁茂。

当我们的越野车逆流而上，到达可行之路的尽头，河水一览无余地平铺在石滩上。两条小河从不同方向的山地蜿蜒而来，汇流于此。河滩上都是大大小小的石头。此处，河面并不宽阔，最宽处不过五厘米；河水也不深，最深处也只到膝盖。这样的规模，在南方只能算是溪流。它与我的预期实在不符，不禁随口而出，这水墨河也太窄了吧。友人说，你可别小看这条河，七八月份，冰雪融水丰沛之时，河面就宽阔很多，如果山上下大雨，水流滚滚而下，裹挟山石而来，河面可达几十米甚至上百米。我留意观察，河床是有百十米，两岸的树林茂密，多是半抱的老榆树、老柳树。裸露的河床上无树，小树也不见踪迹，只有小蓟、牛蒡、飞蓬、点地梅之类的生命力顽强的野草。这样的河床说明，丰水期河水的流量是很大的，河面也宽阔得多。若是长期无水，河床上是会生长出灌木丛和小树的。河床上布满石头，大块的石头都在河流的中间，越往两边，石头越小。

河水清澈见底，各色石头在水底安静地躺着，安静地灿烂着。红色的石头，有的发出刚出炉的红砖的颜色，有的是枣红色、灰红色，还有一种是葡萄酒的颜色，带着细线般的白纹。土黄色的石头，有着细腻泥块的纹理和质地。灰黑色的石头，一般大而不规则，一看就是从山体崩裂的。友人在河道中看中了一块，我和她费尽力气只搬了十几米。我和她站在烈日下的河床，计划着把它安放在她家院落里的哪个位置，憧憬着它与人为设置的花境和谐地融为一体。更多的是戈壁滩常见的鹅卵石，灰扑扑的表皮带着麻点。我捡起一块小而薄的石头，弯下腰，侧伸手臂，将它扔向水面。它扑通一下，溅起一个水花，就沉入水底，完全不顾及我试图让它在水面连续跳跃几下激起一连串水花的希冀。这么多年了，我依然打不好水漂。当年教我打水漂的小伙伴，如今远在何方，他是否会想得邻居家那个怎么也学不会打水漂的笨女孩呢。

下来吧，水一点儿也不凉。友人的呼唤将陷入沉思的我拉回现实。冰雪融水怎么会不凉呢？我的目光犹疑到白雪皑皑的博格达峰上。它就在那里，一抬头就扑面而来，带着神山的威严气质和严寒的白色标配。我把手探入水中，凉飕飕的感觉从指尖传导向手臂，就消融了。我的手抚摸着水中的石头，水流抚摸着我的手。友人已经下水了。我的身体被水流的温柔抚摸唤醒，迫不及待地脱去鞋袜。就算冷，也要尝试蹚一下这博格达雪峰融化的河水。看到我的举动，几位女友也跃跃欲试。

河水并没有想象中的彻骨寒冷。脚刚踏入水中，一种刺激性的冷传遍全身。几十秒后，腿脚的皮肤就适应了这种冷，暴晒在烈日下的发热的身体，将冷的刺激改变成凉爽的快意。短暂的惊叫变成欢笑，几个女人仿佛回到了童年，要么在河水中拉着手前行，要么在水中翻捡着石头，比比哪块石头好看、有意蕴，要么就坐在石头上用脚撩拨出水花……每个女人心里都住着一个女孩，住着女孩的永不褪色的恒梦。

我坐在水中凸起的一块石头上，感受流水、山风带来的心灵悸动。天地有大美而不言，唯有心灵宁静方能体悟。低头，无意间发现，石头上有米粒般的黑点，在流水中颤动。我好奇心大起，捡起一块石头，仔细打量。应该是一种水中生活的虫类，附着在水中的石头上，估计靠捕捉水中的微生物为食。它们一般出现在水流平缓的水中石块的侧面，这样会方便它们的捕食吧。

玩闹之余，有人提议，我们以今天蹚水的经历写一篇同题文字吧。几天后，我写了一首诗《蹚水的女人》，结尾是这样写的：

> 三十多年了，她早忘记那种痛
>
> 三十多年了，她已习惯于另一种生活
>
> 忍受，抗争
>
> 再次忍受，再次抗争……
>
> 她修炼成铁，如她所愿
>
> 没有什么能让她轻易融化
>
> 她从未放弃百炼成钢的打算
>
> 就这样失败了，轻易地
>
> 被雪水的冰凉，而不是火焰的滚烫
>
> 望着耸立的雪峰，她听见
>
> 咔嚓的冰裂，向身体深处爬行

青山万亩海棠红

七点的晨光暗沉沉的，云层铺天盖地，一副拉开架势下一场透雨的气势。

昨天的此刻，前天的，甚至大前天的，可完全不同。那是西域夏天的样子，七点没到，天已大亮，天空早已从星星的梦中醒来，用蓝调的赛里木湖水沐浴一番，然后带着清新、凉爽的气息开始了新的一天。太阳早已在遥远的东方跃出地平线，它像个见风就长的婴儿，褪去了霞光绯红的外衣，金色的光芒往西天铺散过来，让蓝天空更纯粹，白云朵更洁白，透明的空气更新鲜。这些都是我的想象。

此刻，乌云密布，风吹到身上凉飕飕的，必须在心里确认一下"阴天了"，做点心理建设，才可以应对几分钟过后的"有点冷"的感觉。树枝在风中跳起了温柔的摇摆舞，平时五六点就啁啾不已的鸟儿踪迹全无，似乎它们已经知悉大雨就要到来的讯息。

我并不在意。晴天也好，雨天也罢，对于一个自然爱好者来说，不过是大自然之美多样性展示的舞台不同而已。

一

　　河水安静，如忧伤的妇人。

　　这是阴天带来的副作用。如果是晴天，晨光笼罩水面，阳光的脚步会在涟漪上撒下碎银般的跃动，那时，河水是活泼的少女，你甚至能听见她银铃般的吟唱。

　　河水的颜色，靠近我们所在的岸边的，有泥水的浑浊。毕竟我们脚下的土地，是一片工地，树苗才刚刚栽上，滴灌管还一堆一堆放着，没来得及铺设。目光放远一点儿，河水的颜色清澈一些，是暗沉的灰蓝。我的脑海里浮现出几天前见到博尔塔拉河的样子，河水灵动、清澈，有冰雪融水的蓝绿色泽。

　　小杨说，这是五一水库，水面宽阔、平缓，那边才是博尔塔拉河。他所说的那边，一片沙洲，将宽阔的博尔塔拉河分成两条水流，缓缓汇入水库。远远的，沙洲上茂密的芦苇丛中传来连绵不绝的水鸟的鸣叫，昭示着鸟类的繁殖季正当时。即便是再近，我也分辨不出这些享受着爱情、亲情的幸福鸟的种类。可我知道，在沙洲，在芦苇丛中，有绿头鸭、苍鹭、秋沙鸭、黑水鸡，有各种苇莺、鸻鸟……无一例外，它们是幸福的。这幸福，来自遵循万物之法、生存之道。生儿育女，迁徙不已，生命的奥秘留存于血液，代代相传。

　　两艘船停在河面上。像一幅油画。隔着一两百米，能看见船上的两三个人影。他们在钓鱼。我们一直在行走，还觉得有点冷。垂钓者缩着身体，已经坐了很久，应该更冷吧。不断有上鱼的声响，垂钓者却很安静，目光锁定水面的一点，像入定的高僧。我好奇能钓到什么鱼。就是小狗鱼苗。我一脸懵懂。小杨补充道，就是我们昨天吃的油炸小鱼。我还没有把牙齿尖利、身体长满黑斑、一尺多长的盘中巨物，与眼前寸把长的鱼苗联系起来，就又产生了新的疑问：鱼苗被吃了，会不会影响狗鱼的数量。不会，狗鱼鱼苗太多了，现在不钓，长大了会把其他鱼类吃光的。原来如此。我内心因为吃了小狗鱼苗而产生的愧疚不安，就此烟消云散。

左面的那艘船船体斑驳，笨重而陈旧，应该是河道管理用船。垂钓者安静地垂钓。几只鸥鸟低低地飞着，绕着大圈，不时快速地掠过水面。它们在扑食鱼儿。我认出来了，是红嘴鸥。现在它穿着夏羽，头是黑色的。冬天，它头部的羽毛就是白色的了。鸟类太难识别了，很多鸟类雌雄的差别很大，还有夏羽和冬羽之分。能认识很多鸟的人，真是让人佩服，比如美国自然文学之父约翰-巴勒斯，竟能根据鸟鸣判断出是什么鸟。我鄱善的闺蜜说，她认识的一位姐姐，也有闻声识鸟的本事。羡慕之余，我也下载了"百鸟缘"小程序，有空就听听鸟鸣，却还是没找到门道。

右边的那艘船，看不出船的样子，像一个废弃的长长的铁箱子。我猜不出它用来做什么。是清淤船，前几年水库淤泥沉积过厚，影响水库蓄水，便用它来清理淤泥，小杨说。旁边的土丘就是清理出来的淤泥吧。不是，淤泥都拉到那边种海棠树了。顺着小杨手指的方向看去，却只能看到刚栽上树的土丘。水库地势太低了。

顺着沙洲的方向看过去，远处的河岸蓊蓊郁郁，葱茏一片。浓绿中，掩映着一栋白墙红瓦，分外醒目。那就是我们采风第一天吃晚饭的地方，小杨微笑着说。哦，阿里翁白新村在那里呀，我不由莞尔。说起这个村名，还有个好笑的误会，我一直以为村子是新村，村名叫阿里翁白，后来才知道村名是阿里翁白新，蒙古语"公家的房子"之意。

这个村子，距离博乐市区不到两公里，处于"治理一条河（博尔塔拉河），生态一个州（博州）"战略的博河廊道人文体验段，因而获得了千载难逢的发展机遇。加之辖区内有历史悠久的唐代青格里古城遗址，更得到商业资金的注入。博乐市民的后花园，这个定位是恰当的，也是能够可持续发展的。

目光拉回，清淤船上停落了两只小鸟。我把手机上的相机镜头放大十倍，鸟儿清晰地出现在镜头里。多么熟悉的可爱小鸟，不用一秒"白鹡鸰"三个字就跳出脑海。

三只红嘴鸥在空中绕着圈子飞。我观察了一会儿，就明白了它们在玩耍，像好奇而调皮的孩子。它们迎着风，似乎在与风角力。它们玩得自得其乐，迎着风飞，直到不能行进，身体在风中悬停几秒，然后转身顺风而走。在空中绕个大圈子后，又开始新一轮与无形却有力量的风的对抗。

我想拥有一双翅膀，此刻这种感觉如此强烈。或者说，我想自由地飞翔。更准确地说，我想从空中，以鸟的视角，俯瞰这片水域。那会是怎样陌生而新奇的感受？从空中看到的，会有什么不同呢？

二

车在崭新的柏油路上行驶着。

看着不远处的城市楼群，周遭正在开挖的建筑工地，车窗外绵延的大小不一、树叶缤纷的树木，实在不能把眼前的博乐与脑海中几年前的模样结合在一起。变化真是太大了，我的语气里满是赞叹。小杨接过话头，别看我是土生土长的博乐人，说实话，好多地方也认不出来了。以前是荒滩，现在都栽上树搞绿化了。有些河道边，以前是野树林，现在建设成滨河景观带、文化走廊或者休闲区，有模有样了。

我们在前往青山的路上。青山就在前方。

公路两边，绵延的都是海棠树。大大小小的海棠树。深深浅浅的海棠树。叶片颜色红绿有别海棠树……

我们已经进入万亩海棠生态园。万亩海棠的名头我早就听说过。2020年4月，因我写植物诗有些年头，朋友约我为即将举办的第二届海棠节写首海棠诗。推辞不过，便从网上搜罗了些万亩海棠的新闻报道，挖空心思写了一首诗《海棠追梦》。

现在，两年之后的今天，我终于走近曾经写过的那些海棠，北美海棠、高酸海棠、红叶海棠、绚丽海棠……意外的是，这里的海棠品种只有几种。抗旱、抗寒、耐盐碱的品种，才能在这片荒滩生存下来。

这里曾经是自然形成的排洪沟，每到冰雪融化高峰期，洪水从山上滚滚而下，如脱缰之马恣意纵横。岁月如梭，柔软无骨的水，竟将亘古之原切割冲刷出深深浅浅的沟谷。可想而知，这里的土壤盐碱化程度有多高。

万亩海棠生态园里，不止有各种海棠，还有适应这里气候、土壤条件，能存活的其他果树，野苹果、山楂、山桃、杏树、沙棘、沙枣等等。这些果树品种，经过了时间的淬炼，生存的考验，从小面积的试种，到如今大面积的推广栽种，其中的艰辛、困顿，只有规划者、建设者知道。前人栽树，后人乘凉。几年过去，2.4万亩的果树已经陆续栽种，按照规划，生态园总面积将达到3.2万亩。

最早栽种的果树枝干粗壮，枝繁叶茂，青色的果实挂满枝头，再过一两个月，就会进入果实累累的采摘季。两三年树龄的，枝条舒展着，叶片泛着光，生机流泻而出，它们耐心蓄力，等待来年开花结果的高光时刻。新栽的小苗，在滴灌技术的运用和专业人士的管护下，已经度过了生命的第一道坎。几个月后，严冬会给它们再来一个深刻的教训。如果来年春天，温暖的风能把它们从漫长的寒冷的梦境中唤醒，它们舒展懒腰吐出新绿，那么它们才有未来可言。生命不易，一株微不足道的野草，一只生命只有几天的昆虫，一只小鸟，一头猛狮，甚至一个人，都有说也说不完的曲折生动的生命故事。停下脚步，请教大自然，你所获的，可能远远多于、精彩于书本提供给你的。

每年秋天，来这里摘海棠的人多得很。我专门挑香妃海棠的果实摘，个头大，味道甜，连果肉都是红色的。摘回去熬果酱，十五公斤的罐，自己一罐，我妈一罐，可以吃大半年。小杨说起来一脸兴奋的样子。

搞不明白，为啥有人种没人收呢？这么多这么好的果子就落在地上，真可惜呀。

有免费的果子捡，有免费的果子吃，就赶紧珍惜吧。过两年，生态园建设完工，进入规模化管理，林果经济成熟，就没有这样的免费福利了。现在生态园没有形成规模，人工采摘成本高，本地又没有果品加工厂，外销的运输费用大，这些费用远远大于销售所得，当然就不采摘了。况且，落下的果实腐烂后，可以改良土壤哦。这会儿，我开始给小杨解疑释惑了。

云层愈来愈低，愈来愈厚。青山就在眼前。

三

远远的，就看到了青山。这并不意味着它有多高耸，它的海拔只有五十六米。它立在一览无余的荒滩上，而周遭的荒滩，万亩海棠的枝叶在满含凉意的晨风中晃动。

如果不是之前有人专门介绍，青山原本不是山，而是一片建筑垃圾安置地，谁能相信眼前青得不能再青的青山是一座用建筑垃圾堆出的人造山呢。望着近在咫尺的名副其实的青山，我不得不佩服规划者的匠心独具：因地制宜，利用建筑垃圾堆成山体，覆盖从邻近的五一水库清出的淤泥为地皮，栽种耐寒、耐旱、抗盐碱的树种，一座理想化的青山就横空出世了。

半山腰，一道金黄的丝带呈"之"字形蜿蜒而上。这金黄，是黄金榆叶片的光华。这丝带，勾勒出山道的位置和走向。黄金榆是园林中广为使用的观叶树种，且大多被修剪成各种形态各异的造型。在青山，它们自由生长，设计者只是利用了它叶片纯正、昂扬、明亮的基色，就花费最少成本，释放出它蕴含的美感。这样的设计才是简单而高级的，直达事物的本质。

这是我从车窗内看到的青山。

下了车，不管不顾地往前奔。小杨提醒我，估计要下雨了，咱们还上山吗？他显然不了解我。而且，我一向相信自己的运气，但凡是专门去看风景、花草，无一例外都会得到上天的眷顾。

穿过十几棵碗口粗的绚丽海棠树，"海棠公园"几个字跃入眼帘。原来这里是个公园，而青山，就在公园里。

小杨选择了最近的一条路上山。他是搞摄影的，跑遍了博州的角角落落，对这里的方方面面极为熟悉。我们几年前就已认识，却少有交往。这次采风活动，短短几天，他对博物的兴致，他的细致、耐心，和与生俱来的热情好客，给我留下了深刻的印象。昨天晚饭，我只是略微表示了此行的遗憾——没来得及近距离看看万亩海棠和青山，他就爽快地说，明天一早去，赶回来吃早饭，不耽误返回乌鲁木齐。我怕麻烦他，显出犹豫之色。他一脸诚恳地说，八点半出发，一个小时就够了。我觉得时间有点紧张，便说，八点吧。他高兴地说，那当然好，我是怕你起得晚。结果是，我今早七点四十下楼，几分钟后他的车就停在了我的身边。

　　更富有戏剧性的是，在接下来的一个多小时观景时间里，我俩竟然见缝插针地聊起了文学。他建议我的植物诗里，可涉及中药植物的药理和文化。我说，他的摄影作品，可以配上散文诗，相互阐释、生发。我还给他推荐了自己喜欢的几位散文诗作者的作品。

四

　　我们沿着台阶蜿蜒而上。这条路边的树较少，稀稀疏疏的山桃、杏树、榆树，这里一棵，那里一棵，枝条短而密集，一看就是去年或者今年栽种的。

　　这条山路，只走了几百米，我便发现了四五个品种的石竹，野生的、种植的都有，单色的、双色的，单瓣的、重瓣的，都那么美，花瓣带着经典的流苏边儿。我蹲下来，手指轻轻抚摸精致的流苏。或许，是它的另一个亲切的名字，"抚子花"，让我忍不住抚摸的吧。我是在抚摸一朵花，还是在用母性抚摸自己的孩子，这并不重要。在我的心底，抚子花，总能让我想起远方的孩子，荡漾起慈母的涟漪。

转个弯，一小片陡峭的坡地，营造出混生的花境。蓝亚麻植株密布，繁密而高挑的茎秆上，一朵朵蓝色的花微微垂着，像一个个含羞带涩的蓝裙少女。微风中，少女跳起了整齐的集体舞，微微屈膝，然后缓缓挺直腰肢，撑开大大的裙摆，优雅、从容。一股劲风刮过，少女像是被绊了一跤，跌跌撞撞倒下去，她挣扎着，裙裾凌乱，试图挺直腰杆。这副模样真是让人心疼。虞美人混杂其中，衣裙色彩丰富，大红、西瓜红、橙红、粉红，还有黄色，裙裾宽大而透薄。有些裙裾被撕破，还有的裙裾一角被刮走了，这是风干的荒唐事。虞美人的花朵，是我比较喜欢的，可是，与同样单瓣的蓝亚麻放在一起，后者的精致、端庄、纯粹一下就凸显出来，这样的气质在野花中是不常见到的。还有洁白的滨菊，这儿一丛，那儿一簇，在灰蒙蒙的阴云笼罩下，像明亮的提醒：快看呀，我开花啦。野油菜花密密麻麻，细细碎碎，不经意间就绽放成一片明媚的黄，这种黄，即便是乌云滚滚也不能减之一分。这样的野生花境，这两年是越来越喜欢了。万物各美其美，才是自然的法则和尝试。

似乎没走多久，就到山顶了。

站在山顶，旋转一周。不光是兴奋的情绪使然，而是只有这样，你才能无死角地俯瞰万亩海棠的全貌。青山是圆心，万亩海棠便是圆的面积。在这个巨大的圆面上，一片片的果林界限清晰，以树种划分，以树龄区分，以树叶颜色有别，以植被茂密程度迥异，等等。圆面还在延伸，目力所及之处，挖掘机等大型机械正在运转。此刻，我体会到了格局带来的心理冲击，体会到辽阔呈现出的壮美。小杨指着天边的山系，翻过去就是哈萨克斯坦了。

五

雨，终究是落了下来。

我们走在另一条下山的路上。台阶有些陡，已被雨水淋湿，我的脚步不由得放缓。路两边的树茂密高大，恰巧遮挡住一部分雨水。我并不着急下山，反倒觉得一场小雨，对于青山之行，是必要而完美的，毕竟，云层酝酿了整个晚上，凉风刮了一个早晨。雨，不能辜负云和风；我，不能辜负青山和这个清晨。

我看着被雨水冲洗得油亮清新的树叶，感觉它的叶片与枫树有点相似。细看它的树干，挺拔而秀美，树皮银灰色，满布棕色的粗纵纹。果然，一棵树身上的标识牌上写着：北美红枫。瞧！它高大挺拔、枝繁叶茂的模样，一定是适合此地的气候土壤等诸多条件的。

还没有做好离开的准备，已然走到公园的大门口。

不知何时，雨停了。

一位中年男子回头和小杨打招呼，下着雨还来爬山，够有兴致的。小杨笑笑，算是回答。

十几分钟后，夏尔西里酒店气派的餐厅里。小杨端着一个盆走向我，尝尝吧。是什么呀？我好奇地问。我自己熬的海棠果酱！小杨依旧爽快地回答。

我的天呀，他真想得出来，端着一盆果酱，堂而皇之地进入五星级的酒店，还自信满满的。

果酱味道不错，甜度适口，带着海棠的清淡果香。我大口吃着夹着果酱的面包片，询问果酱的制作方法。

纵然小杨万般诚恳，让我把这盆果酱带回乌鲁木齐，我还是狠心拒绝了。

现在，行文至此，我的味蕾似乎又品尝到了那果酱的言之不尽的独特味道。

六

那个早晨，返回的路上，我们从开屏湖公园穿过。

我不记得关于开屏湖公园任何微小的细节。它只是从我的眼前划过，而我在车里坐着。我的脚步没有丈量过它，我的手指没有触摸过它，我的体温没有留给它。我曾经去过那里吗？

那个清晨，低沉的云层，寒凉的风，一场恰到好处的雨……

那个清晨，五一水库，博尔塔拉河，垂钓者，两艘船，几只红嘴鸥，两只白鹡鸰……

那个清晨，青山，万亩海棠，石竹，蓝亚麻，虞美人，北美红枫……

那个清晨，北美海棠，香妃海棠，高酸海棠，红叶海棠，以及小杨端着的那盆果酱……

那个清晨，这一切都属于它的那个清晨。

我走进它，却走不出它。

仿若一个真实的梦境。

旷野半日

去旷野吧。

十几天前，看到友人文章的这个标题，心一下忽悠起来。仿佛泥土里的虫子们，在浑浑噩噩、一无所知的悠长梦境中，被丝丝缕缕神秘、细微又无孔不入的惊蛰之气，温暖、唤醒、柔软。是呀，这种突如其来，让人不得不静默的状态，已经足够漫长，长到从树荫浓重的夏天，转换为落叶旋飞的秋日。而乌鲁木齐的秋天是短暂的，人还没来得及好好欣赏一番，就会被一场毫无征兆的雨或者一场突如其来的雨夹雪，粗鲁地拉上大幕仓促退场的。

我早就做好了准备，要好好对待每一个秋日。可是，秋天就快过去了。雅玛里克山，我每天都站在窗前，看它熟悉的山体轮廓，山窝里的黑绿，山坡上的土黄，山顶的信号塔，山腰墓地的穹顶……每天都想着解封后的第一件事，就是撒丫子冲向那里，用脚，用肢体，调动每一个细胞，亲近它，丈量它，拥抱它，抚摸它。

友人笔下的旷野，在古尔班通古特沙漠西北缘。荒凉，干旱，风大，夏热冬冷。即便如此，她仍写得温情脉脉，生活的艰辛在缭绕的岁月叙事中，散发出回眸一笑的从容、淡定。我突然对"回甘"一词，有了另一种解读。

去旷野吧。这是友人发出的深情邀约，还是旷野对万物裸呈的盛大胸怀呢？

一

我们打算去爬山。

对于以蒙古语"美丽的牧场"命名的乌鲁木齐而言，山一点儿也没有距离感，触手可及，不对，是抬脚即到。

市中心突兀而起的红山，自不必说。

东面，博格达峰一年四季白得耀眼。夏天，吃着沙瓤的西瓜还嫌热，一抬头，博格达峰吹来一股亘古冰川的凉意。冬天，待在被地暖烘得干燥失水的楼房里，头昏脑涨像缺氧的鱼，一抬头，博格达峰的白与蓝得像童话的天宇，点醒你，召唤你，这就是你向往的世界和生活。

南面，似乎所有的路都通向山，乌鲁木齐人叫它南山。春夏秋冬，任何一个节日假期，我家门前的路都会堵车，一个时间段是上午十点左右，另一个时间段是晚上七八点，对应的是，乌鲁木齐人出门去南山玩了，乌鲁木齐人玩完了从南山回家了。

西面，当然是西山。我在西山住过十年左右，从没看到过西山。眼前的，是绵长的雅玛里克山，经常爬的，也是雅玛里克山。我从未想过为那片地方为什么叫西山。现在想一想，原来和南山的命名是一样的道理呀，城市南面的山叫南山，城市西面的就叫西山。

北面呢，似乎没有可以叫得上名字的山，可是每次去米东，我们采花蹚水吹风拍照的地方，不都是山沟山谷嘛。

这下你明白了吧，站在乌鲁木齐，四面都是山，所有的山都是天山。乌鲁木齐就是天山山脉褶皱里的一个很普通的地方，以前游牧民族所谓的冬窝子。如今，楼群绵延，向四面的山脚铺展，一条条柏油路、高架桥蜿蜒，探入群山深处。冬窝子，早已退隐在时光和记忆的深处。

我们打算爬雅玛里克山，从蓝天森林花苑大门进去，沿人工水道旁的步道拾级而上，就可以到达这座小山顶部的亭子。

心情就要放飞的我们，在蓝天森林小区门口就被拦住了。非本小区人员不得进入，这是今天最新的防疫要求。

沿着这条路往前走，雅玛里克山这么长、这么大，前面一定有路口可以通到山坡的。我这样对同伴说，更像是对自己说。其实，他们的心思与我一样，居家办公一个多月了，外面的什么都是风景，哪里都比待在家里有趣。

我说的这条路，就是我家门口的仓房沟中路。

二

天真蓝呀。天空中没有一朵云，连一丝都没有。所以愈发觉得，蓝得纯粹，像我最喜欢的那条蓝水晶坠子的透明、晶莹；蓝得宁静，散发出那个遥远的维吾尔族十岁小姑娘眼眸里的纯真、洁净。那蓝色，望着，让人心里静下来，望着望着，又会莫名地忧伤起来，甚至流下泪。我不愿让忧伤弥漫上来，更不愿流下眼泪。今天是个多好的日子，我的眼里盛满了喜悦、新奇和感动。

废弃的房屋，走不了多远就有几间，大多坍塌了。有的可以明显看出曾是牧民的住处，坡上低矮的破旧房子，下面低洼处是羊圈，圆圆的一片地面寸草不生，那是被畜蹄长久反复踩踏的结果。有些是人为拆除的。时不时可以看到半截墙基立在那里，红色的砖头还没有被日头晒透，雨水淋透，冰雪蚀够，像巨大的伤口。零落于废墟上的，像是滴落的斑斑血迹。

我站在一个门楼的废墟前，试图搞明白这处所在的用途，曾经生活在这里的是些什么人，又去了哪里。门楼后面，从残存的架构可以看出，是两层楼房。门楼和墙面上，都竖贴着窄窄的白色长条形瓷砖。这种面砖我再熟悉不过，我家位于下野地团场的自建小二楼墙面贴的就是它。它是20世纪八九十年代乡村楼房的标配。那么，这门楼和楼房的历史就不会太久，居住的历史不长，废弃的历史也不长。三四十年，一栋建筑，不要说和别的比，就是和人的一生，甚至路边的那些大榆树老沙枣树比，都不算长。人，活不过一棵树，让人无奈。一个曾经这么气派、阔绰的院落，送不走一两代人，似乎没完成它的使命和心愿。

我家的院落，不到三十年工夫，门前的水渠填平了，院子里灰灰条、苇草高过院墙，平房墙角虚空成了危房，楼房的窗玻璃大半被风雨或者顽皮的孩童打破了。曾经的岁月，只能在心灵幽深之地，保存渐行渐远的温度、温存和温馨。

沿着山的边缘而走，不时见到坡上随地形挖出的人工洞穴。荒凉的坡上，这些零星的洞穴，洞口没有规则，里面黑洞洞的，隔老远都让人好奇，又有点瘆得慌。我打量了一番，有处洞口可以爬过去，便提议靠近打探一下。小李犹豫片刻，以安全为由劝阻了我。我也的确没有胆量，一个人钻进那黑乎乎的洞口。

三

几个小时内，竟然两次邂逅了石鸡，真有点不可思议。

不怕你们笑话，我以前从未见过石鸡。正当我不死心地盯着那个黑乎乎的洞口琢磨，小李大叫一声，那是什么？在动呢。顺着他手指的方向，我看了又看。光秃秃的山坡，光秃秃的断崖。从断崖截面，可以明显看出地质构造的扭曲、断裂。

大地平静的外表之下，滚烫的熔岩携带着巨大的能量，不为人知地涌动、翻滚。是什么样的力量让它喷薄而出，推动巨大的地壳扭曲隆起，又拉拽另一块地壳下滑、沉陷？

天山山脉地处地震活跃带，前几年常有地震发生，所幸是在天山深处，震源深，震级小，没有造成危害。震感最明显的一次，我家的花瓶从架子上哐当一声砸在地上。我在卫生间墙角处站了几分钟，听楼道内大呼小叫和杂沓匆促的脚步往下冲。等我走出单元门，人群惊呼，你咋才下来？吓死人了。说话间，楼又晃了起来。一群人站在院子里，叽叽喳喳地，看着楼晃，好像在看电影。那阵子，乌鲁木齐人习惯了这种微震，再地震时，没人往外跑，忙着在朋友圈发地震了的消息。反应迟钝的人，大多是一两个小时后，才从微信上得知又地震了。专家说，小震频繁，把地壳内部的压力释放出来，大震就不会发生了。这话有道理。人老这样绷着，时间久了，精神也会出问题的。

截面上，有一处明显不同。上下都是肉眼看不出差异的土层中间，有一层砾石层，大大小小的灰青色鹅卵石，躺在泥沙里。以前这里肯定是条河，小李信誓旦旦地说，这些石头、沙子，河里才有。我笑着说，更久以前这里是海，整个新疆都是，特提斯海，就是古地中海。

现在，这条河从地面跑到了山的内里。河床压扁榨干了，石头在，沙土在。水呢，浩浩荡荡的，潺潺欢唱的，涓涓细流的，都去了哪里？这条河的灵魂丢了，它成了一具干透了的木乃伊，一点水分也没有。它像一条蛰伏的巨虫，平展地躺在那里，上面是无尽的黑暗，下面是无尽的黑暗。所有的光亮，所有的生机，都随着透亮的、跳跃的水消逝了。

就在河流干瘪之处的狭窄台地，或者只能说是地层与地层的粗糙接茬的那一线，我看到了边刨食边走动的石鸡。是从小曹放大了五十倍的手机镜头中看到的。我并不确定它是什么。小李说它是石鸡，因为它们长得和昨天朋友微信发的石鸡图片像是从一个模子里刻出来的。他朋友的是昆仑山的石鸡。我们的是天山的石鸡，雅玛里克山的石鸡。鲜红的嘴和足，头侧和喉部有完整的黑色环带，翅膀上有黑栗色相间的横纹，棕黄色的腹羽，够个性的，头颈背部的黯淡土灰就可以视而不见，甚至忽略了。

况且它们不停地发出嘎啦——嘎啦——的叫声。它们就是新疆人经常说的呱啦鸡吧。我在友人的文字里，在与朋友的闲聊中，经常听说呱啦鸡，甚至可能十几二十年前吃过呱啦鸡。可是，这是我第一次近距离地见到活着的、慵懒的、胖乎乎的呱啦鸡，第一次从万物平等的角度，看待一群在山坡上自由生长的呱啦鸡。

它们活得安全、自在。它们要感谢横亘在它们与我们之间的黑色的两米多高的铁栅栏。而我们是多么无奈、遗憾，差不多要气急败坏了。这么大的山，我们沿着山脚走了好几公里。走到哪儿，铁栅栏都无情地立在哪儿，顶端还带着锋利的铁片，发出冷冷的刺眼的白光，似乎警告我们，要给我们点颜色看看。我们带着总有一个地方没有铁栅栏的念头，一直走到这里。往右看，铁栅栏绵延而来，那是我们走过来的路。往左看，铁栅栏伸展而去，通向我们要去的地方。

如果没有铁栅栏，这些呱啦鸡会藏在哪里？它们还会活着吗？我们还能见到吗？它们这么肥，难保不被有些人逮住，然后吃掉。那么多的物种，消失于人类的口腹之欲，终结了几十万上百万年的生命进化，永远地退出了自然界生命谱系。旅鸽，它们曾经多么数量庞大，如今它们的身影保存于书籍里、图片里，留给人类永远的愧疚和伤痛。真为这些石鸡庆幸、高兴。

它们嘎啦——嘎啦——叫着，依然保持着与生俱来的警惕，两只爪子扒拉着沙土，一只眼睛搜寻虫子草籽，一只眼睛瞟向我们的方向。我们兴奋的声音传过去，它们愣了愣，然后不约而同地往离我们远一点的方向挪动。知道我们拿它们没办法，可又不愿意被无聊的异类观看，它们边走边啄食，从容、淡定。那条窄窄的台边，一只接一只走，真有序呀。

眨眼的工夫，队形乱套了，后面几只一窝蜂地往前冲，前面的被赶得小跑起来。胖乎乎的呱啦鸡飞起来会是什么样子？竟然没有一只飞起来。它们不会飞吗？还是不想飞？或者飞不动？中间的一只差点被挤掉下去，它恐慌地张开翅膀，拍打着，掉头往断崖上方冲去。上方几米是另一线台坎。那么陡，光秃秃的，没有可以利用的附着物，它拍打着翅膀，倒腾着两只爪子，就这样有惊无险地爬上去，停在高高的台坎上，骄傲地看着低处的同伴，得意地瞅着目瞪口呆的我们。

另一群石鸡，出现在玉米地中间的渠道里。九月，已是收获的季节。鼠尾草、苍耳、旋花、灰藜，在结它们的种子，玉米在抽干果实的青绿和水分。水渠已干涸许久，长满了杂草。在渠埂上，每迈出一步，草丛中就会迸射出一粒粒子弹，蚂蚱呀，真多。多有什么用，秋天了，蚂蚱能蹦跶几天呢？

扑啦啦，前面传来响动，夹杂着一声：石鸡——我紧赶几步，只看到水渠里晃动的杂草，那晃动顺着渠道的杂草往前涌，带着慌里慌张往前蹿的不小动静。我跟了一百多米，又失望、懊恼地转回来。

有什么可失望、懊恼的呢？它们活着，按照自然的法则自由自在地活着，还有比这更自然、更让人欣慰的吗？！

四

到达那片台地时，小曹说，海拔快一千米了。

我有点吃惊，这里竟然比城中心的红山海拔还高。而我们还没有上山，还没有找到被铁栅栏圈住的缺口。也许压根就没有那样的缺口，我们这样想，却没有人说出来。

一路走来，我们看到的绿色，先是大马路边的景观树，榆树、杨树、柳树、山楂树，还有某个小区门口的一棵珍贵的夏橡。然后是乡村路边的苹果树、杏子树、沙枣树，还有越来越低的灌木，锦鸡儿啦鲜黄小檗啦野蔷薇啦。每次见到它们，我都会想起它们明黄、柔嫩的大花小朵，在四月的春风里，五月的鸟鸣中，六月的烈日下，你追我赶开放的样子。

如果不是眼尖的我，看到路边枝条上的几粒红色的小小果实，我会以为那丛灌木是罗布麻。摘了几粒，递给小伙伴品尝，转眼看见一朵浅紫的枸杞花挂在枝头。唯一的一朵，开得美而娇柔，我不禁为她没有果实的未来惋惜。秋天，荒野，让她的开放郑重而热烈，还有点没心没肺的坦荡。这样的一朵花，想忘也忘不掉。

接下来，野枸杞丛成了我们的熟人。走不了几十米，就能看见它们灰扑扑的枝叶，以及灰扑扑枝条上干瘪的依然红红的果实。

我们已经走在旷野上。九月，许多植物已经完成荣枯的更迭、交替，深深浅浅的黄成为主调，渲染着旷野的荒凉、贫瘠，也让天空更高远、更纯净，让阳光更透明、发亮。那些深深浅浅的黄，都走在成熟的路上，都走向枯萎，走向圆满的终点。骆驼蓬一簇一簇，叶片和茎秆已经枯黄，一粒粒白色的果实点缀其上。两三个月前，白色的五瓣花被饱含汁液的绿色茎叶托举，密密匝匝，我无数次蹲下看了又看，即便味道并不好闻。现在，白色的花结白色的果。

仔细打量，白色的果都咧着嘴儿，露出里面黑色的小小种子。白色果怎么都裂成了三瓣，一个个就像兔子的嘴，这兔子得有多小呀，我这么想着，不由地咧嘴笑出了声。

一丛十几公分高的红色花枝跃入眼帘。不用琢磨，我就知道盐生草开花了。这个季节，荒坡荒滩之地，除了耐盐碱的这些植物，粉苞苣、驼绒藜、红柳等，没几种能熬到现在。这些红色的花，油亮油亮的，有塑料薄膜的质感，却掩盖不了从内而外迸射出的生命激情。假木贼、猪毛菜的花也是这样的。我没发现它们的身影。在四季轮回到万物开始走向颓势的秋季，这些植物熬过苦夏，进入短暂而绚烂的花季。这是它们的智慧，也是顺应环境的自然选择。自然多奇妙、公正，让每个季节都有花开，有希望，有属于自己的风情和姿态。顺应自然，顺应它的呈现，发现欣赏它，该是莫大的幸福和教诲。

这片台地方圆三四百米，和周围的荒滩感觉不大一样。我眼光一扫，便发现端倪。植被密一些，叶片水润一点。不远处有一处房屋，一片树木葳蕤，围墙围着，院外停着一辆白色轿车。应该是一个饲养牲畜之所。我看不出这片台地的秘密，隐约觉得与那个院子里发生的某个普通的行为和事件，有着看似八竿子也打不着的关联。

就在这片台地，我看到了一些细微之事。这儿的盐爪爪真是好看，一丛植株的叶片呈现出渐变的色彩，靠近根部的是深红色，往上依次是紫色、粉紫、带着一点绿色的紫，然后是带着一点紫色的绿，最后，梢头是不带一点杂色的绿，饱满的、水润的绿。这样滋润的绿色，当它彻底变成水润的红色，会发出珊瑚般的红吧。

五

该说说那片遥远、神奇的玉米地了。

说它遥远，是因为它是我们此行的终点。走到玉米地，我们发现前方已无路可走，除非沿水渠穿越不知有多大面积的玉米地，到达那一头。没有人提出继续走下去。几个小时的行走，我们的肚子已经开始抗议了。更重要的是，我们的精神得到了极大的满足，似乎我们今天走了这么远，就是要找到这片玉米地，似乎看到了玉米地，我们的心就安稳地放在了肚子里。

说它神秘，是因为我们不知道在这么高的地方，怎么会有这么大一片平坦的可以种庄稼的土地。这里已经比那个海拔一千米的台地高出很多，水是从哪里引上来的？还有，为什么会种一眼甚至两眼也望不到边的玉米地？为什么不是向日葵、马铃薯、小麦呢？

很快，我的疑惑就被下面结籽上面开花的鼠尾草花序赶跑了，当然还有结着累累果实的苍耳。苍耳子还是青的，连上面密布的刺也是青的，圆鼓鼓的。我摘下一粒，想放进嘴里，尝尝白色的嫩嫩的果仁，最终还是放弃了。凤鸣一再告诫我，在野外，不要把什么果呀花呀都往嘴里放，小心中毒。可是，我小时候吃了那么多黑黑的龙葵果，磨盘一样的苘麻果里的籽，还有苍耳的白果仁呢。

我忙着看各种各样的杂草。只看了一分钟玉米的青纱帐（应该是半青半黄的）就不感兴趣了，两个小伙伴却劲头十足，对着玉米地连拍带摄。

一迈步，就惊动了几只蚂蚱。小时候，最乐此不疲的游戏之一就是逮蚂蚱。蚂蚱又肥又大，小拇指那么长那么粗，凝神敛气，小心翼翼地，迅速把拱起的掌心扣下去，蚂蚱粗壮的后腿弹起，却为时已晚。我小时候胆小，看见蛤蟆老鼠壁虎都怕得要死，看到屎壳郎红蚂蚁蜘蛛也躲得远远的，唯独对蚂蚱一点儿也不怕，甚至在邻居男孩的示范下吃过蚂蚱腿。真不知道当时是怎么下得了嘴的。

惊飞的蚂蚱都不大，一厘米左右。也不是想象中的绿色，而是灰褐色。我还是准确地瞄准了一只蚂蚱落脚的叶片，用手机拍摄了一张。那边，小伙伴已经做好了遥远的玉米地的视频，两个人评头论足着。

该回去了。

沿着原路下坡。小心又小心，不踩那些废弃的砖头和水泥地面，像走上来时一样。墓里的骨殖迁走了，只留下它们，孤独而落寞，像个弃儿。

在我们身后，风中，玉米的叶子发出哗啦啦的声响。我忍住回头的念头。抬头，惊诧地发现，白色的云，一小片，一小片，点缀着依然蓝得动人的天空。

来的时候，早晨，天上是一丝云也没有的呀。

花园子

山地玫瑰·帕米尔玫瑰

山地玫瑰

> 一朵玫瑰，就是所有玫瑰
>
> 而这一朵：她无可替代
>
> 她就是完美，是柔软的词汇
>
> 被事物的文本所包围。

这不是我的玫瑰。它属于里尔克。

这，不是我要写的玫瑰。那么多的花，在我的诗句中绽放。那个百花园里，没有玫瑰的芬芳。我要写的是山地玫瑰。

山地玫瑰，其实不是玫瑰。山地玫瑰是景天科山地玫瑰属40余种植物的统称。这一朵"山地玫瑰"，真的就是"所有的"山地玫瑰。如今山地玫瑰属已全部划归莲花掌属了。

多肉植物对形与色的追求，堪称出类拔萃。但生生把自己长成一朵玫瑰花形的，也的确是自虐狂。一朵，还不满足，非要逼着自己爆头、长侧芽。一朵变身十几朵、几十朵。一枝玫瑰孕育出一捧玫瑰，还是绿玫瑰，实在是不同凡响呀。

短短几年时间，多肉植物以其别具一格的形、色，"飞入寻常百姓家"。养多肉，成为有品质生活的标配。我周围的肉友也越来越多。我是属于"无肉不欢"的那种。当多肉代替鲜花，成为婚礼的主打花，会是怎样的视觉盛宴呀。头戴多肉花冠、腕戴多肉手镯的新娘，穿过各色多肉编织点缀的拱门，款款而行。她的手里，捧着一束可爱的绿玫瑰。含情而来的新郎，胸前的西服口袋冒出几朵绿玫瑰。当新郎把绿玫瑰戒指戴到新娘的手指，我屏住呼吸，仿佛被攫取魂魄。"永不凋谢的绿玫瑰"，永不凋谢的爱。这是一个真实的场景，比梦幻更梦幻。

我忘不了那山地玫瑰，第二天便去花市寻觅。一株鸡蛋大小的单头玫瑰，蕴含了所有的期冀。一朵，到十几朵，是最温馨的期待，也是世界上最遥远的距离。那盆山地玫瑰不负我所望，爆了很多侧芽。我把余存的温柔都赋予它。炎炎夏季之后，它似乎并没有从休眠中醒来。它越长越小，越长越小。慢慢地，侧芽枯萎了，它又回到单身状态。我试图挽救它。修根，换土，换盆。刚有一点起色，又进入第二个夏季休眠期。它终究没有逃脱命运的寂灭。我们谁也不能。

现在，我已经有了第二盆山地玫瑰。和肉友一起去看多肉，一朵朵盛开的绿玫瑰让她惊呼不已。她选了一盆单头的，玫瑰大而丰满，连盆沿都盖住了。我选了一株三头的，一大两小。我的捧花情结赶也赶不走，怎么办呢？

五月还没到，新疆的气温最高还不过25℃，这盆山地玫瑰已经出现休眠的迹象。摊开的叶片慢慢包紧，最外圈的叶片发黄，渐至枯萎。我心有余悸。按说，温度超过30℃，山地玫瑰才会进入休眠期。难道是它还未服盆？我时时揪心于它的命运。

"玫瑰，哦！纯粹的矛盾，乐在／众多眼睑下的无人之眠。"这是里尔克为自己写下的墓志铭。

我的山地玫瑰，不需要墓志铭。

"永不凋谢的绿玫瑰"，永不凋谢。

帕米尔玫瑰

当初买这盆多肉植物，是因为它的名字——帕米尔玫瑰。在一片或萌态可爱或仙气十足或野性十足的多肉植物里，它实在是太不起眼了。放在窗台上，似乎是陪衬，或者填空儿的边角料，也不打眼。可是，只独独一盆，恰巧闲来无事，没什么可打理的，瞥一眼，再瞥一眼，它的好就被一眼一眼地瞅出来了。

帕米尔玫瑰的产地，并不是帕米尔高原，而是遥远炎热的墨西哥。这是我后来才知道的。给它命名的人，一定与帕米尔有点儿瓜葛。就像我，一听见"帕米尔"，就有点百转千肠。那是初冬的一个晴朗的日子，我们从喀什驱车前往帕米尔高原。一路向南。太阳升起，慕士塔格峰山尖像被涂上了红指甲。太阳高悬，蓝色的天空之镜下，冰川覆盖的慕士塔格，散发父亲般的威严。太阳西垂，夕晖涂抹封存万年的冰雪。我们一直在路上。几百公里的山路，似乎怎么也绕不开慕士塔格。此情此景，着实让人兴奋又乏味，心动而疲惫。地貌持续地未有改观产生的审美疲劳后，车内安静下来。我的大脑皮层还在兴奋中，便拿出手机，写下了四行文字。由此，我开始用诗人的眼睛打量世界，记录世界。帕米尔的石头城，每去一次心就会痛一次，说不清为什么。同行的沈苇老师说，或许你的前世曾是石头城的臣民。过去的，皆为美好。集如此美好于一体的帕米尔，总是让人欲说还休。窖藏的，都是珍品。

帕米尔玫瑰，韩国人称它为"迷你莲"。的确小，每个头都是一枚蚕豆大的莲座。还有人叫它"子持白莲"。白莲，是因为它的叶片带有薄薄的一层白粉。子持的意思，应该是说，它特别爱爆头，从叶腋发出走茎，每一枝茎都会诞生一朵小小的白莲。我家的这盆，买回来的时候只有两三个小头，不知不觉间，就长满了盆。一盆小头，我等着它长大，结果却是不停地发走茎，走茎的尽头就是微缩版的白莲，只有筷子头大。长成草，估计就是这个样子。我赶紧给它分盆。原来的那盆，拔掉还在发的走茎，撸掉过剩的叶片，用牙签一根根撑起一朵朵莲座，心里存着那莲座会慢慢长大些的心思。对了，还有一种多肉叫"子持莲华"，叶片是绿色的，也是爱发走茎，像是牵着手的孩子。子持莲华是景天科八宝属的，子持白莲是景天科拟石莲属的。

听人说，六七月份的帕米尔高原开满了美丽的帕米尔花。我穷极想象，也想象不出那是怎样的花。很偶然的，看见了帕米尔花的图片。原来就是我写过的格桑花。在藏区，藏民所说的格桑花，并不具体指某一种花。我们通常认为的格桑花，其实是一种典型的入侵植物，也叫张大人花。

帕米尔高原是否有帕米尔玫瑰？一定有的。但肯定不是我眼前的这种子持白莲。

这么说，是因为突然想起了文友的一本小说集——《帕米尔情歌》。那位文友曾在帕米尔当兵多年，在西域高原度过了人生最好的青春年华。他说，帕米尔已经融入他的骨血。

情歌和玫瑰，属于帕米尔，以及热爱帕米尔的人。

婴儿手指·仙人掌

婴儿手指

婴儿手指，这名字真好。

初生的婴儿，即便胎里带来的脸上的皱褶还未舒展，皮肤上带着浅浅金色的柔软胎毛还未开始褪去，小小的肉肉的手却已经让人格外心疼。这会儿，你说什么，他听不懂；你看他，他的眼神多是盯在某个你不在意的地方，若是回应你，目光也是愣在你的脸上——你全然不知自己在他的眼里，是怎样一副模样。可是，那小手会热烈地回应你。那手，习惯性地握成小拳头。在十个月的漫长旅途中，独自蜗居于未知的、黑暗的、神秘的居所，独自面对、体验分分秒秒都在长大、变化的身体，他（她）内心的恐惧、担忧，甚至反抗、希冀，都聚成一只小小的拳头——既鼓励、安慰自己，也保护、支持母亲。现在，小小的生命已经胜利闯过生命的第一关。那手开始迎接新的世界。虽然还是习惯性地握成拳头，若你把自己的手放在那粉粉的掌心，就会被紧紧地攥住。力道不大，但你能感觉到力量的传递，你会体会到"力度"这个词的力度，体会到"源泉"

之源的神奇。更神奇的，那小小的手传递温暖，传递爱。这爱，让你柔软，心生善念，让你觉得周围的一切都明亮、畅快起来。这爱，让你自由，却又心生责任——爱自己，爱他人，爱一切值得所爱的，并心甘情愿为之付出。婴儿的手，发出的回应，简单又直接，纯粹而奇妙。世界，真的从伸开手指开始。然后扬起双臂，就会拥抱整个世界。

我家的婴儿手指第一次开花，是在2018年元旦。一枝蝎尾状聚伞花序低垂，缀着已开、半开、未开的十几朵。钟状花冠，浅绿的花瓣并不起眼，只有完全开放了，那五片花瓣才会反折、内卷，露出叶片内部的红斑。是鲜艳的红，又只有那么一点点，所以越发让人留意。美人玉手上的点点红指甲，这样就容易想见了。五点红里，簇拥出一捧黄色的细密有致的蕊。花小如米，却一板一眼，精致得很。况且叶片真的是美人如玉。婴儿手指的叶片被粉，叶基部呈粉白，中部是泛紫的浅灰色至蓝绿色，尖端颜色更浅。有粉的多肉，喜欢的人多。婴儿手指，叶片互生，是半圆柱状，顶端有尖。的确是像胖乎乎的婴儿的手指。这些手指螺旋状排列，呈莲花座状聚于茎秆顶端。

开花的前十日，单位的一个妹妹生了二胎，又一个男孩。为了向关心她的朋友报平安，在微信朋友圈发了一张图片：一只大手（相较而言）握着一只婴儿的小手。大手是大儿子的，小手是小儿子的。心里一下漾满感动，眼眶顿时盈满湿意。那时，我的婴儿手指已经打苞。我留言给她，要送给她和孩子一份礼物。

元旦那天，我的婴儿手指开花了。

两天后的夜晚，我写了一首诗《婴儿手指》，送给她和她的两个孩子——

一只六岁的稚嫩的大手

一只出生刚十天的婴孩的小手

握着。握着。静止成她目光里的

母性，嘴角的一丝吻痕

这是旧年的礼物

她乐于珍藏、奉献，并享受

用一生的光阴

这，也是我的礼物

新年的礼物。力量如此强大

神秘，如小小的新生的蝌蚪

我的婴儿手指被催开

花葶低垂，骨朵像一串铃铛

唱着歌，跑过来

它，是我未生的女儿

永远在路上的女儿

她一直在我的身体里

为了让我对自己、活着的人

仁慈一点，再仁慈一点

对这个客观、冷酷的世界

主观一点，再投入一点

我没有女儿。我一直记得儿子出生后的一个细节：手指细而长。见过的人都说，这手是弹钢琴的，我没在意。医生带了一群实习医生来查房，不知谁说了句"这孩子手指真长"，医生笑着说"好好培养，不弹钢琴可惜了"。后来，后来，儿子钢琴没学出来，倒是一直对篮球念念不忘。读书，工作，转了一大圈，还是要转回篮球上。我打篮球的愿望没实现，现在总可以选择干一个与篮球有关的职业吧。他电话里是这样说的。人总要做自己有兴趣的事情，这样才能做好，就像你爱养多肉，所以妈妈你要尊重我的选择哦。

真是无话可说了。

仙人掌

前年初夏，和朋友约好去成都植物园。别人去植物园，大多是锻炼身体，去天然氧吧里吸氧。我去植物园，只有一个目的：看花。以前，到一个城市游玩，第一要去的是博物馆，第二是步行街，而且要以入住的宾馆为中心，用双脚把一两公里内的区域丈量一遍。好像只有这样，才能感知这方地域的脉搏和温度，才能和这里的风土人情对接。不知何时起，这习惯变成了去植物园。

有些植物园距离市中心极远，比如上海辰山植物园、广州华南植物园。这些植物园面积大，分类园区齐全，一天时间无论如何也看不完。与它们相比，成都植物园是属于近的、面积小的、园区少的。

已经是五月了，成都已进入初夏，绿色蓊蓊郁郁，花却少得可怜。即便是这样，我还是找到了许多在西域没见过的花，悬铃花、紫娇花、双色茉莉、重瓣白花溲疏……朋友是极耐心之人，我搜寻一路，欢喜一路，拍摄一路，她只是以欣赏的心态和眼光看待我的一举一动。

时间过得飞快，不觉到了午后。园内树影婆娑，空气却燥热起来。不知不觉中，我们登上山顶，火辣辣的日头晒得人站不住。从另一条路下山，不多久就见到"多肉馆"的指示牌，不觉精神振奋。

说是多肉馆，见到的大多是热带、亚热带沙漠和干旱植物，仙人掌科、大戟科的居多。看着眼前栽种在地上的大型多肉植物，想想自家窗台上小巧秀气的莲座型小多肉，不禁哑然失笑。

我在一株仙人掌前停下脚步。它高过我的头顶，根部的茎片已经木质化了，带着褐色的纵痕。由于温室内空气湿润，茎片的颜色偏绿，上面分布着一簇簇的毛刺，有些茎片顶端顶着还是绿色的花蕾。友人说，仙人掌的花很漂亮的。

我见过的开花的仙人掌，都是别人家的。记忆中的那株仙人掌，似乎从未开过花。那株仙人掌已经养了有几年，可还是没几个茎片。总是有人来家里掰茎片，说是家里的小孩子得了腮腺炎，或是长了热疮，或是得了大脖子病。听大人说，用小刀把茎片上的毛刺剃掉，剥了皮贴敷，或是捣成糊状，敷在病痛部位，就可以解除痛苦，效果好得很。这应该是真的，没有效果的话，谁会来要呢。

我家的仙人掌，因这个缘故，新长出的茎片总是被掰去。结果是靠近根部的茎片又老又厚，木质化，皮都看不出来了。顶部光秃秃的，或是几个嫩嫩的小芽。要多丑有多丑。搬家的时候，父亲不让搬回新家，说是有刺不好搬，秃头秃脑的也不好看。母亲自然不舍得，拗不过，只好掰了一个茎片，准备在新家里再栽一盆。

搬一次家不容易，原先规整的东西，打乱了秩序，再找到新的秩序更不容易。几天后，我看到了那片发蔫的仙人掌，用两根指头拎着，赶紧拿给母亲。母亲放下手里的活儿，接过仙人掌，转了几圈，也找不出空闲的花盆。柴垛边有一个橡皮桶，里面有大半桶干泥巴。盖房时，它被用来装泥浆的。我对母亲说，那儿有个装泥巴的桶。母亲只看了一眼，就让我拎过来。泥巴太硬了，我有眼色地端来半盆水。蔫巴巴的仙人掌，就在这个糊满泥巴的橡皮桶里安营扎寨了。母亲把它放在菜地边。整个夏季，谁也没有注意过它。

秋天到了，满院子的绿色枯萎了，我猛然发现它已长到我大腿那么高了。得把它搬进屋里，否则下霜冻会把它冻死的。它那么高，窗台放不下，只能放在写字台旁边的地上。它和父亲似乎有仇，那个冬季，父亲被它刺了几回，每回父亲都嚷着要把它扔出去。我和母亲当然不舍得，只能把它搬到更偏僻的角落里。

春天到了，我和母亲把它抬到院子里。谁能想到这么大的院子，它还是把父亲刺到了。父亲这次真火了，对母亲下狠话，说再看到它，就把它砍了。母亲为了平息父亲的怒火，竟然把它放到了炭房的房顶上。从春到秋，这株仙人掌度过白天、黑夜的轮回，领受太阳、月亮的照耀，承受干渴、雨水的浇灌。它得日月之精华，节气之滋养，长成了一棵树。

我看到的开着花、结着果的仙人掌，是在"花年一舍"。那株仙人掌，和我家的那株一样高大，一样毛刺簇簇。我看着那些在烈日下合拢的花瓣，看着茎片上绿色的类橄榄状的果实，感慨良多。"这个果实能吃吗？""现在还不能吃，熟了后吃起来是甜的。"我想象不出那甜味，却知道它经历的苦。

人的口腹之欲真是可怕。前不久，看到一篇微文，竟然是推荐可爱的多肉植物的吃法。首当其冲的，就是仙人掌，还图文并茂地介绍了做法和益处。我手指哆嗦着关闭了页面。惊心之余，不由感慨：人呀，你还有啥不敢吃的？

长寿花·桑叶牡丹

长寿花

自从我看过芹家花团锦簇的重瓣长寿花，便对自己曾经养过的单瓣长寿花不大待见了。及至后来又在花市里，看到盛开的复色重瓣长寿花，更是惊喜、艳羡不止。

同一花序上，开出不同色花的，印象深刻的是马缨丹。马缨丹，又叫五色梅，顾名思义，花朵肯定与梅花相似，花色嘛，一定是五种啦。第一次见到五色梅，是2013年在福建莆田。我和吉尔大清早从海边回来，耳边回荡着海浪拍打礁石的节奏，皮肤上还沾着细细的沙粒，叽叽呱呱地说笑着。两个来自瀚海沙漠的女人，第一次见到大海，激动成什么样都不足为奇。其实，头一年我是见过大洋的，太平洋，只是在宝岛台湾的12月，冷风飕飕，再喜欢，我也不敢脱了鞋，用裸足触碰大洋的温度。

我猛然看到一丛盛开的小花球。在周围满目苍绿的高大树木的背景下，五色梅那么不起眼，甚至可以忽略不计。一路走过，小花球越来越多，似乎在我的关注下涌了出来。矮的，枝条匍匐在地；高的，花葶举到我的胸前。我打量了一路。真是奇妙哦，每一个花球上，十几朵、几十朵小花，颜色朵朵不同，黄色、橙黄色、橙红色、红色、玫红、深红……我贫乏的语言表述不出大自然调色板里的千变万化，只能用眼睛记录捕捉奇幻的色彩，用心灵感触每一朵小花、每一个花序捧出的奇迹。几年后，在深圳的文心五路，那个空荡荡的早晨，我又见到了五色梅，孤单的我，把自己缩了又缩，"躲进一株马缨丹的穹庐里"。

复色长寿花不是这样。它的复色，不是一朵花一个颜色，或是几朵花一种颜色，而是一朵花有两种颜色。单瓣的，大多是花瓣边缘镶了一层其他颜色的边，像是姑娘裙裾的花边，鲜艳、醒目，清新、可人。重瓣的，也包括这样的情况。此外，有的，底层花瓣的颜色与上面的不一样，像是银盘托举着一朵花。还有的，中央几层与外面的颜色有别。大致说来，也就是两种颜色的变化，白色是不变的，和黄色、粉色、红色、玫红、紫红等，怎么搭配都是美的。

我一直以单瓣花为美。单瓣，并不是说花瓣只有一瓣，而是说花瓣只有一层。复瓣是花瓣有两层或两层以上的。重瓣，是雄蕊发生了瓣化，变成了一片片的花瓣。重瓣的花朵美则美矣，代价却很惨重，失去了结实、繁衍的能力。要有多决绝的勇气和决心，才能把美发展到此种空前绝后的境地。安安静静、平平凡凡地过完作为自己的一生，不好吗？

我养过的那些长寿花，都是单瓣的，而且是正宗的单瓣红品种。母亲家一年到头盛开的长寿花，也是单瓣的。说来也是有趣，过年前后，这长寿花的花骨朵就开始绽放，一层一层往上传递花讯。窗外白雪皑皑，地冻三尺，室内喜气洋洋，年味十足。一盆盛开的长寿花，多么吉利、应景呀。那一串串挺举的花序，每一朵都是点燃的炮仗，炸开美好的祝福和心意。那年除夕，我看着盛开的长寿花，写下诗句。在我的诗句里，它就是"中国红"。

办公室里的那盆长寿花，是黄老师捡回来的。办公楼里大扫除，一盆长得乱七八糟的长寿花被主人抛弃在楼道的窗台上。它的花期还未结束，甚至有几枝花葶上的小骨朵还未开放。我有点瞧不上它。过了几天，实在手痒，我拿起剪刀，已经枯萎的花葶剪掉，枯叶、不完整的叶片摘掉，过高的枝条拦腰截断。剩下的几枝花葶，又开了很久。只是浇浇水而已，这盆捡来的长寿花，一直不停地开花。有一天，黄老师冷不丁地说，它怎么一直在开花呢。

办公室的这盆长寿花，后来交给小孙养护。每次见到，它都在开花，只是它又长回了乱七八糟的模样，我见一次修剪一番，却不能恢复它长寿花的模样。它长成草了。现在想想，如果没有人类的培植，所有我们以各种实用、欣赏目的栽种培植的"花"，它的前身都是"草"呀。这株长寿花，不过是逃逸之心未曾磨灭而已吧。

说起复瓣的长寿花，就难免想起芹。芹也是爱花之人，她家的植物都养得绿油油，生机无限的样子。奇怪的是，我俩从未交流过养花的心得。我俩隔着千里的距离,见一面千难万难。我从她的文字里读她,她从我的文字里读我。我们说的,也与植物无关。可是,怎么就觉得那么亲近呢。

就像长寿花,现在,我家里并没有一盆,却总觉得,它就在窗台上开放。

桑叶牡丹

桑叶牡丹的花,见过一次就不会忘。它太特别了,漏斗形的花冠,一根长长的雄蕊管大大方方地伸展出来,像一根天线,接收着来自神秘天宇的讯息。雄蕊管的上部,密布着纤细的花丝,那么密,使整个雄蕊管看起来像微缩版的毛刷。待花丝顶端的花药成熟,便是黄色的了。小毛刷的最上头,探出五个红色的小圆球,也是毛茸茸的,它就是柱头啦。五个红色的柱头,是画龙点睛之笔,让金灿灿、毛茸茸的基调服务于红色的主调,让红色的柱头回应着红色的花冠。当小小的蜂蝶迷恋于花药的芬芳,迷失于金色的甜蜜,一个鲜红的柱头会让它产生好奇、惊喜吧。它会略带顽皮地落在上面,打探究竟,或者尝尝鲜,不过多半是失望,还有可能,是吃累了在红球上歇歇脚。这就足够啦,只是轻轻一落,它翅膀上、腿脚上、唇舌上沾满的花药,就被毛茸茸的红球紧紧抓住。授粉就这样以看似不经意的方式完成。我没亲眼见过这样的场景,它完全是我想象、虚构出来的。

母亲家里的桑叶牡丹，似乎总在开花。一根枝条，像个孤军奋战的勇士，勇往直前，只是它的方向是向上，它的目标是高悬的天宇，以及天宇中耀眼的太阳。一根小苗，栽种在这么大的花盆里，怎么看怎么别扭。我说，盆太大了。母亲说，邻居家那一大盆真是好看呀，枝繁叶茂，花红朵大。这根小苗寄托了母亲多大的心愿呀。那根小苗不负期望，长得有三四十厘米高了，底部的茎秆开始木质化。我看着硕大的盆，对母亲说，该打顶了，得让它长侧芽了，这孤零零的一枝太难看了。母亲不着急，让它再长长。等母亲认为可以打顶，并把这独生的枝头剪掉后，它并没有按照母亲的心愿，从底部长出几枝新枝，然后开枝散叶，蓬勃成一丛。它从被剪掉的地方，发出两根新的枝条。它似乎把所有的劲头都放在了顶端。植物的生长是存在顶芽优势的，会把所有的营养、水分优先供应给最上面的枝芽。这是植物的智慧。

　　它长得那么难看，我真有点看不上它。母亲却对它有特别的偏爱。我再次看到它的时候，它的叶面油腻腻的。生蚜虫了，我大喊一声。翻过来，叶子背面密密麻麻的白点。母亲不信，赶紧过来看。她嘀咕着，上两个星期还开花呢，可好看了。母亲说得对，三四朵干枯失色的花躺在盆土上。我拾起来，放在鼻子边嗅闻，然后又丢回盆里。这花可漂亮了，才开几天就落了。母亲的惋惜在话语间流淌。

蚜虫总也杀不尽，那株桑叶牡丹就委委屈屈地，叶片翻卷着，顽强地活着。母亲家的通风条件不好，桑叶牡丹又特别爱生蚜虫，怎么办呢？谁能想到，它竟然又长出了花苞。母亲下定决心，用药性极大的农药乐果兑了水，狠狠地喷洒了一遍。空气中弥散着浓烈的农药味。几个小时后，开窗开门对流，那味道还有余留。只一次，蚜虫就灭光了。若不是为了它能安全地开花，母亲绝不会这样下狠手在家里喷洒农药杀虫的。

家里养的桑叶牡丹，如果生在户外，我便叫它朱槿。这只是我的无意识之举。送儿子去广州上大学的那年，我见到了灼灼的朱槿，盛开在树上。南国的植物都长成精了，三角梅是，夹竹桃是，朱槿也是。怎么会长成树呢？在新疆，它们容身于不大的花盆里，被精心养护，施肥、修剪、浇水，就这样还不好好开花。单位里的蒋老师，最爱三角梅，在阳台上养了好几盆，无论如何就是不开花。邻居家的三角梅年年开花，引得他不时隔窗相望。他多次讨教，按邻居所言养护，还是不开花。他年年期盼着。有盼头也是好的，乐观的他笑眯眯地说。

那个九月，我坐公交车到处游荡，看着车窗外路边、路中间带上盛开的花墙，打量了半天才看出是三角梅。我恍然大悟，怪不得广州的市花是三角梅呢。这三角梅长得太恣意、太放肆了。

送儿子去赤坭的路上，我的心情有点落寞。从嗷嗷待哺的婴孩，到一米八几的小伙，我何曾想过他这么快就远远地离开，踏上独立的人生之路。眼泪噙在眼眶里。儿子说，妈，你看那红色的花，多好看。他不知道那是朱槿，却知道，花能让妈妈从伤感中抽离一会儿。他是善解人意的，尤其对妈妈。车窗外，那时不时跃入眼帘的花朵中，我只记住了朱槿。几天后，我写了一组诗《与儿书》，其中就有一首《朱槿》。一朵花，连接一段难忘的记忆，与一座城的文学地理。这些细节，不知道已在南国为生活、事业打拼的儿子是否还记得？

我没有亲眼见到母亲的桑叶牡丹开花。我叹息着，总是错过它的花期。几天后，侄女和我视频电话，说奶奶的桑叶牡丹开了，奶奶要让你看看，然后写一首花诗。我鼻子一酸。我当然写了一首，结尾一句是：母亲不写诗 / 却是我心底最出色的诗人 / 而我，只愿意做她最好的读者 / 无论我写诗，还是不写诗。

父亲去世后的艰难日子里，每到周六，我都坐200多公里的车回家陪母亲一夜，第二天又坐车回乌鲁木齐。家里的一切都暗淡无光，似乎父亲把光亮都带走了。母亲整个人消瘦不堪，精神不济的样子。漫长的冬季才刚刚开始，可也得熬过去。

一抹高挑的红，像烛火，照亮了我的眼睛。妈，快过来看，桑叶牡丹开花了。母亲应声而来。我搂住母亲的肩膀，两个人的眼睛里泪光盈盈。

绿法师，黑法师·红掌

绿法师，黑法师

此法师，非彼大智大慧之法师。

此法师，乃多肉植物，景天科莲花掌属。已伴我三年有余。当初痴迷多肉，每日午休时间，欣欣然往花市。观赏，已是满足。每每心中起购买之意，便忍之又忍。这法师，便是忍了又忍，却没忍住。大约是缘深的缘故。

其实，已有一盆黑法师。这盆绿色的，据说是黑法师的栽培原种。黑法师，自然界是没有的。

黑法师，置于办公室窗台。绿法师，摆在卧室台边。进门，便见之。莲花座。一朵，生喜；两朵，双喜；三朵，便是两分喜上又加了一分……

法师是容易爆头的。不忍将其主头砍去，以促其萌发侧芽。家里的这盆绿的，便慢慢地往上长。顶芽优势使然。叶片油亮，规矩，一圈圈的，绿得没心没肺。黑的，也是慢慢地往上长。不知怎的，叶片长而垂，披头散发的。朋友说，怎么看都像梅超风，83版电视剧《射雕英雄传》里的。我左观右看，蛇发女妖美杜莎的味道氤氲而出，美，而无辜，极具诱惑性。这黑的，是紫极而黑。光照充足，嫩生的浅紫叶片，暴晒后就一点点色深，慢慢地，就黑了。若光照不足，黑而渐淡、渐紫。过程是反向的。

未想过这法师是会开花的。倒是看过开花的法师，不只在屏幕上。去年初春，在烽火台小镇，见到一缸正开花的法师。挺立的花葶，比我还高出半米，仰着头才能看到。一层一层的黄色碎花，连缀出的花序，标准的等腰三角形。金黄的宝塔。好像没见过黑法师开花，仔细想想，从来没有，哪儿都不曾见过。或许开不了花的。

这绿法师是开了花的。此刻，开得正旺。果然，花葶比枝干高出一倍还多，粗如小指。层层探出的花枝，都围着七八朵，组成小花团，层层叠叠，垒成黄色的花塔。若是绿色的，便是微缩的一棵松了。自然界中，绿色的花是极少的，所以稀罕。绿色的牡丹、月季，听说是极珍贵的，甚至绿菊，也比其他颜色的贵些。这些，大多不是自然赋予的色彩，多是栽培出来的。

有花有果，不似有因有果。有些花是不结果的，进化使然。这法师是否结成种子，我并不知晓。法师开花后，母株会死亡，我确是知道的，也不大信。我种的有些多肉，说是开花后会死，却依然活得好好的。那些说是好养的、皮实的，每年夏天都会干枯、黑腐几盆。世间的常识，只是所见的、经常看到的见识。少见的，看不见的，少为人知，便不"常"识了。不舍得剪掉花葶，又担心不剪，真的会殃及母株。总觉得，顺应自然为好。网上浏览，果然见一肉友，用六个多月时间记录法师开花历程，结果是母株并未干枯，反而是花葶开始爆出小芽。生命有多艰难，等待就有多漫长。等待本也是艰难的，漫漫岁月也是可以消弭很多美好、温暖的东西的，包括生命。

不知那盆黑法师是否安好。四十多天，没有浇水，对于植物，不算短了。多肉植物是耐旱的，这我是深信的。愿它有人间法师的大修行和大智慧。

生死由命吧。

红掌

那盆红掌是两个小兄弟搬到家里来的。

用"那"，是说它已经被我养死了。

应该是初四吧，小骆和小李来家里拜年。他俩是同事加好友，算是先生的小老乡。四川人过年，少不了煮一锅腊肉、香肠，加上海带和白萝卜。客人一进门，浓浓的腊味，也就是年味，扑鼻而来。待客人上桌，一大盘腊肉晶莹透亮，一大盘香肠盘卧在一起，圈圈层层的，煞是好看。白瓷汤盆里，海带墨绿，滚刀切成的白萝卜块吃了油，白里透着油亮，汤上点缀着绿莹莹的细葱花。当然，还有一盘油炸花生米，一盘白根带叶的凉拌折耳根，这也是四川人餐桌上少不了的下酒菜。三个四川老乡很快进入喝酒的状态，四川话在房子里涌来荡去。

我插不上话，便去看小兄弟带来的两盆植物。一盆开着花，心形的绿色大叶片中挺出三片红色的苞片，红色苞片中间一个米黄色的小拇指粗细的肉质花序。我认识它，是红掌。还有一盆，也是熟悉的鸭掌木。两盆都绿油油的，生机无限的样子。节日里，这样的礼物，真是让人意外又欢喜。

　　这盆红掌，到我家后，一直红运当头。几个月后，竟然一次开了五朵花。我把开花的照片发到朋友圈，引来点赞一片。一位男诗友留言：怎么养得这么好？我不知该怎么回答，是真的不清楚，只能回复：随它长。

　　花市里有一种植物，叫"一帆风顺"，很受欢迎。我看着眼熟，它的花序和红掌的一样，只是苞片是白色，而非红色。我流连在花市，看到很多的"一帆风顺"，只有一家标识着"白掌"。我恍然大悟。后来，又看到苞片是粉色的，心里嘀咕：难道叫粉掌？还真让我说对了，就是粉掌。要是所有的植物命名，都这么简单直接，该多好。

　　到了夏天，我家的红掌有的叶片开始发黄。起初，我以为是叶片的自然更替，便没有在意，只是用剪刀剪去发黄、半枯的叶片。后来，我发现，不少叶片边缘焦黄，赶紧上网去查。红掌对空气湿度的要求很高，若是空气湿度不够，即便是浇水充足，也会出现叶片边缘干枯的现象。知道了这一点，我有空就用喷壶在红掌周围喷喷水。可是，状况并没有得以缓解。

前天，我从电梯出来，余光扫到过道的窗台下有一盆绿植。扭过头一看，竟然是一盆白掌。白掌没有开花，单凭叶片我就认定它是白掌。红掌和白掌的花序差不多，叶片却相差不小。红掌的叶片，厚而大，心形，革质。白掌的叶片，薄而细长，像一叶扁舟，顶端带着长长的尖。从叶片看，的确不像一家的。这盆白掌应该有几年了，它的丛茎根有大拇指粗，底部的叶子早已干枯清理干净，光秃秃的，顶着一簇簇绿叶。那绿叶，因为缺光的缘故，灰头土脸的，没有精神的样子。我看着它，琢磨着楼道里哪儿的光线最好，却一无所得，只好悻悻地走回办公室。

那盆红掌，叶片越来越少，新叶长出的速度，赶不上底部叶片干枯的节奏，而且新长的叶片越来越小，只有掌心那么大了。我给它喷过"绿宝"在它的盆边埋过煮熟的黄豆，用煮过黄豆的水给它浇过根。我那么想让它好好地活着，即便我知道它汁液有毒，并不适合在室内栽培。

去年秋天，它终于走了，在陪伴了我六年之后。我们彼此都没有辜负对方。它走得心安，我活得理得。所谓一期一会，便是如此吧。

水仙·钱串

水仙

凡花重台者为贵，水仙以单瓣者为贵。

我第一次养的便是单瓣，标准的银台金盏。五盆，给两友人各一盆，余下的，便留给自己。两盆鳞茎肥大，是要观花的。一盆是掰下来的侧芽，朋友说是开不了花的，没什么用，扔了吧。断然不舍得，千里送水仙，这水仙也不仅仅是水仙了。眼见为实，耳听为虚，还是想看看这些"边角料"，究竟能不能开花。即便不能开，一汪葱绿，映着窗外的枯枝、冷白，也别有情致。

水仙是年岁清供之品，新年间盛开便有吉祥之气。心中有此念，便一早一晚趴在窗前念叨。控水。用纯净水，每天换一次，即鳞茎三分之一处。控温。早晨移至南面的窗台，晒太阳。阳光充足，才会茎粗、叶宽。晚上挪到北面的窗台，那儿凉些，茎叶便不易徒长。凤鸣一再交代，茎叶太高，花箭来不及抽高，就会"夹箭"。花被叶子夹住了，想想就难受。

不几日就到新年，只见叶，不见花箭。心里嘀咕：

十五开，也挺好。隔天，瞅见一花箭。眼见着长，一天蹿一两厘米。两三天工夫，蹿出十来支。可着劲蹿，比着蹿，也不知哪来的兴头。每日依旧换水，还是纯净水。不知水里能有什么营养，能供得上它这样开枝散叶。"边角料"也蹿出一箭。意料之中、之外，已无暇分辨。大年三十，开两朵。初一，又开两朵。初五，被满屋的清香香醒。蓬头垢面去看，玉台金盏亮堂堂的。微信发图片于东珠，她说这花品相好，端庄、纯正，语气颇为艳羡。同喜。

水仙是中国十大名花之一，却是植物界"洋为中用"的范例。原种唐代时从意大利引进，是法国多花水仙的变种。猛然想起前几年四月末，在金师傅芦草沟的院子，见过一片热闹闹的地生洋水仙，重瓣的。那时，还不知水仙的好，只好奇、眼馋那挺立盛开如冠的皇冠贝母。

如今，中国水仙声名远播，扬州、漳州因水仙而盛名。我家的水仙鳞茎，就是漳州的朋友寄来的。

突然就想养一盆法国多花水仙。或许，看着它，真地就能看到少年那喀索斯的神采，看出他的烦恼、自恋。花与少年，便作另一篇文字的标题吧。

钱串

钱串，听听这名字，就明白人们为什么喜欢它了。过年过节的，去花市挑一盆钱串，欢欢喜喜带回家，摆在窗台、茶几上，多吉利呀，财源滚滚，日进斗金，看着想着都美。广东人春节逛花市，必选一盆果实累累的金桔，北方人的窗台，长年有一盆怒放的长寿花，道理都差不离儿，讨个彩头。

我是养过一盆钱串的。那会儿我刚迷恋多肉，一个元旦，天蓝日暖，忍不住去花市溜达。忍不住又一口气买了六盆多肉，其中就有一盆钱串。说是一盆，其实也就是喝茶的盅那般大。多肉花盆，似乎说是花器更合适，多是成人拳头大小。最小的拇指盆，就大拇指那么大。这般大小，与我们常见的花盆，的确不是一个级别。一些朋友听说我家有一百多盆多肉，惊叹我家的房子该有多大，他们哪里知道，两个窗台一个花架，就绰绰有余了。

初养多肉，完全没有经验。养了死，死了再买，该交的学费得交，该造的孽也落不下。这盆钱串，怎么死的，什么时候死的，都记不清楚了。钱串，这吉利的名字，连它自己的命都没保住。

现在的这盆钱串，是前年冬天从大盆里带回来的。便宜，五块钱一盆。肥嘟嘟的，很可爱。春季的一天，雅楠来我家，一眼就喜欢上它，我便带她去大棚里买了一盆，依旧是五元钱。一个夏季过去，我家的钱串似乎被定格了，看不出生长的迹象，厚厚的叶片有点蔫，灰绿灰绿的。雅楠家的那盆，却喝了风一样，交互对生的肥厚叶片层层叠叠地往上撺，卵状三角形的叶缘带着红。每枝老茎灰绿色的叶片间，都萌发出浅绿色的小头，真真可爱。羡慕妒忌恨之后，便剪了几枝小头，回家扦插在这盆不见长的钱串里。

冬去春来，看着家里的这盆钱串，始终没有达到我想要的爆盆效果，我又心生一计。乐颠颠地又买回一盆钱串。两盆合一盆，快速营造爆盆效果。特意找了个异形盆，白色，贝壳样的质地，盆沿是大波浪的形状。两盆植株放进去，错落有致，疏朗有序，连爆头的空间也留出来了。就等着时间这个魔术师慢慢出场了。

下午，雅楠视频电话说，肉肉怎么长得这么难看了？都没型了。说着，把镜头转向多肉。她那盆肉乎乎饱满的钱串消瘦了，叶片小了薄了，叶片间露出了茎秆。夏天多肉都是这样，为了保命，牺牲容颜是值得的，我这样对她说。

回头找我的钱串，暗暗吃了一惊。不知什么时候，竟然恢复了生机。叶片饱满了，枝条长高了，叶片间竟然萌发出几个小头。虽说离"别人家的钱串"的状态还有不小差距，但比起去年的状态也是提高了不止一个档次。照这样下去，等冬天到来，钱串进入生长季，前途可不就一片大好了。

欣喜之余，纳闷不已：一样的品种，一样的浇水和光照，同样的季节，我俩的钱串，怎么就会出现截然不同的生长状态呢？南橘北枳，一直以为是故事，看来是真的。

《杂草的故事》里说，很多杂草，比如千里光，具有很强的适应性，可以快速适应不同的生长环境。不同生存环境里的同种植物，叶、茎、根等也会有显著的不同。这些不同，都是适者生存的进化结果。进化似乎是历史长河里缓慢发生的事，没想到，竟然就在我们身边，就在一株小小的植株体内，快速演变着。

四美人·白花紫露草

四美人

四美人，说的是白美人、桃美人、青星美人和冬美人。

多肉植物，顾名思义，叶片应是肥厚多汁的。厚叶草属的，更是肥嘟嘟的可爱。四美人，都是实打实的胖美人。只是胖还不行，哪儿见过不施粉黛的美人，所以这四美人脸上都扑了粉的。白美人的，厚而白。桃美人，喜欢桃色。青星美人，薄薄的一层，透出里面的绿色。那冬美人，粉也不薄，却不够胖，叶片是匙形的，不似白美人、桃美人的卵圆形。青星美人的叶片也是匙形的。

白美人颇具唐代美人的气质。我家的白美人已经养成老桩了，早已没了幼苗时的萌态。因为光照不足，还有点徒长，叶与叶之间松散，隔着些距离，叶片长而大。有的孩子小时候很乖巧，小鼻子小眼小嘴儿，长大了，长开了，却不讨人喜欢了。白美人就是这样。叶片上的粉，还是白而厚，却有点劣质的感觉。不大像以前那样惹人喜欢了。摆在一窗台的绿色中，还是能让人小小地惊叹一下。

白美人的花，是让人看了又看的。花穗总是垂着，五片红色的花瓣，包在敷了白粉的肉质苞片下，微露一点红。得偏着头，从下往上看，才能看到完整的小小的花朵。一穗，十几朵。不一起开，上面的两三朵谢了，中间的几朵才敢开，下面的，还紧紧地闭着小嘴儿，不情愿的样子。这样，也就能红那么十几天。这盆白美人每年都开，差不多是多肉中开的最早的几种，一月份前后。今年也是这样，元旦前几日就开了。等我浇水看到时，大部分已经谢了，心里惋惜了好一阵儿。二月二前后，两个枝头上又萌出小叶。过几日看，却是花葶。那惋惜定是被它听了去，鼓足了劲儿要再开了让我看。

桃美人，家里有三株，都栽在茶盅大小的盆里。去年十一月从大棚里买的时候，主人说是极品桃蛋。叶，圆而桃粉。养了几个月，粉还是粉，叶片却有小小的尖儿。应该是桃美人。就当是美人养吧。买回来时是两盆，把一盆大点的，分成了两盆，就多出来一盆。这多出来的一盆，和谁有缘就归谁吧。

青星美人，果然是长得快。前年买的小苗，如今已有二十多厘米高，枝干有拇指粗。砍头后又发出两头，还在往上蹿。砍下的头，培在母株的脚下。朋友说，这老桩的造型好。我不吭声，心里偷偷地得意。这青星美人叶尖尖是红的，是朱红，连带着前端叶缘也带点儿红，挺招人喜欢。

冬美人。有一年元旦，去花市，实在喜欢，就买了。

店家用纸盒子装上，用报纸包了好几层，又套上厚厚的塑料袋。几天后，眼见着化水了。还是冻着了。那以后，冬天，我不再买花了。

白花紫露草

我以前是见过白花紫露草的。

眼前的这盆吊兰般垂挂的绿植，算起来已经养了一年多。我一直不知道它的名字。它看着那么亲切，似乎是认识多年的熟人，压根就不需要想它的名字。它的茎一节一节的，和紫竹梅的茎一样，只不过更细一些，更硬朗一些。它的叶片，形状和紫竹梅的差不多，却小了不止一号，颜色也不同。白花紫露草的叶片是绵软的水嫩的绿，紫竹梅的是掺了点灰的紫。紫竹梅是我的老熟人。看到白花紫露草，恍然见到老熟人，所以想不起来打探它的名字，也就顺理成章了。

白花紫露草，的确和紫竹梅一样，是鸭跖草科紫露草属的。白花紫露草还有个名字，白花紫鸭跖草。紫竹梅还有个名字，紫鸭跖草。这下，看出点眉目了吧。

去年秋天的一天，我去瑛姐家玩。瑛姐也是爱花之人，阳台窗台上绿意盎然。我是一见花就迈不开腿的主儿，照例看个没完。转到背阴的房间，一盆绿汪汪的枝条半垂。恰巧一阵风从半开的窗户涌进来，垂挂的枝条颤动，像极了舞动腰肢的维吾尔少女花帽下旋转的发辫，好看极了。

见我痴痴地样子，瑛姐说，这个花皮实得很，插到土里就能活，长得也快。说着，掐了一把枝条递给我。

瑛姐说的没错。眼前这盆绿色的瀑布，就是那把枝条繁衍出来的。瑛姐有句话没说对，她说这花不能多浇水，其实它是喜欢湿润环境的。我家的这盆，由于空气干燥、浇水不足，底部的叶片慢慢消耗，枯萎了不少，露出一条条黑绿的茎秆。垂下的枝条，因为顶芽优势，叶片油光锃亮，青翠欲滴。我喜欢用手指摸它叶片的感觉，绵软，如五六岁女孩的皮肤。我也有过那样绵软的皮肤。

我依然拥有那样绵软的心地。

我以前一定见过白花紫露草的。是什么时候？在哪里？打开记忆之门，像鲸须过滤海水，排查一个个细节。找到了，找到了。是的，成都植物园，2018 年 5 月的一天。

那天，友人带我去那里看植物。悬铃花、桃金娘、紫娇花、白花疏梳……我第一次见这些花，新鲜又惊艳。牡丹、石榴花、波斯菊、龙舌兰、仙人柱、鱼尾葵……我看着熟悉如掌纹的花，亲切又满足。

完美无缺。

牵着友人的手，我们欣然下山。光透过枝叶之网落下，小小的光斑悦动，石阶上，路沿边，草叶间……仁慈如父。

我的眼睛捕捉着跃动的光斑，感觉自己在和流动时间玩一场神秘的游戏。蓦地，一块跳动的小小的光斑，变成一朵静止的小花，接着是第二朵，第三朵……雪白的小花，三片薄花瓣，衬得黄色的花药金灿灿的。那些鹅绒般柔软洁白的，是花丝吗？仿佛是芭蕾少女的舞裙。

我的白花紫露草还没有开花的迹象。

我的白花紫露草已开过千遍万遍。

它和那个五月的日子，和那个友人，盛开在遥远的深处。

· ·

雪莲·密叶莲

雪莲

说到雪莲，大多数人都会想到新疆。新疆天山产雪莲，有些人称雪莲为天山雪莲，便是明证。其实，不独天山，昆仑山也是有雪莲的。据说，东天山博格达山雪莲最多。从我家的窗口，往东南方向一打眼，便可见到终年白雪皑皑的博格达峰。尤其是夏日下午，天空湛蓝，雪峰更白，甚至能看出刀劈一样的险峻，皮肤也会有丝丝冷意。

我却没有见过活着的雪莲。

作为草药，干枯的雪莲这几年也不常见了。记得我刚参加工作那会儿，单位旁边的红山市场正是鼎盛时期。对面的红山市场，顺带着也人流滚滚。店铺主人多为维吾尔族，买的东西也都带着浓郁的民族风。小饭馆里，抓饭、拌面、薄皮包子、馕、烤肉……；干果摊前，葡萄干、红枣、杏干、无花果干、哈密瓜干……有一种生长在南疆、小枣子般大的沙枣，常让我看了又看。这种沙枣并不好吃，干、涩，吞咽时要攒口唾沫。我出生、成长的北疆，也产沙枣，却是另一种。小如黄豆，成熟后由灰绿便为灰黑，味道甜香如蜂蜜。这大沙枣，常勾起我对那味道的回忆。卖雪莲的，不算少。干果摊上摆放的有。更常见的，束成一串，挂在民族工艺品店面的进门处。曾见过一牧民打扮的人，拎着一笨重麻袋，向一店主兜售雪莲花。那雪莲摘下没两天，叶片半萎着，乳白色的苞叶被根带着的泥土染得脏兮兮的。店主拿起一枝，敲打根部的泥土。苞叶上的泥屑抖落下来。阳光下，苞叶的纹理透出来，像精微的工笔画。

干绿的叶片，乳白色、近于透明的苞叶，枯萎的棕褐色头状花序，在这个充满烟火气、沸腾的市场，绽放成一朵朵干枯、柔美的莲花。雪莲，生长在雪域的莲花。雪莲花，又叫优钵罗花，意为"青色的莲花"。岑参《优钵罗花歌》开头就是"白山南，赤山北"，说的可是苞叶有白、红两色，不得而知。佛教典故里，曾屡屡提及优钵罗花是有白红两色的。

"深山穷谷委严霜"，这是古人少见雪莲的缘由。今天，雪莲见不着，甚至干枯的，更有人为的原因。雪线上移，过度开采，毁灭性采挖，雪莲已名列国家二级濒危植物。

我家里有雪莲一株。是多肉雪莲。植株呈莲花状，叶片敷一层厚厚的白粉，配得上雪莲的名字。据说，它的原产地是墨西哥瓦哈卡州的峡谷，那里气候炎热干旱。

这株雪莲我已养了三年，似乎没怎么长大、长高。还是单头。顶端的叶片，一片一片长着，根部的叶片，一片一片枯萎着。茎，也慢慢地粗了点儿，质地更坚硬了。雪莲不易爆头、生侧芽。我生了心思，看看它到底能长成啥模样。很多事情，时间说了算，人说的，大可不必当真。

低头，看看这株雪莲；抬头，望望博格达雪山。这样，离一朵优钵罗花的距离，也会近了点吧。

密叶莲

我养过的近百种多肉中，最皮实、好养的，就是密叶莲。

我养的密叶莲，大大小小的，一直有五六盆。

老桩有两盆，家里花架上一盆，办公室的那盆，只能放在窗台上。书架上的那盆，最粗的一枝斜逸，顶上托举着莲状的绿头。主根处，伸出几枝茎。那茎也已经老了，灰褐色，见不着一丝绿。茎的末端，都捧着一朵绿色的莲。数一数，竟然有十三朵。茎上，密布一层毛须根，褐红色的，是有些时日的，白而带红的，是新生的。整体的造型，有点迎客松的意思。

办公室的那盆，前年买回来时是四头的小苗，框在口径一寸的小盆里，绰绰有余的样子。原也是放在家里的，因为家里光照终是不足，一直是绿头绿脑的，出不了状态，去年便拎到了办公室。露养没几天，叶绿得亮光光的，很精神的样子。竟然又爆出了几个小头，挤挤挨挨的。丽莎来看我和肉肉，说换个大点的好看的盆，还是挺好的。隔了几天，便带过来几个高而深的盆。挑了一个褐色基底的磨砂盆，正面有粗疏白笔描画的花。移种进去，头松散开来，错落有致，大小间缀，就有了一种端庄之气。

密叶莲，又叫达利。达利是音译。我原本以为是英语，后来猜测是墨西哥语。查了密叶莲的原产地，是韩国，估计达利应该是韩语。韩国人喜欢搞多肉的杂交品种，这密叶莲果然是景天属与拟石莲属的园艺栽培品种。

家里还有几盆密叶莲。单头的，都是从老桩上掰下来的小头栽上的。多头的，多是叶插而成。大多数多肉品种，都有一个神奇的本事，能够通过叶片繁殖后代。取完整的带生长点的叶片，放在盆土上，即便是几天不给水，也会从生长点萌出小叶和红色的根须。也有只生小叶的，或只生根须的，前者说明温度不够，后者是湿度不够。温度和湿度都够了，一片叶才能长成新的植株。叶插的好处是，可以一盆里有多个植株，两三年便可成捧花形。我无数次想象过捧着这样一盆多肉，现实中却从未发生过。这样的捧花，多肉大棚里多得是，我还没养成过。

密叶莲易成活，长得又快，我便经常用它练手。叶插、扦插、砍头，一个不落。因而，随时是有几盆的。有朋友来，喜欢的，便送一盆。予人玫瑰，手有余香，说的是别人。予人达利，心生欢喜，说的是我。我的一个闺蜜，受我影响，喜欢上多肉。我送了几盆，她又买了几盆，一个夏季过去，黑腐的，化水的，徒长的，依然活着的、能看的，只有密叶莲了。

密叶莲的优点很多，但并不完全是我对它青睐有加的原因。细细想来，它的名字，还有莲花座的模样，也是原因之一。有时候，顾名思义、以貌取人，不是不可以的，尤其对植物而言。

火祭·蒂亚

火祭

窗台上，最红的那盆，必定是火祭。火一样的红。祭祀之火，是否红得更纯粹？应该是。否则，怎么能叫火祭呢。

刚开始养多肉时，经常去花市。总有人指着那万绿丛中一点红问，忙碌的店主余光一扫脱口而出"火鸡"。暗自想，这植物是好看的，为什么名字这么难听？打量来，琢磨去，也许是这叶片和火鸡的冠子一样红，所以叫火鸡了。就像多肉熊掌，叶片就像胖乎乎的熊掌；月兔耳，毛茸茸的叶片就像一只挺立的兔子耳朵。后来，在网上看到它的名字，才知道是火祭，不是火鸡。

火祭出状态，是比较容易的。多肉出状态，大抵是两种情况，一是萌态，胖乎乎的，很可爱；一是出颜色，该粉的粉，该红的红，该紫的紫，该透明的透明。春秋两季，温差大，白天暴晒，夜晚骤凉，一热一冷，不几天，多肉就出颜色了，一天比一天好看。尤其秋高气爽的日子，露养的多肉都会褪去绿色衣衫，华丽转身，仿佛丑小鸭不知不觉间，就长成了傲骄的天鹅。火祭也不例外，只要有温差，就会发红。初生的叶片是绿色，偏黄的嫩绿色，交互对生着，整株呈四棱状，一点儿也不打眼。我见过出状态的火祭，火红火红，连初生的叶都是火红的。一枝是一簇火苗，一丛就是一团火焰。小风吹过，仿若那火焰在升腾，在跳跃。

火祭也是多肉植物中比较好养的。去年，我剪了徒长的几枝，一时没有合适的盆子，就随手拿了个空的发膜盒，随便装了点园艺土插上，之后放在窗台外露养。办公室的窗台朝阳，从早晒到晚，尤其是夏天，陶瓷花盆都晒得发烫。栽种在塑料发膜盒里的火祭，就这样活了下来，爆出很多小头，叶片颜色由绿变成半绿半红。我充满好奇，不再换盆，看它能否顺利度过夏季。随着暑气的消散，这棵火祭终于迎来了西域的秋季。几天工夫，它大大小小的叶片通红一片，速度快得让人吃惊，红得有种不真实的感觉。冬天，搬回室内的火祭是走下坡路的女人，红颜易逝，只消十天半月，便像失了血一样，绿色渐渐收复失地。这时候的火祭，是没有什么看头的，颜值担当只好耐心地等到春天了。火祭的一生，该有多少可以等待的春天，春天之后，还有多少可以等待的秋天。相比之下，人是多么可怜，从出生的那一刻起，就向着不可逆转的死亡结局奔驰而去，不可回头，不许后悔，不能挽留。过去的就永远过去了，真的是过眼烟云。

今天，我又种下一盆火祭，绿油油的火祭。种下它的时候，心里分明想着火红的火祭。

火祭，又叫秋火莲。那就和它一起等到秋天吧。

蒂亚

我第一次在名珠花卉市场看到蒂亚时，是在冬季。我一脸懵懂地问，这盆是什么，那盆是什么，店主意兴阑珊回答了几次，可能见我是个"肉盲"，就懒得搭理我了。我指着一盆深绿色的莲花座再问时，她只抬了下眼皮子说"绿焰"。很长一段时间，我只认识"绿焰"，而不知道"蒂亚"。

在我的顽固而简单的认知里，绿焰是绿色的火焰，蒂亚是红色的莲花。尽管后来明白它们是同一种植物，可是，看到绿色的蒂亚，我就叫它绿焰；看到红色的绿焰，我嘴里蹦出的，一定是蒂亚。我小时候性子倔强，父亲说我认死理，母亲一看到我耍牛脾气，就半笑谑半斥责地喊"二蹩子"。为这牛脾气，我这个属耗子的挨了不少打。

绿焰，这个名字曾让我百思不解。绿色的火焰？可火焰明明是红色的呀。绿焰，在春夏季节是绿色的，那种深绿是苍老的绿。相比春季萌发出的鹅黄、新绿、嫩绿，它实在是老态横秋的。

多肉植物都是魔法师。有擅长变色的，比如秀妍、乙女心等等。有擅长变态的，比如法师、月影系等等。还有变色和变态都擅长的。绿焰是属于擅长变色的。每到秋季，当气温在 15℃—20℃，温差达到 6℃，绿焰的叶子从边缘开始变化。由惨绿向新绿过渡，然后发红。当气温低于 15℃，温差达到 10℃，就迅速变红。一朵朵莲花座的外圈变红，而中心还是绿色时（这时是新绿），从不同角度（只要不是仰视），那朵朵莲花座就是一簇簇绿色的火焰。绿，被红簇拥，被红围剿。红，气度不凡，来势汹涌。绿在火中，挣扎、煎熬、融化，最终成为红的一部分。

绿焰——蒂亚，这是一株植物的生命轮回，也是一株植物的羽化成蝶。生命的路程都是一样的，包括人的生命。遗憾的是，更多的人恐惧、拒绝变化，或是惧怕随之而来的艰辛、磨砺，沦陷在羽化的过程中。

我养的两盆绿焰，无论室内还是露养，始终没有变红，不给我叫它蒂亚的机会。真让人遗憾。

去年初冬，我去郊区的西山农场看大棚多肉。一进门，便被木头花器中挺立的火红蒂亚惊呆了。一两簇火苗是美。七八支火把是美。一大团篝火是美。我从未想过蒂亚可以这么美。忍不住买了一小盆带回家。害怕那红色褪去，每天都要看看。

那红色，并没有想象中褪得那么快。新长出的叶片，都是绿的。十几天前，我欣喜地发现，这盆蒂亚竟然抽出了花葶。我没见过蒂亚开花的模样。我的绿焰也从未开过花。

这盆蒂亚买回来后，我把它换到一个天蓝色的花盆里。花盆是不规则的立方体。两朵红莲花座的小老桩，高高挑挑的。花器，颜色，株型，加上搭配，好看得不是一点点。

　　如果花葶探出一穗白色的钟形花，是不是更美？

天狗之舞·锦鸡儿花

天狗之舞

天狗之舞，这名字让人摸不着头脑。什么意思呢？天狗是什么样子，跳起舞来又是怎样的，想象力再丰富的人，恐怕也勾画不出来。想来想去，应该是音译，百分之九十是墨西哥语，因为天狗之舞的原产地是墨西哥。

有不少多肉的名字里，都带有"之舞"。比如，景天科拟石莲花属的"晚霞之舞""大和之舞"和"祇园之舞"，景天科伽蓝菜属的"仙女之舞"，马齿苋科马齿苋属的"雅乐之舞"，等等。这些"之舞"的产地并不独属墨西哥。我仔细查看了网上的图片，发现这些"之舞"，叶片边缘的颜色与叶片颜色并不一致，像是给叶片镶嵌了一道醒目的边。我猜测，或许，"之舞"就是这个意思吧。

多肉品种繁多，前两年据说有一万五千多种，人工培育品种推波助澜，估计现在已不止这个数。尤其是韩国和日本，热衷培育新品种的大有人在，这在某种程度上也造成了命名的混乱。无独有偶，去年初冬，我去西山农场烽火台小镇的一家多肉大棚看多肉。花器五花八门，废旧的洗衣机、自行车座、树根树桩、咸菜坛子、酒罐子，不一而足；植株造型独特，只有你想不到的，没有你见不着的；叶片都是饱满丰盈、溢彩流光的。这些都是大棚多肉的共性。看得我迈不开腿。看到一排十几盆翠绿的手捧花型的，问是什么名字。壮硕的男主人笑着说，没名字。我奇怪，怎么会没名字？答曰，我还没想好给它起什么名字呢。愕然。后来慢慢聊天才知道，这个大棚里很多颜值高的品种，都是经过杂交而成。怪不得，有些多肉看着很面熟，状态却不是常规的标准范式。很多肉友出于兴趣，爱搞一些培育新品种的尝试，与这位专业级别的"造肉主"相比，是"小巫见大巫"了。

大凡好养的品种，我家里都会有几盆，天狗之舞便是。绿色的、交互对生的叶片，叶片间有间距，叶缘勾浅浅的褐红色边。春秋时节，那褐红边就浓艳起来，甚至带着叶片出现浅浅的红晕。我养的三盆，现在还是碧绿碧绿的。让我百思不解的是，我养的天使之舞，都是直直地往上长，像微缩版的绿树。网上的老桩图片，天狗之舞却有不少是垂挂的。不知道是品种的差异使然，还是人为造型的缘故。我也可以试试的。不过，话说回来，我还是喜欢健健康康、原生态的样子，不独植物，人也是一样的。

锦鸡儿花

我摘下鹅黄的一朵

153

她的微甜，在舌尖弥漫

她的痛，需要分担

　　这鹅黄的一朵，开在托木尔大峡谷的七月的正午。我清晰地记得当时的情形。那株开了寥寥几朵花的锦鸡儿，枝条上布满了针刺。这是它在干旱之地避免叶片水分蒸发的进化选择，也是逃避被食草动物进食的智慧之举。环境再恶劣，都不能磨灭植物的繁衍之心。土壤再贫瘠，也不能辜负大地的慈悲和供养。这样的道理，植物懂，动物也懂，人类这万物的灵长，懂多少呢？

　　我轻轻摘下含苞的一朵，轻轻放进嘴里。花瓣的柔软熨帖着柔软的舌尖，花瓣的清香游走于鼻息……这样的清香属于嗅觉。当柔软和清香所向披靡，就可以领略花蕊的神秘了。牙齿轻轻一咬，舌尖微微探触，淡淡的花粉缓缓漾开。我无数次想象蜜蜂吸食花粉的情形，也无数次把自己当成一只小小的蜂儿。此刻，我的幸福与它一样。花粉的味道漾开得并不远，甚至不能抵达舌根。它未竟的事业，需要花蜜完成。锦鸡儿花蕊的底部，藏着一滴蜜。我把这滴蜜叫作"甜蜜之心"。

　　我所居住的西域大地，藏有多少甜蜜之心。荒漠之地，骆驼刺盛开，粉红或玫红的花朵，小而密，花蕊深处藏有一滴蜜。绿洲边缘，沙枣花盛开，鹅黄或金黄的花朵，小而密，花蕊深处藏有一滴蜜……它们开在五月，五月就是它们的春天。

这样的秘密是藏不住的。我这个年龄的人，都有过品尝甜蜜之心的甜蜜记忆。生活有多苦楚，记忆就有多甜蜜。

说不清这个秘密，是哪个小伙伴发现的。吃骆驼刺花，吃沙枣花，西域大地弥漫的花香进入唇齿，进入脾胃，成为我们血肉的一部分，一点点地坚硬我们的骨骼和品格，对抗着生存环境的恶劣和成长的烦恼。

有时候，我会想，或许，这样的秘密已经延续很久。或许，植物和人，早就达成一种默契：我给你最甜蜜的，你许我容身之地。这都是我的想象。植物的承受和宽容，让人汗颜。

甜蜜之心的记忆已经封存三十多年，不料，前年，却以另一种方式打开。在麦盖提恰木古鲁克村的巴扎上，一个头戴巴旦木花纹样头巾的少妇，站在摆满瓶瓶罐罐的摊位后面。我知道那是蜂蜜，是自家养蜂酿出的蜂蜜。她不懂普通话。我拉住维吾尔同事请他翻译。这是沙枣花蜜。我心里一动。这是骆驼刺蜜。骆驼刺蜜？我反问一句。翻译把我的惊奇看成疑惑，连比带画地给我介绍骆驼刺，却说不清楚。反正就是野地里长的一种带刺的植物。他总结道。我补充说，叶片长圆形，灰绿色，厚而硬，花粉红、玫红色，中间有一滴蜜，我们小时候经常吃，就为了那一丁点的甜。翻译睁大漂亮的眼睛，抓住我的手，笑着说：

原来你也吃过骆驼刺花。那感觉，好像找到了久违的同志。

尽管家里从不缺蜂蜜，我还是买了两瓶骆驼刺蜜。一瓶送给母亲。最珍贵的，当然送给母亲，母亲何尝不是一朵骆驼刺花呢。一瓶留给自己，为了长久地保存一颗甜蜜之心。

那个正午，我在烈日下品尝一颗甜蜜之心。同行的友人知道我爱植物，一见花就迈不开腿，便径直前行。只有许老师停下来，好奇地看着我。我摘下一朵递给他，鼓励他品尝一下。他迟疑着。后面的沈老师问，什么花？锦鸡儿花。我递给他一朵。他接过豪爽地放进嘴里。是不是有一滴蜜？笑容从他清澈的眼睛荡漾开来。我的《植物传奇》里没有写过锦鸡儿花，他说，以后再版时要补充进去。谈笑间，徐老师手中的那朵花，也进入唇齿。他的感受，一定是甜，浓缩后被释放的甜。

我经常把锦鸡儿的甜和香，传递给值得的人。每到锦鸡儿花开，我都去附近的山野采摘锦鸡儿花。采摘并不容易，烈日下，荒野里，一个时辰就能把裸露在外的皮肤晒得通红乃至发黑。更糟糕的是，锦鸡儿枝条上布满硬刺，采摘花朵必然会被刺到手指。戴手套，不利索；用镊子夹，效率太低。一天下来，也不过摘个三五斤。锦鸡儿花期只有半个月，错过这半个月，就得再等一年了。只是，这半个月，即便是心念已久，也不过是周末两天可以出行采摘。现实的情况是，就这两天，也是不能保证的，人在江湖身不由己，况且是职场呢。

　　摘回来的锦鸡儿花，拈出一撮留下，剩下的放入冰箱速冻。那可是之后一年做鲜花饼的原料。这一小撮，或是浇上蛋液，入锅翻炒；或是撒入滚水，成清汤一碗，都是美味。

　　说句实话，我费心费力采摘回来的锦鸡儿花，又费心费力地做成的锦鸡儿鲜花饼，自己并没有享用几口。每到闺蜜小聚，除了拿手的几道菜，隆重出场的，就是锦鸡儿花饼。这似乎成为我家招待客人的最隆重礼仪之一。蕊每次来，都会窃喜地问，姐，今天有没有鲜花饼？我朗声大笑，你来，肯定要做呀。大快朵颐之外，闺蜜总会心满意足地把特意多做的几张饼打包带回去。

　　今年五月的一天，几个人路过哈熊沟。山坡上金黄一片。我连声喊停车，招呼闺蜜去摘锦鸡儿花。此地处山中，气温低于戈壁，锦鸡儿花还未开败。采了没几分钟，蕊大呼小叫手疼，之后满怀歉意地说，姐，以后我再不要求你做鲜花饼了。我每次吃得香，从没想过采摘锦鸡儿花这么不容易哦。我真是太过分了。

　　这个可爱的傻姑娘呀，她还不明白自己的珍贵。高山流水的情谊，与锦鸡儿花饼，孰轻孰重？

　　"她的痛，需要分担"。一颗甜蜜之心，能把所有的苦压榨、提纯成甜。

艳日辉·星爆

艳日辉

艳日辉怎么看也不像多肉植物，叶片不肥厚不说，颜色还是老了的那种绿，一点也不起眼。叶子聚在枝头，一枝攒成一朵莲花座，还保留了点多肉的模样。不管哪个季节，莲花座中心萌出的叶片，嫩嫩的黄，和初春垂柳的颜色不相上下。看着那老了的绿色中捧出的点点嫩黄，总是不由得感慨"青春易逝，红颜易老"，为眼前的它，更多的是为自己感叹。

去年春天，窗台上的这盆艳日辉，最先泻出春意。围成塔形的几个枝头，枝枝爆出新叶。鹅黄的初生叶，萌得像就要融化的奶酪。以为是"出锦"了，心头一阵乱跳。出锦，是比较罕见的，是指多肉植物发生的基因突变现象，会使植株颜色更加艳丽多彩。绿色变成黄色，还是这样的嫩黄，不是出锦才怪？！我还拍了几张照片，美滋滋地发到微信朋友圈，收获点赞一片。盛夏来临，那黄不再嫩了，一点儿一点儿生出绿意，再后来，竟然完全回归绿色了。肉友说，艳日辉初生的叶片就是浅黄色的，老了就变绿了。

可是，那以后萌出的新叶，再也不是心心念念的嫩黄了。前两日，听说出锦的多肉是不能晒太阳的，否则会褪色变回原样。我的那盆，应该是暴晒后褪色了的。出锦的多肉是需要多加照顾的，否则会死给你看。

细看艳日辉，还是挺精致的。叶片长勺形，边缘有细密的锯齿，锯齿褐红色，像是给绿色的叶片勾了一道红边。层层叶片聚成的莲花座，便平添了立体感，夹带着点富贵的意思。

这盆艳日辉，长势喜人。由着它的性子长，不抹芽，不砍头，不摘心，结果，就长成了一把撑开的绿伞，周正，端庄。不像它的母株，我总想着造个什么型才好，按着自己的新意捣鼓、折腾，最终，却成了一副要死不活的窘态。砍过头的那枝干，并没有出现想象中爆头的场景，竟至干枯了。幸好，另外两枝我没一并砍头，否则罪过就大了。事与愿违，真是常有的事情。爱他，如他所是，而非如你所愿。于人，于生命，都应当如是。

艳日辉招虫，尤其是蚧壳虫。这盆一直在生虫，我也一直为它杀虫。医用酒精时不时地喷叶面，正面、反面、枝干。护花神泡水，喷洒叶面，灌根。多菌灵，泡水灌根，粉末埋盆。这些都没能彻底杀灭蚧壳虫。奇怪的是，这盆艳日辉竟然越长越旺，不断爆头，枝繁叶茂。虫吃虫的，我长我的，一副死猪不怕开水烫的赖皮样，想不服它都难呀。

艳日辉是旱生植物，又名清盛锦，原产地是大西洋的加那利群岛。艳日辉是可以水培的，因为携带有祖先水生维束管的遗传基因。这是我今天才知道的。不禁好奇：它的祖先究竟是什么模样？

一花一世界，一叶一菩提。这株艳日辉的生命，蕴藏着宇宙的全部密码。

星爆

刚养多肉植物那会儿，看什么都好奇心满满。惊诧于多肉植物形状之丰富，颜色变化之奇幻，总是想尽可能多地知道多肉的名字。一得空儿，就用"形色"软件识别自家的多肉。也不见得准。同一盆多肉，光线不同，角度不同，隔几天时间，竟然会出现不同的结果。知道了也不容易记住，今天记住了，过几天又忘了。我天天在"百度"上搜索浏览多肉，和自己养的比对，经常是越比越蒙圈，屡屡怀疑眼前所见并非同一品种。后来才慢慢接受这样的事实，出状态的多肉和没出状态的多肉，一个是天鹅，一个是丑小鸭。丑小鸭变天鹅，需要时间的历练。当然，并不是所有的丑小鸭都会变成天鹅，你还得做好心理准备，有的丑小鸭会越长越丑，丑到你会嫌弃它，甚至忍无可忍。

不知从何时起，不再执着于多肉的名字。有眼缘的，带回家养着，出不出状态都一样喜欢。再后来，不怎么买了，隔一两周去多肉大棚、花市，看上一两小时就心满意足了。家里实在没地方摆放了。多肉摆在哪里不重要，心里有，比什么都好。人，也是一样。

　　家里的这两盆星爆，是属于与我有眼缘的。去年秋季，相隔一周，我从大棚里买回了它们。刚开始，并不知道它们是同一品种，叶片的颜色差异不是一点点。买第一盆时，是因为家里的那盆艳日辉，被我砍头后，就死气沉沉的。它其实是被我当成艳日辉买回家的。买第二盆时，它是出了点状态的，生机勃勃魅力可期的模样。我随口问了一句它的名字。是我不知道的，当时还特意念叨了两句。还没到家，就忘记了。

　　早晨，要写写它们了，才发现自己不知道它们的芳名。"形色"几遍，是货真价实的星爆。对的，当初那买主说它是星爆，我想起来了。再"百度"一番，原来长得差不多的还有艳日辉和灿烂。继续搜索，看了十几个视频，也没搞清楚三者的差别。看了一两个，以为搞清楚了，接着看几个，又不清楚了。这个主播面前放着的三盆，与那个主播的，不是同样的状态呀。况且，大棚里地栽的，和小家小户露养的、室内养的，状态怎么可能一样？还有，有些主播自己都没养过，怎么能够分清楚说清楚呢？

　　根据我不太长的养肉经历，我有一心得：只要是我养过的多肉，我都认识，即便在眼花缭乱、色彩绚丽的多肉大棚，我也能准确无误地识别出来。比如，艳日辉和星爆，我能分清楚。即便不能归纳出一二三，只要见到，百分之九十九不会认错。自己养的孩子，无论如何不会搞错。我小学时，班里有对双胞胎男生，发型、衣着也一样，老师同学都傻傻分不清。人家的父母却说，怎么会搞错，我一眼就知道哪个是哥哪个是弟。

灿烂我没养过。我已经从视频上见过它很多次，也知道它是大型多肉，可以长到一米半高。星爆最多能长到半米。这样的知识，真的有用吗？

当面对一片几厘米、十几厘米的星爆、灿烂，该如何判定？灿烂的叶片稍微长一点，星爆的叶片稍微圆一点。这也是相对而言的吧。我还是搞不清，哪怕看再多的视频，除非我亲自养一盆灿烂。

若歌诗·姬胧月

若歌诗

但凡看到若歌诗这三个字的，都不会想到它是植物的名字。但凡知道多肉若歌诗的，会生出两个心思，一是要看看本尊长得什么模样，见识过模样的，必得问问为什么会有这么美好、诗意的名字。

我是属于追问不休的，结果当然是问不出来。现在，我成了被追问的，当然只能顾左右而言他，实在被追急了，只能尴尬地回复：不知道呀。临了故作高深地来一句：名字不重要，都是人为附加上去的，欣赏它的美就好啦。

可是，若歌诗的美，在我的心里，有一半是与它的名字紧密关联的。我的一个诗妹，受我的影响也爱上了多肉，我送给她一盆若歌诗小苗。后来她和我说起它，一直"月歌诗""月歌诗"的。原本这美好是歌与诗两重的，现在有增加了月亮、月光、月色这一重，叫我实在不忍纠正她。"月歌诗"就"月歌诗"，这错误也是美的。

若歌诗长得也美。对生的叶片是匙形的，叶面平整或稍稍内凹，叶背圆凸。顶端的一对叶片，像熊猫的耳朵支棱着。中间的一对对叶片，像被枝干担起的扁担，小而保持着精妙的平衡。靠近根部的，若是光照不足，那扁担的两头就折下去了。密布叶片的白色茸毛，短、细、密，总想用手去摸，摸上去却无金丝绒那样的质感，甚至连茸毛的感觉都没有。

若歌诗的叶片，一年四季都是绿绿的，没有衰老之态。若是光照充足，叶尖、叶缘会出红色。若想要看到更红的叶片，非得有大温差才行。去年暮春，我就在办公室的窗台上露养了一盆若歌诗。即便是酷夏，也没采取遮阴措施，只是三四天透水浇一遍。这样粗养到九月底，也只是红了边，整个叶片稍带点淡淡的红晕而已，与我在网上看到的差了不止几个台阶。

若歌诗的花是球状的，淡绿色，一说春末夏初开放，一说秋季开放。我家的若歌诗已经养了三年，也算是小老桩了，却从未开过花。也许，这个秋天，或者下个春天，就会开出花球。淡绿色的花，我是特别期待的。

每到新年，我都会向友人传递"新春美好"的祝福。那祝福，起先是因为读到的一句诗，"我的兄弟赤身露体／美若新春"。那是萨拉蒙《安德拉斯》开头之句。整首诗写的什么已经记不清楚了，只有这句铭刻在心底。后来，这份美好，又被长年新绿的若歌诗加持，自然又有了更重、更纯的分量和质地。"新春美好"，便与"新春吉祥"，成为我一以贯之的祝福之辞、祈愿之祷。

愿所念之人，都与若歌诗一样，自带芳华，岁岁吉祥。

姬胧月

姬胧月好养，随便掰几片叶子，不几天就会从生长点发出根须和小叶，成活率几乎是百分之百。我习惯于把叶子放在阴凉处，等根须和小叶长出后，再摆在盆土上。剩下的，就是等它变成一盆，慢慢长大，我慢慢变老。往往是，它还没长到我希望的那么大，就被这个或那个朋友拿走了。我并不是个大方慷慨的人，不知为什么，极乐意与周围的人分享多肉带来的快乐。拉别人入肉圈，先得给人点甜头，叶插苗便派上了用场。大株的，是万万舍不得的。也有这样的情况，要么是同样的品种我有几盆，要么是所赠之人值得赠予。这几年，得了我所赠的越来越多，我的收获也无可估量，"无心栽柳柳成荫"。

把姬胧月养好，以我的经历来说，不是那么容易。稍微缺点儿光照，它的枝就"突飞猛进"，一个劲地往上长。叶片，明显跟不上茎的速度，还是按部就班，结果呢，一个叶片与另一个叶片拉开了距离，各长各的。这会儿，莲座是一丁点儿也看不出来了，况且那瓜子形的叶片灰绿灰绿的，朱红带褐色只能是传说而已了。我家里的那盆，是典型的"死不了，活不好"，枝条曲里拐弯的，叶片完全没了样子。有心把它养成老桩，却成了丑八怪。前几天，忍耐终于突破极限，剪下几个枝头，剩下歪七扭八的一团扔进垃圾桶了。眼不见为净，不纠结了。

办公室的这盆，幸好从家里端过来了，否则也是同样的结局。不缺光，它也没多好看。长得倒是枝繁叶茂的，有几枝竟然有垂挂之势。我从丽莎带来的盆里，挑了个笔筒式的。三五枝，斜逸着，有点盆景的感觉。三月底，便放在窗外露养。慢慢地，叶片的绿淡了，灰红的感觉出来了。估计秋季，温差足够，朱红带褐色就是妥妥的现实啦。

有一天，我推开窗子，给多肉浇水。浇着浇着，觉得这盆姬胧月哪里不对劲。端进来，放在桌上，打量。哦，是盆的颜色不相宜。这盆的盆型是合适的，颜色是焦糖色。绿色的叶，焦糖色的盆，还算般配。这叶片变成灰红，就搭不起来了。花与器，相得益彰最好。这样混沌一片，于花，于器，都是辜负。眼下已入夏，这是多肉最难熬的时节。我不敢冒险给它换盆，等秋天它的生长期到了，再倒腾吧。

变成灰红的姬胧月，相比我养的其他多肉，也不大漂亮、养眼。为什么会喜欢呢？"月朦胧鸟朦胧"似乎是绕不过的青春记忆。绕不过，似乎也是挽留。还喜欢晏殊的那句"秋千散后朦胧月，满院人闲"。人闲，心不闲，便会想些平日里不想的事。姬胧月，朦胧月，朦胧事，浑然一体了。

姬胧月，是胧月的小型种。"姬"，应该就是小的意思。

我是没养过胧月的。

熊童子·小蓝衣

熊童子

看到熊童子，立刻想到贾岛的诗句"松下问童子，言师采药去"。童子，以我的认知，应该是带点儿隐逸之态，甚或仙气的。这隐逸之态，因为年龄小，还带有孩童天生的可爱、稚嫩，更带着对世间万物的天然的好奇和兴趣，故而颇为有趣。小先生、小大人的做派，让人忍俊不禁。

熊童子，估计是日本人起的名字。多肉植物，很多是日本培育出来的。乙女心，八千代，千代田之松，子持莲华，笑布袋，紫式部，大纳言，白乐天……这些名字，一看就是日式的，配上肉肉的茎叶，萌态百变，让你不爱都不成。

熊童子，还有另外一个更形象化的名字——熊掌。交互对生的叶片，胖乎乎的，尖端有刻缺，形成几个小尖尖。叶片还披有一层白色茸毛。活脱脱就是一只只小熊的脚掌。若那爪尖尖变成红色，要多美就有多美。

我的两盆熊掌都是绿熊，叶片绿色的那种。光照充足的话，绿熊的指尖会变红。我的心愿就是把红爪爪养出来。

办公室里的那盆，有半年的时间是露养的。去年四月，露养了半个月后，叶片猛地胖起来。不止是胖，感觉被充了气似的，立马显得盆小了，枝干与叶片的比例也不大协调，似乎承受不住似的。东红姐听说我的小熊出状态了，赶紧来看。一看便大笑不止，说这也太夸张了吧，像肿了一样。这比喻贴切，我这个写字的人是想不出来的。爪爪也出红了，不是我想要的鲜红，而是暗一点的褐红。东红姐的小熊爪爪却是艳艳的红。每每看到家里的那盆，我都为它着急，怎么养也养不胖，精气神都差了一截，似乎半条命吊在那里苟延残喘。叶片少而薄，枝干木质化，姑且把它当成小老桩吧。童子长大、变老了，有另一种风致。熊童子的小老桩，亦是如此。

还有两种：白熊和黄熊。都是绿熊的锦化状态。白熊，或者叶片圈是白色，或者叶片边缘一圈是白色的。与植株主色不一致的颜色，就是"锦"。白熊的白，是乳白，我不大喜欢的那种白。黄熊，是黄色的锦出在绿色叶片的中间，还有点透明。黄与绿的搭配，自然，有眼熟，昂扬的生机呼之欲出。有些白熊晒过之后，会变成黄熊，这我是相信的。

前天去"花年一舍"看多肉。一盆盆的绿熊，伏在高大的黑法师脚下。有那么几分钟，我陷入无边的想象中。转过神来，看看周遭，仿若置身另一个世界。这多肉大棚，集多肉养殖、观赏、销售于一体，有茶点供应，现场烘焙蛋糕。来的人大多是熟客，全部是喜欢多肉的人。随便听几句，就能知道言者的养肉"段位"。我每次去都能"偷"到一点养多肉的技艺。当然，断是少不了带几盆回家的。

顺道又去了"小松多肉"。这家是第一次去。两个大棚，一个是普货，一个是贵一点的品种，密密匝匝。小苗摆在地上，老桩放在硕大的木桌上。一问价格，便宜了很多。一盆盆白熊摆放在地上。我只扫了一眼，便把目光转向山地玫瑰。晚上躺在床上，想起那些白熊，不明白自己怎么一点没动心。思来想去，白熊之美，独盆，独处，方显味道。卖白菜一样，就索然无味了。毕竟，出锦是不容易的呀。

小蓝衣

养多肉的人，对于夏季，多是惴惴不安的。春天买肉，夏天收盆，秋天再买，肉友大抵逃脱不了这样的循环。这几天，我提前进入了收盆的状态。每天开着窗通风，害怕多肉因不通风黑腐、生蚧壳虫病害，害怕缺乏光照，多肉出现徒长、摊大饼、穿裙子等状态。似乎没发挥多大作用。还有难度系数超过高考的控水问题。休眠的、不休眠的，耐寒的、喜潮的，喜欢暴晒的、只能散光照的……细说起来，真让人崩溃。养了几年的大和锦在苟延残喘，眼见成老桩的绿法师叶片快掉光了，酥皮鸭的一枝茎开始干枯……以前，我不知道老桩也会死的。去年夏天，我的多肉死了大大小小十几盆，心疼不已。一个写小说的朋友说，他的老桩也死了好几盆。今年一入夏，我就留意着，死多少小苗也不能死老桩。过去的几年，它们给了我最好的时光。

这盆小蓝衣却没多留意，总觉得它是皮实的那一类。买回来是一棵单头苗，养了三四年，还是单头，只不过茎已经有一寸多长，小拇指粗，且木质化了。不大上心，一是因为它的叶片细长，虽然也是莲座一样的排列；二是叶片两侧有细小的毛，叶尖更长、更明显。我一向不大喜欢这样像刺一样的毛，对多肉也一样，蛛丝卷娟我不喜欢，仙人掌类的我也不喜欢。它吸引我的地方，只有两个，一是名字，一是颜色。

小蓝衣，这名字就让人浮想联翩。它的叶片也真的就是灰蓝色，蒙了若有若无的白霜。出状态的话，叶尖会变红的。看到网上的一个视屏，名字是：你变红了，也不是小红衣。说的就是小蓝衣。对了，还有一种与小蓝衣形似双胞胎的多肉：小红衣。变红的小蓝衣，真的是和小红衣一模一样。它们都属于景天科拟石莲属，却不是同一个品种。怎么会如此像呢？不知道。区分它们最简便的方法是，叶片是否有毛。有毛的，小蓝衣；没毛的，小红衣。叶片颜色厚薄、花色，统统不用管了。

我没养过小红衣。小蓝衣养得也不好。小蓝衣是容易群生的品种，我的小蓝衣始终没有发侧芽。我才知道，小蓝衣是春秋型种，夏天是要休眠的。回想一下，前两年夏天，我一直把它放在窗台上，它根部的叶片一直在枯萎。我嫌难看，又担心干枯的叶片容易寄生虫卵，隔几天就揪掉一两片。原来，那些叶片是植株休眠期被耗光营养而枯萎的呀。真是羞愧。

小蓝衣，总让我想起那幅著名的油画《蓝衣少年》。它是英国肖像画家托马斯·庚斯博罗 1770 年创作的。活泼、跳跃的蓝色绸缎，变幻莫测的衣纹和高光，与含蓄的黄灰、蓝灰、绿灰、红灰的背景形成了奇妙的和谐对比，贵族少年的风采跃然纸上，是"不相信定律、规条和传统的最大成功"（傅雷）。

突然想起另一幅著名的油画，《红衣女孩》，英国肖像画家劳伦斯绘于 1825 年。

有些事情，似乎并无关联。仔细琢磨，又觉得有点关系。什么关系呢，始终搞不明白，就比如小蓝衣和小红衣。

等秋天了，得去买盆小红衣。

能让秘密开口说话的，只有时光。

白牡丹·红稚莲

白牡丹

白牡丹是多肉界的普货之王。

初养多肉的，百分之百会先入手一盆。

有点经验的，白牡丹被用来练手。首先是叶插，白牡丹的叶片实在是太容易生根、发芽，很快就变成新的植株。随手掰几片叶子，一定要带生长点，放在盆土上，一周后，生长点就会有芽点冒出来，还有两三根细如发丝的红色须根。出芽率之高，速度之快，的确是让人不可小觑。我对叶插的持久热情，就是被白牡丹培养出来的。我喜欢撸叶，把撸下来的白牡丹叶片，放置在盆土上，或从外圈　圈圈往中心摆，或随便摆，放于散光处，喷不喷水都可。一两个月后，就会有一盆蓬蓬勃勃、挤挤挨挨的叶插白牡丹了。我前年叶插了一盆，一直让它自由长着，现在已经成小老桩了。母亲喜欢它的造型，她对小小的叶片能长成这样持有怀疑。二月隔离在家的日子，我又开始撸叶做叶插，为的是向母亲演示我所言不虚。这盆白牡丹，我当然慷慨地送给母亲了。

其次是砍头。将植株的顶端砍下来进行繁殖，培养成新的植株，也是多肉特有的繁殖方式。我家的白牡丹，因为我管不住自己的手，忍不住浇水，总是会徒长。这些徒长的头，长到一定程度，便被我砍了。第一次时，真是下不了剪刀，舍不得，有草菅人命的内疚。见惯了一盆变两盆、单头变多头的好处，现在的我干起这活来满心欢喜的，技艺也越发娴熟。只用一根细线，绕茎秆一周，轻轻一拉，那头就滚落下来，切口平整、干净。切下来的头，我一般是晾上两三天，等切口结痂才上盆栽种。切下来直接上盆的话，切口容易被土壤中的病菌感染，成活率不高。我对母亲说这些的时候，突然想起类似的场景很多年前曾经发生过，只不过那时是妈妈说我听。是年轻的母亲在教女儿种菜。记忆深处有柔情涌来，看着母亲的满头银发和孩童般的好奇眼神，我禁不住搂住母亲，像多年前一样把脸紧紧贴在母亲的脸上。二十年后，母亲今天的模样就是我的模样呀。母亲是一面镜子，从她身上，我看到生命的方向和未来。我也是母亲的一面镜子，从我这里，母亲看到自己的过去、来路，看到她的生命在女儿的成长中延续。

白牡丹，还可以用来尝试造型。悬崖桩是最容易的。白牡丹茎秆长到一拃长，把它弯向一侧，以盆沿的一处为支点，在探出的茎秆上垂挂一个小物件。植物是趋光生长的，无论头被扭到哪个方向，最终都会朝上、向光而生。很快，悬崖桩就成型了。还有其他的造型，我没有刻意地做过。人需要自由，植物也需要吧。

白牡丹，之所以好养，是继承了胧月的基因，之所以好看，是继承静夜的美貌。叶片卵圆形，带红尖，聚成一朵浅灰绿甚至浅灰蓝的莲花座，带着淡淡的白粉。如果说静夜是含苞待放的莲，有豆蔻之美，那么白牡丹是年方十八的小家碧玉，绽放的风华掩也掩不住。更何况，这风华里，还有"给点阳光就灿烂"的活泼泼的生命力。

白牡丹虽是普货，没多少经济价值，长成老桩，却美而贵。我喜欢白牡丹，与这些都无关。

红稚莲

多肉植物中，能够长成火红叶片的，有唐印、火祭、蒂亚、红稚莲等品种。这几个品种我都养过。养出火红状态的，却只有火祭。

那年三月下旬，中午的阳光已经是暖洋洋的了。我试探着把办公室窗台内的多肉，移到窗台外晒太阳。最初的几天，下班前，我都把它们拿回来，以免新疆的早春昼夜温差大，会把多肉冻坏。一个周五的下午，我急匆匆出去办事，把多肉的事情忘得一干二净。等到周日看天气预报，说晚上有冷空气入侵，才想起窗外的多肉没有拿回室内。

那个夜晚，我没睡好。听到外面呼呼的风声，心里不由发怵：风那么大，万一把多肉连盆刮走怎么办？一盆小小的多肉，若是从八楼坠下，冲击力会有多大？楼下是停车场，万一砸到一辆豪车……越想越怕。我安慰自己，我家小区在南郊，又是风口，按常理，市内的风力此刻不会超过三级，应该不会发生多肉花盆坠落之事。转念一想，风大，是冷暖气团产生的锋面天气，说明冷空气还没影响到市区，那么，多肉就不会被冻坏。唉，每一个多肉控都是天气预报的笃信者，天气的冷暖，日头的阴晴，降雨的强弱，都需要及时掌握，否则多肉就会给你难看，甚至死给你看。

第二天一早奔到办公室，打开窗户，担心的种种都没有发生。只一个多星期，眼看着火祭的叶片一点点褪去绿色，渐渐铺上红色，最终变成一盆让人惊艳的"火焰"。发到朋友圈，又是惊叹一片。

我的蒂亚，就没这样的好运气。我养过好几盆蒂亚。买回来时，都是火红的蒂亚，要不了多久，就变成菜绿的绿焰了。绿得有型也是好的，可是这绿焰叶片越来越稀疏，还翻卷着，丑得让人崩溃。

红稚莲的运气也好不到哪里去。我买的第一盆老桩就是红稚莲。多头并举着一朵朵的红莲座，挤挤挨挨一大盆，又很便宜，我就把它抱回了办公室。说不清楚，它怎么就死了，按理说，那么大的老桩想死也没那么容易的。我后来琢磨了一下，那老桩应该是伪老桩，用几株小桩组合成一盆老桩的样子，它的根应该还没有适应新的环境。

那以后，我去多肉大棚，又买了一盆三头红稚莲，也是也被它火红的叶片迷住了。不知道什么原因，它的轨迹也是褪色、叶片下翻、叶间距拉长，越长越丑。

我是个有点犟脾气的人，越是这样，越想把红稚莲养出状态。我又买回两盆红稚莲，当然都是美翻天的火红状态。因为家里光照达不到要求，我就严格控水。夏天里，它的叶片起皱了，我才浇一次透水。这样的结果是，它的叶片少了，茎秆却粗了、高了，而且明显木质化。我害怕它不停地往上蹿，长成钻天杨，就把每个茎秆上的头砍了，以期长出多个侧芽。砍下的头，我栽在别的盆里，很容易就发了根，长成一株红稚莲。

这两盆红稚莲，让我明白，红稚莲是很好养，且容易养成老桩的品种。我是这么想的，等它们枝繁叶茂了，明年一开春，就把它们放到户外，阳光充足，加上初春昼夜温差达十几度，十几天，它们就会像那盆火祭一样，火红火红的，美给我看。

写作的人，没有点想象力是不成的。生活，没有点目标，也很无趣的。

女雏·子宝

女雏

我家的多肉，每一盆都有自己的故事。

女雏是与成都联系在一起的。儿子上高二的那个寒假，先生难得提前请上休假，遂商议一家三口回老家过年。先生老家在四川，早年出门读书，大学毕业后就留在了新疆。这么多年过去，他四川人的基因从未改变，爱吃腊肉，爱打川牌，偶尔打打小麻将，往来密切的，也大多是四川同乡。先生少小离家，双亲去世因工作原因都未能回去尽孝，所以他提出一家人回去给他父母上坟、与兄弟姐妹团聚，我满口答应。没想到，儿子坚决不同意。原以为他最终会改变主意，毕竟他从未单独过过大年。

儿子孤零零地留在了乌鲁木齐。青春叛逆期的男孩子，渴望自由、不被管束，甚至不愿意被关爱。我理解他，附带着想让他吃点苦头的意思。

路，在脚下延伸。我的心，还在原地打转。孩子，就是牵挂的圆心。先生嘴上骂骂咧咧的，怪儿子不听话，怪我将就儿子。他的心，至少也有一半围着儿子转呢。

说句实话，那个假期是生命中留得住的温暖记忆。诚如先生允诺的，他不喝酒不聚会不打牌，天天陪我游山玩水。一半是为了我，一半是为了向儿子证明自己是一诺千金的。这样的改变，的确让人欣喜。家庭，是每个人终生的学堂。

　　那天，先生陪我去附近的花卉市场看花。只是去看看的承诺，最终变成了抱回一箱子多肉的事实。十二盆。那时我刚开始迷恋多肉，一见到多肉就迈不开腿。用箱子装好，放在轿车后座上，就可以带回乌鲁木齐呀。我这样说。先生和店主都笑了起来。

　　这十二盆里，有空凤、红宝石、吉娃莲、特玉莲、黑王子、乙女心、火祭等。还有一盆女雏。那女雏是群生的，五个莲花座的头，挤挤挨挨在一个拳头大的盆里，小巧，让人心疼。叶片细长，颜色从叶缘的红向中心的浅绿过渡，好似面带粉晕的少女，清纯、娇羞。这盆女雏满足我的所有心愿：莲花座，多头，有红边，带红晕。

　　看着它们，我悬在儿子身上的心安定下来。

　　在彻底自由了一周后，儿子感觉到父母在的好处，至少不用为吃喝发愁。少了"反抗"的对象，他慢慢觉得这样的日子有点无聊。没有爸妈的唠叨和照顾，他很没有存在感。最让他失落的是，我和先生的每一天生活对他都是新鲜的。在他的记忆里，我们的生活都是为他过的，围绕着他转的。

那些多肉与我们踏上了回家的路。三千多公里的距离。每天晚上，我都要把它们连箱子端回旅馆房间。二月底，北方大地积雪还未消融，夜晚温度零下几度，放在车里肯定会冻坏。看着我把多肉搬上搬下，查看是否冻伤，关爱有加超过关照自己的老腰，不知不觉地，先生也开始关注这些小生命。每一个生命都值得尊重。我是在用一棵爱多肉的心，感化一颗男人的心，一颗父亲的心呢。

那个酷夏，那盆女雏没有熬过去。叶子掉了一片。我不明所以，以为缺水，就经常喷水，最后才发现黑腐了。后来才知道，女雏夏天是有休眠期的，这时要控水、通风，否则容易黑腐、化水。

现在，我的多肉养护经验越来越多。窗台上，一盆女雏已经开出了一串黄色的钟形花。由于光照不足，三个莲花座都是惨绿色的，只有叶尖带一点红。我肯定，它会越长越美的。

养育孩子，这辈子却只有一次。我们穷尽一生，不过是陪伴孩子长大，看着孩子离我们越来越远，走向独立。

与孩子一起成长，所有的经验都是刻骨的、幸福的、闪亮的经历。

子宝

这盆子宝，之所以能在几年前被我拿回家，完全归功于它的名字。

179

那年，儿子还处于青春期的尾巴，虽说不再是一点就着的火药桶，没有拆除引线总让我们心有余悸。总算，步步怕踩雷的日子快熬到头了，又出现了新情况——儿子早恋了。这一回，我原来的手段统统失效了，只能看着他在貌似平静的外表里接受内心的惊天巨浪。我太熟悉自己的孩子了，他的一举一动，我都能察觉到不寻常之处。不能问也不愿问，等待他愿意告诉我，向我倾诉，或者咨询我这个"最好的妈妈"。即便是在青春期，他也是信任我、认可我的。默默地等待，等待他一个日子一个日子地经历人生，等待他一天比一天成熟，只能是这样，别无选择。

在无可奈何中默默等待，我这颗母亲的心也在成长。陪伴，是最长情的告白：与孩子一起成长，这些，只有经历过，方能刻骨铭心。所以，当一株不起眼的子宝闯入你的眼帘，当一声子宝穿透你的耳膜，一颗老母亲的心是无法拒绝的。子宝，子宝，每个孩子都是妈的宝呀。

相比神奇的多肉植物，子宝长得不萌、不色、不奇，实在是没多少可取之处。叶肉质，舌状，叶面光滑，密布白色小斑点。第一眼见到它，我就想起了鲨鱼皮。后来，才知道它的确是阿福花科鲨鱼掌属植物，真是奇妙。若说它的独特，便是株型。左一片右一片，层层叠长的舌状叶，垒成了一个小元宝。元宝花的名字，果然是名不虚传。中国人讲求吉利，春节前喜欢买一棵果实累累的金橘，一盆怒放的长寿花或仙客来，现在又多了几种多肉，元宝花便是好彩头，钱串也是。

　　我的一个小元宝，很快，就变成了几个，然后，就是满满一盆。第二年的六一儿童节那天，我拍了几张子宝的图片，发到了微信朋友圈。我以这种方式，纪念过去与儿子一起成长的岁月。儿子忙于高考，一定没有看到这条微信。他的心里始终相信：他是父母的宝。上个月，回家探亲的他与我聊天。他说，妈，你和我爸，是我的宝，等你们退休了，我带你们周游世界，一年走一条旅游线。你是我们家的宝，这句话，自父亲去世后，每见一次母亲，我都要抱着母亲说一次。子欲养而亲不在，这样的遗憾不能再发生。

　　去年夏天，那盆满满当当的子宝似乎不再长了。我打算移植几株。用镊子轻轻一提，竟然就带出几个芽。细细一看，原来根部都已经腐烂了。应该是浇水过多所致。赶紧修根，重植。现在，我的子宝又长成了一堆小小的元宝，其中的一个小元宝，小小的叶片竟然有一半是黄色的。这样的，就是子宝锦了。

　　眼前的这盆子宝，总让人欲说还休。那就安放于心吧。

秀妍·劳尔

秀妍

我养过的几盆秀妍，都是小叶秀妍。

秀妍还有一种，是大叶秀妍。大叶秀妍有个很浪漫、温柔的名字——初吻。

这么一来，就好区分了，小叶秀妍我就叫它秀妍，没养过、也很少见到的大叶秀妍，理所当然是"初吻"。

初吻，并不如它的名字那般招人喜欢。叶片大，据说有四五个硬币那么大，又不容易发侧芽，也不大容易上色，即便上色，也是带着绿意的灰调子的红，混混沌沌的，痴痴呆呆的。完全没情窦初开的那种美感。

小叶秀妍就不一样了。叶片小而包，极易生侧芽，生长的速度也快，一两年就能长成小老桩。秀妍也是极易上色的品种，只要光照充足，无论哪个季节，绿叶就会变成红色，只不过红的程度有差别而已。

秀妍与火祭一样，会玩变身大法。绿的时候，让人嫌弃，甚至沮丧、绝望。红的时候，丑小鸭变天鹅，完全是另一副模样，美得让人惊诧，甚至怀疑"肉"生。我办公室的那盆秀妍，原先在家里时一直不上色，叶片舒展着，没有一点别人说的"像玫瑰"的样子。我好生奇怪。那时，我还不知道秀妍也被称为"徒神"。徒长，是多肉界的专用语，是说在缺光或多水的情况下多肉快速生长的现象，比如茎秆猛蹿、叶片间隔增大、叶片褪色、变薄甚至下翻等。"徒神"，说明秀妍很容易徒长，徒长的速度和程度超出别的品种。

我办公室的窗户朝阳，光照时间长，比家里的窗台能多出几个小时。这盆秀妍落户办公室露养后，不再往高里长，叶片的绿也很快褪去。笔芯般粗的茎上爆了一层侧芽，密密麻麻的。等这些侧芽长大了些，密集恐惧症的我实在受不了，就隔空掰掉了一些，放在另外的盆里养着。这么掰来掰去，茎秆粗壮了不少。不知是不是这样伤了元气，如今这盆小老桩不再爆侧芽了。它的模样，像是顶着十余朵玫瑰的干树桩。我心心念念的捧花状秀妍终是没有出现。

掰下来的小头，随便种在各种容器里，饼干罐啦化妆品瓶啦茶叶盒啦，怎么样都能活。谁来办公室，喜欢的就带走，所以我自己也没剩下几株。有一株生蚧壳虫，叶子茎秆上白白的一层，用医用酒精喷了好多次，都没有根除，还把旁边的其他多肉传染了，我狠狠心扔到垃圾桶里了。还有一株，因为想让它上色，尤其虐了一下，硬着心肠不浇水，竟然枯萎了。剩下的一小株，是我新栽种的。因为前两盆的缘故，打消了秀妍皮实好养的心思，重又细心养护起来，倒也长得快。我不再虐它，就让它自由地长，看它能长成啥样。

一个头是一朵小玫瑰，两个头是两朵小玫瑰……若是九十九朵玫瑰，那真是天大的造化和福分。依我看，初吻，用作小叶秀妍的芳名，才是再合适不过的。唉，人间不如意事十之八九，"肉"间也是如此吧。

劳尔

多肉植物中，叶片散发香味的有几十种，比如冰莓、百合莉莉、子持莲华、福娘等等。我也养过一些有香味的品种，春萌、佛珠、若歌诗、熊童子。我的劳尔，大大小小也有好几盆，无论是家里的，还是办公室的，却从来没让我闻到传说中"淡淡的水果香味儿"。香味是嗅觉细胞的感受，却很容易通过特定的事物被描述、记忆下来。苹果味，橘子味，山楂味；薰衣草味，迷迭香味，洋甘菊味，玫瑰味……这些香味，都与具体的花和果实紧密又甜蜜地附着在一起，让人口齿生津、心旷神怡。虽然知道，每一种香味里包含着多种芬芳因子，可是，我还是对"水果味"一头雾水，更别说还是"淡淡的"。对这气味的好奇萦绕于心，我没事就把鼻尖凑近劳尔，却始终一无所得，我便用过敏性鼻炎来安慰自己。

母亲的鼻子最灵、最尖，经常能闻到我们嗅不到的气味。这个春节因疫情在家隔离，我格外关注劳尔。还是闻不到。母亲也对我养的多肉培养出无尽的兴趣，这之前她对多肉的小盆小罐一丢丢大很不以为然。母亲是"绿手指"，意思是种什么活什么，还活得蓬蓬勃勃，该开花的开花，该结果的结果。母亲园子里的菜人见人夸，母亲家里的花人见人夸。而我，几年前在母亲的眼里，还是"摧花辣手"。我闻不到那"淡淡的水果香"，便找到救星般地让母亲来闻。母亲闻了又闻，鉴定结果是：没什么味儿呀。我便死了心。

经常有肉友唇红齿白地说劳尔、凝脂莲和罗琦的诸多区别，叶片大小厚薄，有无香味，群生与否，是否易出状态，等等，有图有真相，容不得你不信。也有人信誓旦旦地说，它们就是一个品种，状态不同罢了，还举出一堆例子，证明同一个品种的多肉在不同的地方有不同的称呼。说的颇有道理，听的点头称是。道听途说，终究不可信。我准备以身试法，去花市买凝脂莲、罗琦各一盆，与劳尔放在一起，静观其变，养上一年半载，结果就自然分晓了。

劳尔，是景天科景天属的植物。一种说法是，劳尔，英文直译为"峡谷景天"，原生于美国墨西哥州、加州南部、得州中部干旱和半干旱地区，那里岩石裸露，日照时间长，被当地居民称为"伟大的岩石花园构建者"。还有一种说法，劳尔是韩语音译，也叫"香石莲"。两种说法的相同之处，是劳尔的原生环境一定是山地，生于有岩石之处。按第二种说法，这劳尔应该是有香味的，至少比石莲香。

据我所知，石莲，无论是皮氏石莲花，还是鲁氏石莲花，都是没有香味的。

劳尔容易群生，生长速度在多肉里也算是快的，所以见到老桩的机会比较多。我养的劳尔，和密叶莲一起，属于小老桩，基本上是可以打点门面的。在多肉大神的眼里，却还是"小儿科"。从最初的一盆小头，不断爆头，摘取爆出的小头另外上盆，再爆，再摘。如今，上盆的小苗，也成小老桩了。还有一些，被朋友拿回家，听说也已初具规模。

劳尔就这样开枝散叶，于有缘人家的窗台，我也收获了意想不到的诸多友爱。这样说来，我真该感谢家里的这盆劳尔的。

达摩福娘·圣诞东云

达摩福娘

我喜欢达摩福娘的另一个名字——丸叶福娘。

丸叶福娘，真是形象又准确，叶片就是一粒粒青翠的豌豆。小的东西总让人生出爱怜，若是稍微精致一点儿，便又有巧的趣味。小巧，小巧，有说不尽的好处。丸叶福娘的叶片是小巧的，除了圆，叶端带着点尖。

丸叶福娘也是极易徒长的。缺几天光照，多浇了几次水，枝条就会蹿出去。那对生的叶片，不再是圆滚滚的，立即憋了下去，且叶与叶的间距拉大了很多，稀稀朗朗的。贵妃之美，在于丰腴，瘦脱了相，还有什么好？

我家的达摩福娘，已经长成小树。看到别人家的达摩福娘伏在盆里，或者垂挂成悬崖桩，我总是纳闷，我家达摩福娘茎秆为何是直立的。我已不记得这盆达摩福娘买回来时的样子。记忆中，就是它一直处于徒长的状态，我一直修理它。应该是我把它修理成"树"的。我能修理它的型，却对它徒长的叶无可奈何。慢慢地，便接受了它的消瘦。

丸叶福娘还有一个妙处，叶片会散发出香味。我天生对有香味的植物有兴趣，碰碰香、紫苏、薰衣草、藿香、茴香、鼠尾草等等。不光是鼻子爱闻香，连舌头都喜欢香。很多人接受不了芫荽的味道，我确是觉得妙不可言。荆芥拌黄瓜丝，荆芥西红柿鸡蛋面，童年的偏好，已经深入骨髓。折耳根，第一次品尝后就念念不忘，让不少四川朋友刮目相看，毕竟这南方的乡野之味，即便是南方人也不是人人都可以接受的。甚至有一段时间，菜无折耳根，便食之无味。折耳根含马兜铃酸，我是知道的。马兜铃酸进入体内，不易代谢排出，聚集到一定量，会致癌。起初我不以为意，前年看到医学界将之列为致癌物后，心中一凛，遂很少再吃了。

我尤为喜欢的碰碰香，味道浓郁，却不可久闻。我经常俯下身子，鼻尖凑向碰碰香绿莹莹的叶片。哪里用挨这么近？只要一走近窗台，那带有苹果香味的柠檬味就扑鼻而来。丸叶福娘却不是这样。非得凑近叶片才行。有一次用指尖掐去徒长的枝叶，洗了手后手指还是有柠檬的香味，这才知道丸叶福娘是有香味的。从此，除了观叶，又增加了闻香模式。说来也怪，越嗅，对这香味越敏感。一说丸叶福娘，这香味就氤氲缭绕。

除了达摩福娘，家里还有一盆乒乓福娘，属于小老桩了，几周前买的。我买多肉，一般只买一年苗，老桩从来不碰。我喜欢把小小的多肉养大的感觉，像养孩子。这次是例外。去年秋天，我在一个多肉大棚里看到几十盆老桩乒乓福娘。一看就是至少养了十年以上的，品相出众，叶片颗粒饱满，叶晕紫黑、敷霜，我一下就想到了爱吃的无核紫葡萄。问过棚主，得知它的主人酷爱乒乓福娘，这几十盆中有的已经养了二十多年了。乒乓福娘由此铭记于心，不入手一盆怎生了得。这个头一开，大有不可收之势，家中各种老桩已有近十盆了。人的想法，总会变的。

福娘有六种。除了这两种，还有巧克力线福娘、精灵豆福娘、中华福娘和棒叶福娘。巧克力线福娘，东红姐有一盆，不知养成什么模样了。

圣诞东云

我在花市第一次见到东云时，那一排白色小塑料花盆上，用美工笔写着醒目的"冬云"俩字。很长一段时间，我一直以为东云就是"冬云"。及至现在，写下"东云"的"东"时，我还要愣怔一下。第一印象，终究是不好消除的。

我养的多肉里，最让我没有成就感的，有那么几种，生石花、吉娃莲、帕米尔玫瑰、观音莲等等。生石花，只往高里长，越长窗越小，已经没有屁屁花的萌态了。吉娃莲，一直单头长着，也不见长大，只是过一阵儿靠近根部的叶片会发蔫，最后干枯。我见不得干叶片，原本颜值挺高、挺萌的，带着这么几片叶子，观感、心理上总是不爽，所以见着了就用镊子夹住扯掉。扯着扯着，发现那茎秆变粗，且木质化了。原来，那干枯了的叶子是植株生长被消耗掉营养所致。帕米尔玫瑰和观音莲，大家都说好养，可我的都被养死了。想想心里就痛几下。

还有一种，就是圣诞东云了。东云，属于多肉里比较珍贵的品种。圣诞东云，却是东云里的常见品种。也有把圣诞东云叫成"圣诞"的。难不成这东云是圣诞节专属植物？一品红叫圣诞红，蟹爪兰叫圣诞仙人掌，长寿花叫圣诞伽蓝菜，都是圣诞节前后正当花期，因而被作为圣诞节的装饰用花。可是，印象里，这盆东云虽说开花早，却也在二三月。圣诞节之后，它至多会萌出花葶。应该和圣诞节没什么关系吧。再说东云这名字，是日本人命名的。东云，在古日语中，是指从黑暗向光明过渡的黎明前被染成茜草色的天空。这盆圣诞东云，因为光照充足的原因，叶缘和叶片背面一直蒙着带点灰的红色，就是那种茜草色。这种红，不明朗、有点闷，我怎么也喜欢不起来。东云也是日本姓氏之一，而且被认为是最好听的十大姓氏之一，日本漫画里的主人公多有姓东云的。用这么美好的意思命名一种植物，可见这植物本身也是颇受欢迎的。

圣诞东云虽也是莲花座造型，气质却大有不同。想想龙舌兰，东云的叶片形状和排列方式就是那样的，中间部分宽、厚，叶片长、尖，且向上生长。看着它，我总会想到锋利、凌厉这样比较高冷的词儿。有时，还会用手指轻轻触碰叶片的小尖，却没有刺痛的感受。

我的圣诞东云一直长着，总不见长大。看到别人家的，竟然直径有十几公分，徒生羡慕。有一天，我趴在窗台打理花草，突然就叫了一声，盆太小了——这盆东云，从几年前买回来就蜗居在一个直径六七厘米的小盆里，或许当时是花、盆两相宜的。可是花在长，盆不变，就有点画地为牢的意思了。养多肉，花小盆大不行，根部不透气，花长不好；花大盆小也不行（控养不在此列），原本可以长大的品种也被限制，长不大了。盆比植株大一圈，是比较合适的，既有一定的生长空间，又不会闷根。人也是一样，与朋友、同事交往，与家人孩子生活，保持恰当的距离，留有一定的私人空间，的确是一道不易答好的难题。这需要用一生的时光来调整、维护。

还是先给这株圣诞东云换个合适的盆，这很容易做到的。

小米星·星王子

小米星

小米星的生命力极顽强，可称为多肉植物中的"战斗机"。把小米星养丑的，都比较少见，更别说养死的了。多肉植物中，原始种的比较顽强，原生环境多半是干旱、少雨、炎热之地，所以练就一副"钢筋铁骨"，任尔东西南北风，我自岿然不动。园艺品种的，好看是好看，却需要人为的栽培条件，温度、水分、光照等，缺了哪一个，都让你揪心不已。小米星确实是园艺栽培品种，说是舞乙女和爱星杂交而来。我没见过这舞乙女和爱星，单听名字，就心生暖意、柔情，实在难得。

小米星，是青锁龙属植物，和火祭一样，叶片都是交互对生的，无叶柄，与基部连在一起。不一样的是，小米星的叶片是卵圆状三角形，又小而厚。从正上方往下看，一枝小米星就是一座微缩的四方塔，方方正正地直立着。偏偏又是极爱生侧枝的，所以，枝枝耸立，便是一片塔林了。说耸立，是夸张了的说法，也就二三十厘米高，塔尖也不过豌豆粒大。小米星的叶缘有红边，晚秋早春温差大，红色就愈发明显，那塔便像被夕阳沐浴了一般。

我家里的几盆小米星，都是由一株小苗而来。小米星必得满盆才好看。将主头砍去，侧芽就会爆出，侧芽长高，再把侧芽的头砍掉。砍下的头稍稍晾一阵儿，直接密密麻麻扦插在另一容器里。我性子急，多半时候是直接就扦插的。两三天后淋头遍水，就万事大吉了。十天半月，一盆郁郁葱葱的小米星就成了，很有成就感。一盆，两盆，三盆……小米星就这样攻城略地。

前一阵儿，母亲来我这里小住，很喜欢小巧茂密的小米星。我随口说给她种一盆。看到母亲不大信任的眼神，我立马拿起剪刀。咔嚓咔嚓，一盆小米星剪得齐头齐脑。随手取了个透明的玻璃碗，三下五除二，一盆扦插的小米星就摆在母亲面前了。母亲连眉梢都是喜的，有事没事的，就站在花架旁瞅瞅这盆小米星。不几天，小米星长出了小小的新叶，我指给母亲看，她啧啧有声。

那个透明的玻璃碗，碗沿有个小缺口，带着两三公分的裂纹。勤知道我爱养多肉，经常处于有苗无盆的窘境，又听我念叨什么容器都可以用来种多肉，便把家里更换下来的碗盘、破损了的杯盏，甚至装巧克力茶叶的罐儿，都一股脑地提了过来，惹得她先生嫌弃，说要送就送新的，哪有送破烂的。像许多人一样，他不知道破烂有破烂的好处。如今，勤已迁居广东，千山万水的，见一面已是奢侈。睹盆思人，也是意境。

这个庚子之春，来得真是不易。窗台的小米星，又爆出了一堆侧芽。无端想起"苔花如米小，也学牡丹开"。可是，我的小米星从未开过花。再想想前面的一句，"白日不到处，青春恰自来"，便没有什么遗憾了。

花开，花落，自有时。

星王子

如果不是要写写它，压根想不到去查查它的名字。这太不符合一个多肉控的行事规律和认知逻辑了。为什么会这样呢？怎么能否任凭一株多肉在眼皮子底下静静生长，而不百度它，或者向肉友发照片询问芳名呢？怎么能够对它底数不清而任它恣意生长好几年时间呢？

仔细回想，它应该是我进肉坑那年买回来的。当时店主是把它叫钱串的。相当长的一段时间，我一直以为它就是钱串。买的时候，它的状态应该是比较好的，交互对生的叶片紧凑，叶尖带点红边。的确有点像长长的钱串。慢慢地，它越长越丑了。因为光照不足，它的叶边的红色褪去；因为我管不住自己的手，水浇多了，它的叶片间距越来越稀疏，叶片薄而大。我看着它，心里嘀咕：这辈子没有财运，养盆钱串叶子都薄成这样。

什么时候开始怀疑它的身份呢？两年前，我和闺蜜去小松多肉大棚闲逛。一盆盆肉乎乎、胖嘟嘟、呆萌萌的钱串，让闺蜜挪不开腿了。我说，这家伙太容易徒长了，徒长就丑死了。左说右说，闺蜜还是买了一盆带回家。几个月后，她的那盆钱串爆头了，挤挤挨挨一大盆，新生的枝叶探头探脑的，可爱又淘气的样子。欣喜之余，我心中生出疑惑：自家的那盆钱串，与别人家的钱串距离怎么那么远呢？掐了几个头带回家，对比了几次，气急败坏地断定：自家的那盆压根就不是钱串。至于是什么，当时一定百度过吧，只不过后来又忘记了它的名字。

星王子，这名字再也不会忘记了。按说这么好听的名字，是不会轻易忘的呀。"王子"，不是每个女性心中柔软的渴望嘛，带上"星"，简直是自带光华呀。我还养过另一种王子——黑王子，虽然一大一小两盆，都先后度夏失败，可一说起这名字，眼前就浮现出紫黑叶片排列出的庄严大气的莲座。唉，这星王子，活是活了，可混得连名字都被忘了。

早起读唐诗，一句"云想衣裳花想容"，这应该是生命最自然、自如的状态。顺依自己的心意生长，呈现本真的生命状态，是一株植物朴素的世界观。可是，这盆星王子的命运被一次次无情改变。它一次次长高，一次次被我"腰斩"。它从未有一丁点机会孕育花蕾，更说不上开花、结籽。作为地球上的一个生命，它的"肉生"是不完整的，就像女人不曾生养儿女。

我从未看到它开花。我用剪下的枝扦插出一盆又一盆星王子。它皮实地扎根、生长，像农夫耕作于大地，哪里有半点王子的风华呢。

星王子，与钱串、小米星一样，是景天科青锁龙属植物。叶片交互对生，四列，越往上叶片越小，抱茎，看上去像一座塔。小米星是最小的塔，钱串不大不小，星王子算是大的，也只有我的大拇指那般粗细。

蓝鸟·不死鸟

蓝鸟

好久没去公园散步了。楼下路边的海棠刚刚抽出了叶片，想来公园里已是春光无限。

沿着惯常路线走了两圈。山桃、二月兰、紫花地丁……该开花的开花。垂柳、女贞、丁香……该抽芽的抽芽。小松鼠也见着了两三只，依旧如调皮的孩童一蹿而过。一切都是该有的样子。

两只黑鸟出现在十几步开外的树下。我不识鸟，只认得麻雀燕子。两只鸟，通体黑色，只有嘴的颜色是橘色，称之为黑鸟倒也名副其实。两只黑鸟，不喞啾鸣叫，不雀跃翻飞，懒洋洋的。过了一会儿，一只飞到了榆树上。我仰头看，那鸟竟然连爪子也是黑色的。另一只还在草地上。两只黑鸟像两个陌生人。

蓦地想起了我的蓝鸟。蓝鸟是我养的一盆多肉。为什么叫蓝鸟呢？就因为叶片是粉蓝色的缘故吧。蓝鸟的叶片还敷着一层厚厚的白粉，气质堪比广寒宫、芙蓉雪莲，的确是很"仙"。加上经典的莲花座形，简直是此物"只应天上有"。我第一次在花市见到它，眼睛就不会转动了，直接入手，喜滋滋地回家了事。

初养多肉的人，大多会沦为"手贱党"，管不住自己的手，总想着按一般植物的需求浇水，结果是多肉徒长，甚至因根部不透气腐烂而死。一入肉坑深似海，从此钱包是路人。这说的是多肉的魅力，一旦喜欢上多肉，便不可控制地买买买。有段时间，我每天中午去单位附近的花市，怎么着都要带回一两盆。幸好，那时我只买小苗，花不了多少钱。相比而言，花盆倒是花得更多。春天买肉，夏天收盆，秋天再买，冬天徒长。说的是多肉度夏之难，冬天保持状态不易。对于没有养护经验的新手而言，更是如此。一入盛夏，冬型种的多肉进入休眠期，这有点像熊呀蛇呀青蛙什么的冬眠，只不过休眠的季节反了。放到散光处，一个月浇一次水，这对于爱心满满的新手来说，可真不容易做到。眼睁睁地、无可奈何地看着心爱之物香消玉殒，之后就是默默地收盆，心里那个难受，谁养多肉谁知道。

我的蓝鸟一直活着。蓝鸟皮实、好养，养死不大容易。

我的蓝鸟一直活得很难看。摊大饼是它的常态，无非是水多和光照不足这两个原因。光照，实在是没法解决。水，倒是控过。心狠的时候，半个月没浇水，蓝鸟的叶片都皱巴巴的，像满脸皱纹的老婆婆。终究还是功亏一篑。我一直不愿意用补光灯。听肉友说，冬季用补光灯（类似人工太阳），能保持多肉的状态。为了这盆蓝鸟，我准备试试。

我养的蓝鸟是薄叶蓝鸟。还有一种厚叶蓝鸟。市面上似乎有很多种蓝鸟，其实就薄叶蓝鸟和厚叶蓝鸟两种。通常说的蓝鸟，就是薄叶蓝鸟、墨西哥蓝鸟。而粉蓝鸟，就是厚叶蓝鸟。基本上是根据叶片的厚薄来区分。可是，又有肉友说，厚叶蓝鸟里，还有叶片稍薄和稍厚的之分。真让人崩溃。

蓝鸟，仅仅是一种植物吗？

那么，那只顶有名的、神秘的青鸟呢？

不死鸟

"看看这盆，叶子边缘的这些小芽是不是很好看？整整齐齐的，好像一圈蕾丝花边。"

"嗯嗯，是花苞吗？"

"不是哦，这些小芽落到土里，就会生根，然后长成一棵新的植株。"

"这么神奇呀。"

"所以，它的名字就叫落地生根，好记吧。这种繁殖方式，就是无性繁殖。"

"你太专业了，哈哈。"

"这几个小芽已经长出了气根，应该是已经成熟了。"

好为人师的，当然是我。惊喜连连的，是基本属于植物盲的勤。

十月的太阳还是火辣辣的。我们走在樟木头的街上。这里应该是镇中心，它的气派曾隆起于眼前这片八九十年代兴建的三四层楼栋，以及应运而生的家庭作坊、民营企业。如今，相较于全国各地随处可见的动辄几十层上百层的摩天大楼，它却像个老人，透着陈旧、酸楚之气。

我轻轻摇动叶片，几粒小芽飘飘而下。低头一看，砖地上已经密密麻麻落了一层，一些已经枯萎，一些委委屈屈地卷着。把它们捡起，随手扔到有丁点儿土壤的地方，几个月的时间就能延伸出一片，尤其是在这气候温润的南国。若不这样，这些小小的不死鸟，在被日头暴晒的滚烫得砖石人行道上，非被烫死不可。

这是一家已经废弃的花店。隔着玻璃橱窗，屋内空空如也，地板上零落着各种植物的叶片。我能想见它曾经的生机勃勃和温馨、芬芳。这盆不死鸟，和一盆鸭掌木、一盆黑金刚，像挽联，垂头丧气，灰扑扑的，站在店外的台阶上。也许，主人没来得及搬走，或者，主人没地方安置，这么高，枝叶扑棱成一片，得安置在哪儿呢？有些植物的天地是窗台、几案，比如文竹、吊兰。有的舒服地儿在庭院，比如各种月季、玫瑰。有的呢，在人行道边，比如夹竹桃、三角梅。还有的呢，山野才是安身立命之所。一个人一个命，植物也是一样。无所谓命好命痞，适合自己，就是最好的。

我没有养过不死鸟。妈妈家里是有一盆的。记忆中，它长得飞快，第一次见，母亲刚把它栽进盆里。邻居阿姨家蓬蓬勃勃长了一盆，嫌弃它占位置，修剪了一堆枝条，母亲便捡回来一小枝。第二次见，长高了很多，估计是缺光的缘故，叶片不大伸展。母亲说它皮实得很，让我带回去养。母亲知道我爱多肉，却不知道我看不上它的。为数不多的几次，它似乎都没引发我特别的好感。

中秋节，回家看母亲，看我送给母亲的多肉植物。我心底是有小小的心思的，母亲打理女儿送的这些植物时，是会想起女儿的，心里会升腾起慈爱、柔情的，这多少会弥补女儿不在身边的遗憾。母亲的落地生根已经模样大变，并不光滑的叶边凹处，长出一粒粒芽。细细打量，每一粒芽，都似一朵绿色的迷你玫瑰，整整齐齐地对称排列在稍微下卷的叶片边缘。就是这花边一样的小芽，让朴实无华甚至粗陋的叶片一下气质迸发，飞离了丑小鸭的行列。我捡起落在盆土里的小芽，有的已经长出了须根。母亲说，回家扔在花盆里，不用管它。

我的确是把它们扔在花盆里，的确是没有管它。想管也管不了，因为我出差了，到了这南国。

我没料到，会在这闹市区里与不死鸟相遇，况且是与勤一起。勤出生、成长在兵团，和我一样，是名副其实的兵团二代。即便是内心总有腾飞的翅膀在扑腾，我们也没想过，真的有一天，我们会背井离乡安身他处。世界那么大，我想去看看。说起来很容易，落实却不是人人能承受的。勤却义无反顾地走了。如今，勤已经在远离新疆万里的这里安家落户，其中的甘苦，她自己知道，我也能想到。

更没料到，站在这里的我，就像一个月前在妈妈家里一样，一粒粒捡起落在地上的不死鸟小芽。这还不算，我用手在叶片左边缘一捋，一排小芽就躺在掌心里了，右边一捋，一排小芽又躺在掌心里了。很过瘾的样子。我让勤也试试。勤小心翼翼地用手指摘下一粒，满含惊喜地说，这就是一个新生命呀。她终究不敢像我那样豪气地捋一把，只是看着我毫不留情地把那些花边捋得一干二净。我把捋下来的小芽放在稍远一点有土壤的地方。只要有土就能活，我说。然后指着十几米开外一溜瓦房的房顶，看，那一堆灰绿色就是不死鸟呀。

勤的眼睛里，有光亮在闪动。她在口袋里翻掏了一会儿，取出一张面巾纸。十几粒不死鸟的芽，被小心翼翼地包裹，小心翼翼地放入口袋。

我眼角一润。温柔以待，无论对自己，还是对他人。这样的温柔，该是与这个世界最深刻的和解。

华丽风车·日本小松

华丽风车

华丽风车，这名字好听，也好记。

我以前见到的华丽风车都是小苗，除了颜色粉紫，没留下太深刻的印象。有几次去多肉大棚，看到不少华丽风车老桩，一摆就是一桌面。壮观是壮观，却没觉得特别的好。前几天，看到一肉友托着一盆老桩，问棚主价格。棚主回答80元。我愣了一下，这么大一盆老桩竟然如此便宜。我因不买老桩，不熟悉老桩的价格，但也知道，这么大一盆老桩，大大小小十几个头，在花卉市场怎么也得几百元的。我也就抱了一盆华丽风车回家，感觉像捡了个大便宜。

这华丽风车经得起看。叶片广卵形，带一小尖，聚成莲座的模样。华丽风车，相比紫珍珠、紫乐，叶片长，薄而平坦，有舒展的感觉，那莲座也就是个意思。不像拟石莲属的多肉，莲座是紧凑的、密实的、向上拢的。风车的翅翼，可不都是伸展着的嘛。

华丽风车，这名字有两个说头。华丽，是说它的颜色。

203

华丽风车的叶片，平时就是带粉色的，还带着层白霜，自自然然的，像豆蔻年华的女儿。过了夏天的休眠期，浇够水，大太阳晒，加上秋夜的寒凉，叶内花青素含量越来越多，粉就越来越浓，越变越紫。紫色，代表浪漫、神秘、高贵，比较有皇家气质。华美绚丽，美丽而有光彩，用"华丽"来形容一株植物似乎不大合适，华丽风车的色与形却是担得起的。名字中的"风车"，我更愿意认为是标示了它的属名——风车草。风车草属，希腊词源的意思是"花瓣颜色丰富"。我没见过华丽风车的花，想来是不会辜负这美好的意思。也可以认为是它长得像风车。但凡见过绿萝藤蔓上一朵朵洁白而馨香、自带旋转度的小小风车，便对"风车茉莉"这一芳名五体投地，那么，眼前的"华丽风车"与真正的风车还是有些距离的。

这盆华丽风车实在是旺盛。三个主头高高挺立，二十多厘米的样子。根部群生出一堆小头，十几个吧，挤挤挨挨的，把盆沿都盖住了。看着它们，一会儿就觉得透不过气来，我都替它们憋屈。忍不住掰掉下面的老叶片，让它们透透气。掰完后，我吓了一跳，竟然有一堆叶片。数了数，大大小小七八十片。这些叶片都是宝贝。我拿出两个水仙盆，倒入拌有松针蛭石鸡蛋壳核桃皮的营养土，一片一片仔细摆好。颇有仪式感。

过不了几天，每片叶子都会诞生一个生命的奇迹。

自此，我一得空，便去瞅瞅。今天是第六天，叶片的生长点看不出有什么变化。

那些叶片安身的盆，是冬天养水仙用的。白地，黑笔勾出几枝蓝蔷薇，还是不喜欢。以前我没仔细看过这盆，只关心盆里水培的水仙。春节期间，那水仙开得极好，给第一次养水仙的我持久的欣喜。

我心烂漫时，神迹必显现。

日本小松

去年秋天，我在微信朋友圈晒刚入手的多肉。琦留言，你的这盆日本小松太好看了，这么出彩。我老实坦白，刚去大棚里买的，估计很快就褪色成绿油油的了。琦立马发来一张照片，一朵朵青翠的小绿"花"，顶在几枝火柴棍粗细、高挑的枝丫上，极具日式美感。难怪它的名字里带有"日本"二字。照片中的植株，像是微缩版的松树苗，枝干光秃秃的，一枝一个小莲座状的头，树皮却是光滑的黄褐，没有岁月打磨的沧桑。小松，形象、生动，而且比小松树叫起来，更亲切、轻松。站在窗台前打理它，会情不自禁地叫几声：小松、小松……似乎这样几声，遥远处就有回响。

东红姐姐曾说过，她每天都会对家里的这些多肉小可爱说说话，美出状态的夸两句，绿油油的鼓励一番，新栽种的哄一哄。真的，它们能听懂，长得好呢。她信誓旦旦地说。听音乐的母牛产奶量增加，这是被证实的。国外也有过给西红柿植株听音乐的实验报道，结果如何记不清楚了。东红姐姐的多肉比我家的养得好、长得快，确是事实。相比别的品种，我家的这盆日本小松也是长势喜人。或许，人类这样温暖的话语、轻柔的呼唤，植物是听得见、听得懂的。好话，人人爱听；好意，草木也能感知、领受。心灵与心灵的对话，超越所有的分界。

琦说，它长得太慢了，养了三四年还是小不点，没长大多少。我家的小松，才一年工夫，明显地，枝丫粗了，叶轮大了一圈，挤挤挨挨的，昨天我还想着怎么给它修修枝呢。视频上的养肉达人说，小松是长得比较快、容易爆头的多肉，一年可以长成一大盆。不停地砍头，砍过的地方会爆出几个头，植株一年就可以长成捧花状或是圆球状。视频里，一棵栽在地里的日本小松，像园艺造型一样，树冠半球形，密不透风的水绿，让人叹为观止。据说，已经养了三十年了。三十年，多么短促，又多么漫长。有些人，活不过一棵树，活不过这棵日本小松。所有的生命都值得尊重，所有的日子都要一天一天认真活、好好过。

不像别的多肉，出状态了才好看。日本小松不一样。夏天休眠好看，叶片包拢，像一朵朵小小玫瑰。没出状态的，绿着好看，出状态的，红得好看。出状态的小松叶面中轴有一道紫红色斑纹，叶边是红色的，若是光照、温差足够，连带着叶片也会发红。我不止一次对着屏幕流哈喇子，然后悻悻地说：有些美，欣赏就好，何必拥有。脑子里想的却是，得把这盆小松搬到办公室窗台上，那里光照充足，说不定会变红呢。

日本小松的气质，完全吻合东洋岛国人的审美心理。它的日本名字叫"小人祭"。很多国人不喜欢这名字，竟以讹传讹，说家里养盆小人祭可以防小人云云。其实"小人祭"是音译，日语中的意思是"儿童节"。为什么叫儿童节，我也不明白。

明白不明白，都不妨碍我对它的喜爱。

特玉莲·蓝石莲

特玉莲

这盆特玉莲，已经养了快五年了。跟着我翻越千山万水，或许它早已忘却了来处。我却是想忘也忘不掉的。

特玉莲是鲁氏石莲花的变种。鲁氏石莲花的故乡是墨西哥塔毛利帕斯州，而第一株特玉莲诞生于美国加利福尼亚州。我家的这盆是 2016 年正月从成都带回来的。

特玉莲的叶片匙形，叶缘向下反卷，似船形，表面被有浓厚的白粉，叶缘因光照呈淡粉色。特玉莲，又叫特叶玉莲。它的叶，一定还有特别之处。对，它的叶尖中部明显向中心生长点处皱起。我第一次在成都的花卉市场见到它，觉得有点眼熟，却想不出所以然。有一天左看右看时，突然觉得它很像一朵盛开的家菊。它微微上卷的叶尖，就是一片片卷起的舌状花呀。那叶片从外圈向中心，越来越小，越来越密，直到叶尖汇聚、合拢，把生长点完全遮住。家菊的舌状花也是这样，无论黄色还是白色，以至于中心的不起眼的管状花都被我们忽略了。蜜蜂会永远记得管状花的甜蜜。植物有植物的进化策略，蜜蜂有蜜蜂的为生之道。世界就是这么奇妙。

这盆特玉莲，可以算是小老桩了。茎有我的大拇指那么粗，先是平躺着，到盆沿处又昂然向上，却不是直立的。这是它的新模样。它原本是悬崖桩，因为盆小且重量不够，下垂的头太重，老是站不稳。上个星期天，我就给它换了个大一点的立罐，顺便为它换了个姿势。老是垂挂着多难受。它只有一个头，大而重，我取来一根吃串串留下的竹签，插在它的旁边，让它依靠。

特玉莲属于容易群生、爱爆侧芽的主儿。天气刚刚升温，茎上就密密麻麻爬满了比芝麻大不了多少的芽。算起来，这株特玉莲已经繁殖了好几代了。它第一次爆出的芽，长到硬币般大的时候，我就给单位的两位肉友带了去。没想到两年过去，有一天我去梅的办公室，竟然猛吃了一惊。她的那株小清新，已然是风情万种的熟女。悬崖桩，群生，侧芽茂密。我问她诀窍，她一脸的懵懂，没管它呀，就是一周浇一次水。回到家，辗转反侧，心有不甘，自己的这母株怎么还没女儿长得大、漂亮。换盆，换土，上肥，折腾来折腾去，又一波侧芽长出来。留下几个，其余的都抹掉。等长大些就剪下来，栽在另外的盆里。我心里想的是，母株长不好，就培养几个新株。去年夏天，出门十几天，许是气温高、空气不流通的缘故，家里的多肉死的死，黑腐的黑腐。特玉莲小苗无一幸免。连这盆大的，也爬满了蚧壳虫。直到现在，也没完全根除。

我做梦都想养好这盆特玉莲。

也许是有此执念，才养不好的。

蓝石莲

写作的人，会碰到诸多情况。一种是：才思泉涌，停不下来笔；即便是不得不停下来，必须要办的办完，还能续得上，深吸一口气接着往下写，有如神助。我认识的一位小说家，有那么几年的时间，就处于这种状态，他最好、最重要的小说都是这期间完成的。他对身边年轻的写作者说，如果出现这种状态，千万不要懒惰，只管写下来，这种状态不是自来水龙头拧开就流出来的，错过了想找也找不回来了。还有一种情况：心中万千情愫，拿起笔来，却不知如何言说。

蓝石莲，属于第二种情况。这个系列开始之初，便想着写写蓝石莲。蓝石莲也的确值得写。莲花座形，兼具仙女般的美貌，叶片灰蓝色，带厚厚的白粉，因而呈现出蓝色。蓝石莲的名字亦由此而来。若是光照充足，叶缘甚至叶片会出现粉色。看到那蓝中带粉的模样，不觉心就飘飘然，弃柴米油盐酱醋茶而去，宛若回到豆蔻年华。还有别的，这蓝石莲是多肉中的中大型种，单头直径可达十几公分，况且生长快，极易养成老桩。诸多优点，随便一数落，就是一篇合格的文字。这么美的植物，即便是文字不达，它的气质也是掩不住的。可是，我却没写出来。

今天，是第二次动笔了。情况似乎还是那样。

记不清拥有过几株蓝石莲了。只买过一株。其余的，都是叶插苗和扦插苗。叶插苗长大一点，就被朋友瓜分了。有两株扦插苗，去年盛夏，大概是还晒过了头，又一直被蚧壳虫欺凌，冬天时死翘翘了。曾经，我的窗台上最多的蓝石莲，如今只剩下了一株。拇指粗的茎秆一拃长，顶着一朵拳头大的莲座，沐浴着朝霞夕晖，孤独又自由。前一阵儿，为了减少营养消耗爆出侧芽，我用剪刀剪去莲座最下面的叶子。不是全部剪去，而是每个叶片保留三分之一。据说，这样侧芽就容易从剪去的叶片的生长点萌发出来。那些剪去了三分之一的叶片，如今还好好的，并未有枯萎的端倪，自然也无侧芽发出。我琢磨着，从这些叶片的位置发出侧芽，上不上下不下的，也够难看的。不发出来，也未必是坏事。

窗外露养的结果，那茎秆很快木质化了。叶片也越来越美了。叶片是带着厚厚白粉的蓝色，叶边已经有了粉色。莲花座也是周正端庄的。

真正的美，语言表达是贫乏的、拙劣的。还有什么必要在这里聒噪呢？

美，打动的是一颗蒙尘的负重之心。

拭去那或薄或厚的尘垢，那颗水晶之心，充盈、散发着生生不息的爱——

　　我爱每朵花谱写的

　　这本尘世之书，时光之简

马库斯·锦晃星

马库斯

马库斯是极易开花的品种。我养的多肉，每年都开花的就是它了。

马库斯的花期也是比较早的。每年元旦前后，马库斯就会爆出小小的花芽。那花芽性子不急不慢的。有空就去看看，觉得长得好慢。隔两三天瞅瞅，花葶明显伸长了。

第一次看到那花芽，以为是一个侧头。隔几天，那花葶探出去一截，还在慢悠悠不停地往长里长，才恍然大悟：哦，是要开花了。之后，每天上班前都要去看一眼，心里暗暗地为它鼓劲，晚上回到家，赶紧去看看有什么变化。这样，每天都充满了期待和欣喜，似乎它是一个小女儿。

马库斯的花是很耐看的。五片花瓣是白里带着绿意的，可爱又纯净。虽然一朵比一粒米大不了多少，十几朵聚成花球，还是让我惊艳不已。话说回来，只要是花，我哪有不喜欢，不觉得好看的呢。

西域的冬季漫长而寒冷，室内却温暖如春。一片葱绿中，这盆马库斯的盛开的确是不能、不可小瞧一丁点儿的。

况且，还有别的植株遥相呼应，白美人是它的铁杆，浪漫也与它一较高下。马库斯从来就不孤独。我也不孤独。

上个月，马库斯又开花了。这次，它又多了几个同行者，一棵幸福树，三钵中国水仙。它们给这个庚子之年的春节增添了一点点心安和希望。

与白牡丹一样，马库斯也是多肉界的普货，皮实，好活。以我的经历，马库斯出状态并不大容易。光照几天不足，叶片就绿绿的。光照够，也只是发红，确切地说，是粉色。那粉色，是不透彻的、不纯净的，像没卸干净粉妆的脸。那莲花座，也总是包得不紧凑，松松散散的，甚至外层的叶子下翻。这种状态，叫"穿裙子"，意思是下翻的叶片围成一圈，像撑开的超短太阳裙。我养的唯一一盆蓝鸟，粉蓝的裙子穿了两年，前几天彻底失望的我痛下杀手，将它砍头了。马库斯出现这种状况，我就毫不手软地把它的裙子脱掉，掰下来的叶片随手丢在盆里，发芽不发芽随它们的便，反正叶片多得是。

马库斯每年开花，我也每年为它写首诗。今天早晨，有编辑让我挑几首诗发过去。挑出的诗中，就有去年三月十九日写的《马库斯》。

那也是个三月天。

我的马库斯开花了。第一次

我惊诧于它微缩的美

探出的花蕊，娇柔，有序。

不像我的生活，踏上

一条反方向的路。

我手足无措，死命拽住

失控的缰绳

又是三月天。我的马库斯

一盆，两盆，三盆……

都在开花。我的窗台

装不了，这盛大的花事。

而我，已被生活的利爪招安

学会做好女儿、好妻子、好母亲。

三月。马库斯。开花。

我细细嗅闻，像以往那样。

天哪，一缕淡淡的清香

带着微苦的后味。

是时候了，我该致敬——

向伟大的生活，及其庞大羽翼下

活着的，渺小的人。

写那首诗时，马库斯一定是开着花的。诗歌，于我，不仅仅是诗歌，更是花事的记录史，和心路的秘密史。这是写诗的时候没有想到的。

这会儿，我该再写一首《马库斯》。因为，马库斯正在开。

锦晃星

像许多肉友一样，我总能为自己养的多肉找出喜欢的理由。有的是一个，有的是好几个。实在找不出的，就大大咧咧地嚷一句：我也不知道为什么呀，反正就是喜欢。

喜欢就是最大的好。

锦晃星的好，不是半点丁点儿的。毛茸茸的东西惹人喜爱，据说这有心理学的依据。除了通常为人熟知的，毛茸茸的东西，尤其是毛茸茸的玩具，会让缺少爱与安全感的孩童特别喜爱。现在社会，成人世界里喜欢毛茸茸玩具的也大有人在，尤其是二十多岁的女性，似乎印证了这一点。心理学上有个术语——泛灵心理，是幼儿期的孩子普遍存在的一种独特的心理现象。孩童会把所有事物都视为有生命、有思想情感和活动能力的。陪伴孩童的出镜率最高的毛茸茸的玩具，无疑是首选的"活的伙伴"。这样说来，喜欢锦晃星的第一个理由就水到渠成了——它有毛茸茸的叶片。锦晃星的每一个叶片都覆盖着一层白色毫毛，细、密。阳光下，每一根毫毛都反着光，一片片叶子就如一叶叶载满光芒、好奇、想象的小小扁舟。

锦晃星的第二个好，是它的叶端、上缘带红色。若是阳光充足，温差够大，那红色就越发鲜亮，晕染开来，甚至半个叶片都染红了。这个时候，那叶片多是紧凑、向上支棱的，怎么看都像是一只只兔子耳朵。哦，锦晃星还有一个童话般的拟人化芳名——红兔耳，估计就是这么来的。

还有一个好，是最得肉友的心。相比很多美颜却度夏不易的多肉，比如静夜、玉蝶等，锦晃星度夏容易。当你默默地收拾一堆黑腐、化水后的多肉的空盆后，一眼瞥见那一盆红兔耳还绿意盎然，心中顿时涌起亲人般的爱怜和感恩。相比不出色、不易出色的多肉，锦晃星是很容易变红的。况且，它还长得快，容易养成老桩。每一个肉友的心里，都有一个大大的老桩梦，就是把鼻屎苗带成老桩。锦晃星拥有满足这一愿望的植物基因。

我只有一盆锦晃星，算是我养得比较早的多肉之一。记得这么清楚，是因为它是第一盆开花的。穗状花序，只有四朵，橙红色的钟形花半开着。那时，我惊诧于那花朵的微缩。后来，我见过越来越多的多肉花朵，才知道，锦晃星的花朵还真的不小呢。我的锦晃星，只开过一次花，却刻骨铭心。

这盆锦晃星的造型，呈 S 形，且有三枝。三个 S 形一顺排列，也是无心插柳之举。我的多肉，活着就好，对造型我是不大上心的。顺它的势而为，助它一臂之力，也不过是转转花盆的方向，在高挑的枝旁插个竹签以便支撑，如此而已。

　　其中的一枝上，有一个节疤。那是砍头的痕迹。我想让它多发几枝。结果是，砍头的地方只发出了一个芽。那砍下来的头，意兴阑珊地去扦插，却痛失我爱。

　　有时候，我会对着书房四壁的图书发愣：竟然有这么多的书，有些连腰封都没打开。床头经常翻看的，不过是那几本而已。

　　锦晃星，一盆就够了。管它长成什么模样呢，喜欢就好了。

玉蝶·圆贝

玉蝶

我对多肉植物的迷恋，完全是玉蝶的功劳。

几年前，我在微信上东翻翻西看看，不知怎的就点开了一个植物微信公众号。扑面而来的就是一屏绿色的莲花座植物。一棵一棵，长在推开的窗子外平缓的坡上，规矩，整齐。猛一看，像是一坡还没卷心的莲花白。是的，叶片的颜色是一样的，灰绿，带着一层薄薄的白粉。定睛细看，分明不是的，哪有这么好看的卷心菜呀。一朵朵莲座，叶片圆而有小尖，半抱着向上，精气神足足的，像踮着脚尖提着气准备起舞的芭蕾少女。再瞅瞅，几个小脑袋从裙底调皮地探出头来。呀，是爆出的侧芽。我继续划屏。爪子尖而红的胖乎乎的熊掌，像PP的生石花，火红的火祭，还有那么多的傻傻分不清的各色莲花座……从此，我无可救药地陷入多肉这个大坑。

我是养过一棵玉蝶的。知道玉蝶需光照充足才能长得好，我直接把这盆已经算是老桩的玉蝶，从花市抱回了办公室。还有一棵是黑法师。一绿，一紫，相映生辉。玉蝶已经爆出了几个绿色的小崽，若是黑法师生出一群紫色的娃娃，那可美死了。我整日这般憧憬着，最美不过多肉梦。

玉蝶是多肉里的普货，生长快，容易群生、爆头，易成老桩。多肉新手十个里九个都会抱回家一盆。好养呗。养活可是第一要务。然而，你若认为玉蝶好养，那是大错特错了。不交点学费，不养死几盆玉蝶，你是不会信的。我的玉蝶尽管已是老桩，也难逃度夏一劫。办公室的窗台朝南，一天能晒十个小时的太阳，这是我看重的。我没想到的是，盛夏里，因为朝南，且临近马路喧嚣，办公室的窗户很少开，通风是不好的。再者，初养多肉的我实操经验很是缺乏，总也管不住自己的手，生怕它们渴了饿了，三五天就浇一次水。结局当然很惨，那盆玉蝶先是小侧芽化水了，接着老桩的叶子开始掉落。一个周一的早晨，我目睹了一窗台落叶的悲剧。这便是我交的学费。黑法师的命运，也没好到哪里去。先是落叶子，好歹活过夏季，却伤了元气一般，一蹶不振。又一个春季，我干脆就把它放在窗外露养。头一两个月，的确长势喜人，叶片黑亮黑亮的。酷暑来临，它叶片有点蔫，就这么无精打采到冬季。疫情隔离长达近两月。上班第一天，我赶紧给一窗台多肉浇水。我无意中碰到黑法师的茎秆，却发现已经空了，只有主头和一个侧芽没干。干死的，还有阿依努尔妹妹送我的那盆九里香。它的香味似乎还可以嗅到。

去年九月，我和丽莎去云南游玩。二十多年的友情，让我们对此行充满期待。云南,我以前是去过的。我只有一个心愿,去中国最美尼姑庵——寂照庵看多肉。丽莎与我心意相通,便精心安排了路线。在我心底,玉蝶,这名副其实的石莲花,就是应该盛开在那里的。

我看到了那么多那么美的多肉。多肉吊篮,多肉船,多肉香炉,多肉神龛……

不大的院内,几百盆灰绿的石莲花,在石板地上,铺呈出巨大的卍字符。正午的阳光下,每朵石莲花都散发着吉祥、圣洁的光芒。仿若初见时的模样。

我只拥有过一盆石莲花,却胜却人间无数。

圆贝

圆贝应该是我最早养的多肉之一。能吸引当时是"肉盲"的我的眼球,引发我的关注,必定有特别之处。比如莲花座的外形,或者没有言辞能够描述的幻变色彩,或者与众不同的叶片。

很惭愧,我已经不记得它最初的模样。很惭愧,眼前的圆贝,被我养护几年的圆贝,似乎没有一丁点儿可取之处。

它像一丛小草,茂密着。最初的母本被我养残了,我剪下头,密密麻麻插在别的空盆里。之后不久,长得乱七八糟的母株被丢弃,生机无限的扦插苗,被定植于高挑的六边小盆里。当初,我是怎么想的呢?浅棕色的陶盆,配得上它蓝绿色、带霜的对生叶片。若是叶片变红，更是乐事，正好应和了盆上龙飞凤舞的"乐"字。

眼前的这盆圆贝，有几枝高高挑挑的，下面簇拥着一群。这是我特意修枝修出来的效果。不修，它可真的是草了。

很明显，我的圆贝是"独一无二"的。我一度以为圆贝就该是这样的。前几日，不知怎的，随手在百度上输入"圆贝"二字，除了著名的台湾日月蛤，还有一堆圆贝的吃法。口齿生津的我，悻悻添加"多肉"二字，圆贝的图片不显山不露水地跳出几张。有些面熟，有些陌生。那些交互对生的叶片，紧紧的，包包的，挤挤挨挨的，贴着盆土，真是可爱。有的图片，叶片是红黄色调的，从叶边的一线火红，晕染向细细的叶柄。一把迷你又迷你的团扇。无端想起小人国，那里的公主用的可是这美美的小团扇。

我买回家时，它的模样定是这样之一种。只是，这么久了，它一点一点在改变，变成现在的样子，我也慢慢接受它的改变，以至于忘却了它的本来面貌。

燕，你还好吗？曾以为你早已远走异乡，前往那个酷热的山城，与夫君团圆。偶然的场合，从你同学那里得知，你一直待在这个城市，带着唯一的儿子。我无法想象你如何度过那段孤苦的日子，更无法接受你们被视为珠联璧合的爱情、婚姻分崩离析，不管它以何种理由。曾经，我认为，你与他的结识、相恋，是完美的贝壳，无缝连接的般配，孕育出的，是闪亮的珍珠。我远远地看着你，哀悼久远的过去，感受着你的疼、你的苦，看着你在一地鸡毛的生活中，孕育出另一个更美好、更自信的你。我为你祝福，永远。

有些人，走着走着就散了；有些人，远着远着就近了。缘深缘浅，有缘无缘，不过是说辞。我们终究是他人的过客，就像他人终究是我们的过客。能够做到的，唯一安心的，便是珍视当下，认真度过一起经历的分分秒秒。不枉此生，原是不枉河水般流淌而过的此时此刻。

于此，眼前的圆贝，也是一条淙淙欢吟的溪流。

玉扇·玉露

玉扇

"银烛秋光冷画屏，轻罗小扇扑流萤。"看到窗台上的那盆绿莹莹的玉扇，脑海里就会蹦出这一句。

豆蔻年华时，就喜欢这诗句营造出的画面之美。摇曳的烛光，束腰、及地的纱裙，小巧精致的宫扇，星点闪烁的萤火虫……这画面是每个少女的想象，关于美好和萌动、青春与未来等等。它是一个有性别意识的女孩人生的起点，对事物的选择、对生活的态度甚至审美标准，都已从执扇扑打飘飞如梦幻星点的小小萤虫中释放出来。这样的场景，是少女心中最大的真实。

轻罗小扇是团扇。我家的玉扇却不是古代美人所用的团团圆圆的那种，而是才子们手中随性开合的那种，扇面一张一合之间，俊逸之态、诗情才华流泻而出。

玉扇的品种不算多，它的形状一定程度上限制了它的多样化发展。长方形的叶片，左右开弓，循规蹈矩，整整齐齐的，自然就成了扇面的模样。玉扇还有一个特点，厚厚的叶片顶端有"窗"。所谓的"窗"，是指叶片前端透明的部分，光从这里进入叶片进行光合作用。多肉中玉扇、玉露、寿等品种都有"窗"。"窗"有大小之分，"窗"的大小决定了玉扇的价值。当然，决定因素还包括"窗"面上的纹路和透明质感。

玉扇，在多肉中算是好活的，养出侧芽也不难。我家的玉扇发出的侧芽，已经被我掰下来另插在一个小盆里，长势也是喜人。把玉扇养出精气神，可不大容易。养的好不好，关键是看叶片和"窗"。叶片肥厚，绿得嫩而有光泽；"窗"面大而内里透明，水润饱满，这才是养好了。我家的玉扇绿得灰头土脑，"窗"面像是落满了灰尘，不仔细看都看不出来，更别说水润了。网上有多肉大神介绍经验，说是要用"养'窗'神器"。这神器不过是把矿泉水瓶子拦腰切断，将下半段瓶身扎几个洞方便透气，直接罩在植株上就万事大吉。凭我不算长的养肉经验，绝不会像说的那么简单。我照着网上的很多法子养多肉，视频上看是妥妥的，自己一操作，效果的差距真的不是一点点。这个神器，夏天是万万不能用，否则"窗"没出来，植株必死无疑。多肉度夏原本不易，闷热、潮湿，再加上不通风，不死才怪。看着窗台的这盆玉扇，我准备试试这神器。没有实践，发言总是没底气的。

人的认知是随着经验的增长而愈加丰富、深刻的。知识可以世代累积，唯有情感，必须亲身经历方能感同身受。回到开头的那首《秋夕》，彼时看中的是前两句——"银烛秋光冷画屏，轻罗小扇扑流萤"。不知何时起，却越来越爱停驻在结尾那两句——"天阶夜色凉如水，坐看牵牛织女星"。

扇，酷暑之必需，秋凉一起，便为无用之物。这诗里的怅惘、失意，对爱情的追忆，深深如许。我的玉扇，是没有这些悲情和落寞的。

玉露

花架上的这盆玉露，已经养了有两年了。我还是没明白，它究竟是什么品种。

我对着网络上玉露品种大全的图片，对比了好多次。有时觉得它与姬玉露长得一模一样，有时又觉得它分明就是大名鼎鼎的冰灯玉露。多肉植物，出状态与不出状态，差别极大，无论外形还是颜色。我经常看看别人家的多肉，疑窦丛生，同样的品种，咋样看也不像是一个妈生的。玉露就更不好区分了。所有的玉露品种，肉质叶排列成莲座状，叶片顶端呈透明或半透明状，就像是一扇扇玻璃小窗（所以也叫"窗"）。与其他多肉品种相比，辨识度自然很高。若是把多个品种的玉露，集中在一起，保准像看到多胞胎一样，一脸懵懂，搞不清楚。我曾下定决心搞清楚，"窗"的大小、透明度，"窗"上的纹路，叶片顶端的形状，顶端是否有毛，等等，脑仁都疼了，成了一锅糨糊。姬玉露、白斑玉露、毛玉露、刺玉露、帝玉露、蝉翼玉露、冰灯玉露、琥珀玉露……这名单还可以一直说下去。

以前养过一盆玉露。是草玉露。叶片是水盈盈的透亮的绿，"窗"不大，纹路也是淡淡的。一丛草顶着一颗颗沁凉的露珠，给我的感觉就是这样。每次看到它，嘴里就会吟出那句"金风玉露一相逢，便胜却人间无数"。凡姑娘不大懂其中的意思，便去百度上查看，结果是被吓了一跳。我赶忙给她解释，金风是秋风，玉露是白露，连在一起是形容秋天的景致的，后来被引申为爱情，所以会有"两情若是长久时，又岂在朝朝暮暮"之感慨。那草玉露极易生侧芽。我想着它发成一大盆的情形。结果是，侧芽越拉越多，母株越来越小。或许是土壤肥力不够，加上光照不足、浇水太多，那株草玉露真的长成草了，完全没有了玉露的模样。我摘了几个稍微大点的侧芽，扦插在另外的盆里。把剩下的那堆草叹息着扔进了垃圾桶。可惜，那几个侧芽也没成活。

这盆玉露是我花了十元钱买的。那时我正在戒多肉瘾，坚决不去花卉市场，免得受不了诱惑功亏一篑。哪里想到，在单位旁边竟然遇见一个卖多肉的小贩。几十盆里，只有玉露我还没有。这玉露通体是灰绿色的，与我养过的草玉露大不相同，便端了回来。办公室窗台是直射光，玉露一直是那模样，灰突突的，"窗"像没擦干净的玻璃，也没见长。一年后，玉露被我带回了家。放在散光处，经常喷喷水，还没等我用养"窗"神器，它的窗就开始变大、变透

227

明了，叶片也饱满水润，叶片的灰绿感觉也明朗起来。前两天，母亲说，盆小了，该给它换个大点的盆了。是呀，不知不觉中，它长大了。

如果是姬玉露，遇到强光时，叶片会发红；若是冰灯玉露，叶片会发紫。我不敢去试，万一被强光晒伤、晒死了呢。那样，可就是"此恨绵绵无绝期"了。

绒针·龙骨

绒针

没想着这么早就写绒针，因为我家的绒针实在是没个样子，让人没心情写它。

几根笔芯粗细的茎直立着，头顶一撮灰绿的叶子，叶子是对生的，还密布一层细细的绒毛。这还不算完，那茎已不带绿色了，完全木质化了，黑黢黢的。真是够丑的。绒针，还有一个名字——银箭。脑补一下，叶片的形状似箭头，绒毛自带银光，在干枯的树梢兀自凌空。

刚买回来时，可不是这副模样。寸把高，绒绒的叶片水嫩、饱满，似乎要滴下粒粒清露。叶片密集、紧实，不留一点空隙。整体气质，怎一个"萌"字了得。我从小便与姐姐弟弟养兔养鸡鹅，因而对毛茸茸的东西有天然的亲切感。绒针即是我最早入手的多肉品种之一。我是喜欢莲花座状的多肉的，只是看过了满案子、满架子甚至一地的莲花座后，多少有点审美疲劳。一株迥然有异的绒针闯入视线，就有点势在必得的意思。我自是不能拒绝这诱惑的。

若不是今早在手机上看到一个短视频，我是不会想到写写绒针的。那视频里的绒针真是满世满载的，占据了大半个大棚。棚主说，这家伙太皮实的，谁能把它养死他就服谁。那些绒针虽是长在最普通的大不过拳头的小塑料方盆里，却已都是老桩，有些根都从盆底的漏水孔钻出来，与周遭邻居的根纠结在一起。要把一盆一盆的绒针分开，还得费点时间。一地的绒针，从视频上看，就像一地的草。丑得不一般。棚主说，砍下的头倒是有绒针的样子，可是十个头两块钱都卖不出去多少，只能忍痛清理出大棚，现在是给钱就卖。棚主不无惋惜地说，这些老桩好好修剪一下，是可以修出盆景造型的，还可以放倒了养，很快就会成为悬崖桩。那一地绒针，一盆一盆的，和我养的绒针像是一个模子里倒出来的。我琢磨着，怎么把我的绒针弄成个盆景。

网上的图片里，有绒针出状态的样子，毛茸茸的叶片发红，一个枝头聚成一簇，就是一簇火苗，十几个枝头聚在一起，就是一团火焰。绿有绿的好，红有红的好，绒针都拿捏得很到位。

绒针好养、好活。我家的这盆子嗣旺盛。我经常把砍下的头插在花盆零零碎碎的角落，结果，用不了多久，一棵小树就初具规模，已然喧宾夺主了。我没有刻意留心它们，它们自然生长着，生长着。

我很想养出一盆红色的绒针，希望这不仅仅是我的奢望。只有养出红色的绒针，才不枉我写了这篇文章。

龙骨

能把龙骨养死的，估计没几个。我算是一个，也是奇葩了。

昨天，雅楠带女儿来家里玩，要大快朵颐一下我做的大盘鹅。鹅骨坚硬，鹅肉结实，相比鸡肉，炖烂怎么也得两小时。等的时间，便看看我家的植物。我家的植物以多肉居多，因为光照不足和养护不当，长得非常各色。有的还妖气十足，比如那盆婴儿手指，怎么看都像迎客松的造型。这种老桩，有个无与伦比的唬人的名字——妖桩。其实，就是长残了。

看完开花的幸福树，雅楠突然大喊一声，龙骨都死了。我有两盆龙骨。一盆是春季扦插的，一直活得不旺。我以为是扦插的这盆敢死了。等确定是另一盆时，心里像刀割一般。

那盆龙骨，说起来也是扦插的。只不过已经由扦插的小芽，长成了半高的桩。把它移到大号的高盆里时，它长势正旺。因为抱有它一柱擎天、多头并发的希冀，盆即便是大了很多，也不觉得大了。空的盆边，随手插了仙人掌科的几个小芽，是什么品种，我到现在也说不清。我一直以为，龙骨是仙人掌科的，这样它们还挺般配，同科，一个往上长，一个往下垂，既不影响生长、浪费空间，还能优势互补，刚柔相济呀。

从满盆垂挂的刺丛中，小心翼翼地提出龙骨的尸骨。除了最上段还有一截绿茎，整个植株已经干透了。茎秆是坚硬的，芒刺是坚硬的，颜色是那种黑绿色——开水里煮熟又晾干的干豇豆的颜色。手指捏着它的茎秆，它的坚硬一点点往上爬，顺着皮肤，爬到我的骨骼，扎根在我柔软、柔嫩的心房。

肯定是水浇多了。我印象中，凡是把龙骨养死的，都是水多导致的烂根而亡。没听说龙骨旱死的，大戟科多浆植物，能从空气中吸收水分，况且家里的环境，旱不到那个程度。水多了，也会启动预警机制——疯长不止，往上猛蹿，杆上猛发侧芽，叶片密绿，茎秆也绿得要出水的样子。现在回想，前一阵子它的侧芽是发出了很多，几乎每个节点都冒出来了。我用长柄剪刀挨个剔除。一剪刀下去，乳白色的汁液涌出，沿着茎秆往下流。我用事先准备好的小纸团蘸拭，然后安放于伤口处。这汁液有毒，不能与皮肤接触。密密麻麻，都是侧芽。最后，我下不去手了——感觉自己是个刽子手，在凌迟一位坚强的母亲。

按说，它不该死的。这个夏季，为了让多肉安全度夏，家里的植物跟着都浇水不足。偶尔两次大水浇灌，应该不会导致烂根。看看盆里，那些仙人掌科的植株披头散发、枝蔓横生、吊垂，铺满了盆面。似乎这盆里从未生长过龙骨，甚至别的植物，一直是它们的领地、乐园。龙骨的死亡，一定与它有关系，我几乎可以确定。

在我并不专业的植物种植过程中，让我记忆深刻的，一是幸福树，一是龙骨。它们在我家，绝对是高大上的。都长到天花板上了，再怎么长呢？那棵幸福树，不仅长得高，还不停地开花。似乎没有花季这一说，想开就开。起初，它一开花，我便左拍右拍，发到微信朋友圈炫耀一番。后来，它老是开，我一点不新鲜了，拍还是拍，却不再发朋友圈了。那盆幸福树被我拦腰砍断，又扦插了一盆。现在，我家里的两盆幸福树交替着开花。基因的力量，强大无比，是决定性因素吧。

那盆长到天花板的龙骨，腰斩后被搬到了姐姐家。姐姐不知它的习性，按照普通花卉来浇水，叶片蔫蔫的，颜色灰灰的，就像是烟瘾上来的瘾君子，没精打采的。后来，姐姐去了外地两三年。一窗台的花草，干涸而死。那盆龙骨，也没能幸免。

那盆龙骨，先是因为水多，差点烂根，后是因为无水，干渴而亡。两种极端，它都经历过了。突然觉得，中庸是值得研究一下的。只是，对于一株室内的植物，中庸之路也由不得它选。

晚霞·广寒宫

晚霞

　　一直想抱一盆广寒宫回家的。这念头在心里萦绕了很久，结果却是抱了这盆晚霞回家。人算真是不如天算。怨不得别人，也怨不上我。谁能想到心心念念的那几十盆仙气十足的广寒宫，只隔了几天，竟然都被买走了。悔青了肠子的我，转眼就看到了几盆貌似少女的晚霞。无论如何不能再让悲剧重演，所以毫不犹豫就选了最模样周正的那盆。临走的时候，路过花盆架子，又精挑细选了一个鸭蛋青色的花罐。

　　起盆，修根，入土，上盆，再铺上一层铺面石，妥妥的，少女立马变成仙女。装盆的老师傅齐活后，抬起头，说了句"好看"，又附了一句，"盆好，这颜色配得起"。标准的四川话，那么亲切、温暖。他的年龄，应该比父亲小几岁。父亲说过让我少养点花，有空多休息保养身体。那时，我每天忙得脚不沾地的，回到家做完饭收拾完碗筷辅导完孩子的作业，还得去关照几个窗台的花花草草。父亲看着我忙碌来忙碌去，一点儿也不得闲，着实心疼女儿。

都是十几年前的事了，如今，父亲的话是再也听不到了，那些花草也零零落落不知所终。我还是爱养花草，只是绝大部分是多肉植物了。

晚霞是"薄叶三仙"之一种，广寒宫是，蓝光也是。蓝光我并没见过。叶片薄、大，而且带粉，凭这两样，这三种植物就可以在多肉界标新立异，独出心裁，更别说叶片的颜色还美得不要不要的。广寒宫的叶片稍尖，浅蓝粉色，敷着厚厚的白粉。晚霞浅紫粉色，粉薄，叶片带红边。广寒宫是月宫的嫦娥，美得高冷。晚霞是下凡的七仙女，是带烟火气的美，仙气自然也是有的。

我有事没事就打量这盆晚霞，越看越是喜爱。晚霞叶尖到叶心，都有轻微的折痕，把叶片一分为二，叶缘非常薄，有点像刀口，微微向叶面翻转。记住这一点，就再不会把晚霞与其他"仙"混淆了。

我家的这盆晚霞，为了保持它的紫粉色，我特意控水。过了近十天，最下面的叶片慢慢枯萎了。赶紧浇了一遍透水，叶片继续枯萎着。我担心是换盆时伤了根。掰掉底层的枯叶，竟然有七八片之多。之后再看，植株明显小了一圈。剩下的叶片颜色浅了许多，也薄了一层，小了些许。我的多肉心又一次受挫。

我家的窗台朝东南，夕阳是看不到的，朝霞只要起得早每天都能见到。周末的早晨，我一起床便去看多肉。一盆盆看下来，心里满是欢喜。轮到那盆晚霞，不由惊呼一声，原来是要开花了呀。花芽虽小，却是分得清的。所有的症状一下都找到了理由，叶片褪色、枯萎、变薄、变小，都是为了减少生长的消耗，把更多的营养供给花苞，让它开枝散叶，繁衍后代。生命是一个奇迹，这奇迹由谁掌控？渺小，又自由，这是物质的，也是精神的。

晚霞的颜色是浅紫粉的，出状态会成紫粉色甚至紫红色，与自然的晚霞并不相同。我留意去看夕阳西下晚霞满天的景象，也没看到紫色。又到网上浏览了一些晚霞的视频，终究没看到紫红的霞光。看到的晚霞都是燃烧的橙色系。

能与多肉晚霞以假乱真的，还有晚霞之舞。在买回这盆晚霞之前，我一直以为，晚霞是晚霞之舞的简称。

自以为是，所得的必是教训。只是，这教训也是美的。

广寒宫

现在就写广寒宫有点早，我家里的这盆才入手个把月，实在算不上有养护的经验。

养得晚，初见的时间却是在几年前。当初迷恋莲花座，似乎多肉植物所有的好，都集中在那一朵朵的莲花座。时日渐长，慢慢觉出别的好。转而追求品种的齐全，似乎景天科每个属种的植物都得有那么几株。说到底，也是一种"占有欲"呀。现在，发展到对多肉"出状态"的迷恋。几年的工夫，对养多肉这一件事，心思婉转至此，也真是无

236 *空白之地*

语。在这个多变的世界上，变，是唯一的不变。年轻时的戏言，如今被中年的我完美注脚。

我家的这盆广寒宫，是双头苗。广寒宫以大为美，毕竟是大型多肉嘛。因为家里有了一大盆晚霞，便一直想给它找个伴。去了几次多肉大棚，却再也没有见到比错过的那几十盆状态好的，不是穿裙子了，就是粉有残缺或者薄透。初恋总是最美。错过的，便是心心念念的留恋。说来说去，还是因为没有得到。没得到的，便是"心口上的一颗朱砂痣"，便是"窗前明月光"。至于"墙上的一抹蚊子血""衣服上沾的一粒饭粘子"的困顿和窘迫，这会儿是想也不要想的。

索性带了这盆小苗回家，心中憧憬着它变大变美的模样。换了大点儿的陶盆，加了几粒缓释肥，隔几天浇了一遍透水，剩下的，就交给时间啦。时间，于多肉，绝对不是"杀猪刀"，而是"美容院"。所有的美，都得在时间的流逝中打磨、历练。几天时间，这盆小苗已经服盆。个把月过去，精神了不少。从根部干枯的叶片来判断，它正处于旺盛的生长期。底部的茎粗壮了一点，新出的叶片上的粉白腻、厚实。每次浇水，我都格外小心，用尖嘴壶对着盆沿按压，生怕把水滴溅到叶片上，把粉擦花了。颖儿每次见我小心翼翼又自得其乐的样子，总会来一句：这肉要再长不好长不美，就真对不起我小姨妈的老腰。用尖嘴壶浇花，把大大小小上百盆浇上一遍，费时不说，还费腰。

总得哈着腰不是，况且我的腰是有病根的。

广寒宫属于气质美女。我在上一篇文章里说过，它是
嫦娥。广寒宫的美，在于叶片。叶形是椭圆的倒卵形，前
端尖锐。而且叶片大，据说，成株叶长可达十八厘米，叶
宽可达七厘米，叶厚半厘米有余。朝上一面平坦，或中部
凹陷。叶片上的白粉，阳光充足的话泛着淡紫色，叶缘却
是红色。多肉植物中，广寒宫的美是出类拔萃的。这样的
美，园艺师哪能忽略，所以它就成为杂交栽培的母本。晚
霞、晨光等都是广寒宫的杂交品种，的确是仙气十足。只
是，广寒宫的美从未被替代，甚至淡化。各美其美，美人
之美，美美与共，多样并存，这是人类大同的理想。多肉
界也是一样。

昨夜，我做了一个名副其实的美梦：我的双头苗长
大了，变美了。我拿着手机左拍右拍停不下来。突然，镜
头里的双头苗幻化成两张纯真少女的笑脸。我大喊一声：
姐姐——

醒来。空有泪两行，但凭悄悄拭。

碧桃·葡萄

碧桃

我曾经以为百度是无所不能的，直到四年前我在搜索"野西瓜"时，猛然发现词条里描述的那种植物，与我在戈壁滩上见到的野西瓜完全不是一种。灼热的荒野上，野西瓜铺展出一小块一小块的绿色，若是五六月，那绿色中盛开着朵朵洁白的，极柔、极美的花，雄蕊白、长而密，雌蕊是浅绿色的。在苏巴什遗址，我遇见了最美的野西瓜花。此后，我的微信头像便换成了一朵野西瓜花。

无独有偶，在搜索"碧桃"时，蹦到眼前的是一树树盛开的桃花。我愣了一下，才想起来蔷薇科是有碧桃的，桃树的一个变种。碧桃属于观赏桃花类的，重瓣居多。每年三四月，北疆的景观道和公园里桃花夭夭、粉色灼灼，多半是碧桃。我有密集恐惧症，见到这样的情形，只能远观一下而已，心里却是喜悦的。又打出"多肉碧桃"几个字，并无词条蹦出，倒是铺天盖地一片如何养好碧桃的文章和视频。

碧桃我家里是有一盆的，去年初冬带回家的。初冬的西山农场，天很远很蓝，雪山很近很白，白杨很高很直，说不上是白墙红顶的房子衬托了它们的透亮澄明，还是它们激发出红房子的童话气息。随之而来的好心情，让暖意盎然的大棚里的多肉愈发弥漫着神奇的魔幻气质。每次去之前，我都告诫自己：欣赏就好了，一定管好自己，不再往家里带。家里实在是没地方摆了呀。母亲看了我两窗台、一方桌、一花架的多肉，说不能再买了，没地方放了。她哪里知道，短短两个月，我家里又多了一个花架，除此之外，靠窗的地板上也铺满了叶插苗。为了省空间，我甚至用装鸡蛋的托盒搞起了叶插。这样，扫地、拖地就成了麻烦事。我抱怨家里地方太小时，凡姑娘嘴一撇：就是给小姑你个别墅，你也能把它种满。哎，被人嫌弃至此，也是平生第一回。

这盆碧桃还是被带回来了。我最近喜欢上了大点儿的多肉。碧桃属于中型的，生长速度比较快。在一个视屏中看到一个广西姑娘在楼顶上种的两百多盆碧桃，其中有些是一年的叶插苗，也有近十公分高了。就是看了这个视频，听到她说碧桃极易养护，我才打定心思要有一盆碧桃的，甚至已经畅想过一棵变几棵、棵棵成老桩的盛景。

碧桃也是美的。绿色倒卵形的叶片略被白粉，薄薄的，近似于无。叶片前缘带一个小小的尖，像刺一样。叶缘有红边。出状态时，轮生的叶片向上包拢，叶片黄绿，红色的边越发鲜艳，像是用笔勾勒出来的，灵动、鲜活。碧桃还有另一个名字——鸡蛋莲花。脑补一下，是不是很可爱？

我说的是别人家的碧桃。肉友们经常会眼馋别人家的多肉，状态萌，颜色艳，造型奇。羡慕妒忌恨之余，便自嘲说：有一种多肉，叫别人家的多肉。我家的碧桃，长得的确是快，可是一看就状态不对，一个劲地往上蹿，下面的叶片平展着，只有顶端的小叶支棱着向上，茎秆已经开始木质化了。看着笔直向上的碧桃，感觉分明是一棵小小树苗呀。除了叶形，哪里有碧桃的气质呢。

写不下去了，这就回家把它的头砍了，这样至少可以有两棵了。至于砍过头的母株，能不能群生出侧芽，暂且不管了。

真怕它长成一棵笔直的小白杨呀。

葡萄

是一个有风的冬日吧，风该是清冷的，没了叶片、树皮泛着灰绿的垂柳枝，向我这边荡过来，然后又摆回去。我等待着它又荡过来，西北风是忠实的使者。窗内，我的手指闲绕着披肩的穗子，间或端起藤几上的红茶啜一小口。声音从对面传来，吃几粒葡萄吧，很新鲜的。一股暖意涌起。是的，吃几粒葡萄吧。友人知道，我是爱吃葡萄的。"葡萄美酒夜光杯"，西域盛产葡萄，我恰是从西域而来。

许是爱吃葡萄的缘故，第一次见到多肉植物葡萄，便牢牢记住了它的模样。那时，我刚进肉坑，基本是肉盲，以为多肉都是莲座形的，心心念念都是各种莲，皮氏石莲、鲁氏石莲、红稚莲、露娜莲、吉娃莲等等。带回家的，首选的也是这些莲。

家里的这盆多肉葡萄，是去年初冬从大棚里带回来的。短匙状的叶片肥厚，莲座状紧密排列着，叶面灰绿却油亮亮的，反倒让叶缘的红色不那么醒目了。我看了又看，迈不开腿。三个头，两大一小，属于小老桩。两个大的，根部紧密相连，大小差不多，估计是叶插苗长大的。那个小的，离得有些远，应该是后来萌发出来。我看着这一家子，不由得乐了，就是它了，带回家去。

整个冬天，这盆葡萄的状态都不大好。先是一点一点瘦下去，水灵灵的饱满的叶片瘪了，叶片真的薄成片了。靠近根部的叶片慢慢皱了，然后是枯萎。我思忖着水没浇水，赶紧又补水。又害怕光照不够，特意搬到窗台光照最好的地方。状态似乎缓过来一点儿，只是下面的叶片还在皱、还在枯萎。进入盛夏，没几天，两个大头快成光杆了。我仔细查看剩下的几片可怜巴巴的图片，这才发现，每个叶片上，尤其是叶尖，都是黑褐色的斑块，甚至连成片了。我梦醒一般，原来是生煤烟病了。我懊恼着、后悔着，自己太粗心了。

多肉葡萄是景天科风车草属的杂交品种，亲本为大和锦和桃之卵，故而叶形既有大和锦叶型的方正，又有桃之卵叶片的胖嘟嘟。大和锦的叶片是有褐红色的斑点的。冬季时，这盆葡萄叶片带暗红色，恰好掩盖了病斑。夏季，由于光照不足，叶片变绿，病斑就藏不住了。这教训可太深刻了。

出乎意料的是，那个小头的叶片竟然毫发无损。我想不明白是怎么回事。

葡萄爱生煤烟病，这是我才百度出来的。可是，这会儿家里没有特效药，我也压根就出不了房门。乌鲁木齐新冠疫情又起，这个城市又按下暂停键，这是大悲伤。这盆葡萄也快没救了，这是小悲伤。有肉友说，自己用医用酒精救活了生煤烟病的葡萄。家里最不缺的就是酒精了，我一直用它杀蚧壳虫的。这么说，这盆葡萄还有救。用酒精喷洒植株，一天三次，举手之劳的事。

这盆葡萄我肯定可以救活。可是，乌鲁木齐的疫情呢？昨日确诊病例冲到89例，真是吓人。想着炎炎烈日下奋战在防疫一线的工作人员和志愿者，不想也不成，心不由得又揪起来。心动不如行动，去看稿吧。抗疫微信专稿这个栏目，就是为了致敬奋战在一线的所有人，这也是我目前唯一能做的。

为什么爱吃葡萄呢？真实的原因是，我家曾经有个十亩地的葡萄园。那时，我十一二岁的样子。只要有空暇，便在葡萄园里帮母亲打理。上架、修枝、疏果、除草、喷药、采摘、售卖，每一道工序，每一季生长，我参与了一园子葡萄的生命。一年又一年，我收获着它们，不知不觉中，也收获着自己。

观音莲·长生草

观音莲

在一首名叫《射干》的诗里，我曾写下这样的诗句：

> 爱一朵花联结的
>
> 对某个人某些人的追怀
>
> 爱一朵花与一座城的地理血缘
>
> ……

说到观音莲，成都就不可避免地跳出脑海。说到成都，漫花庄园无论如何也绕不过去。漫花庄园，我去过两次。第一次，是二月。漫花庄园里，满山坡都是早春盛开的郁金香。郁金香是颜色众多的花卉，红的雍容，黄的高贵，紫的神秘，粉的妩媚，玫红的浪漫，还有一些是双色的……凡人工培育历史长久的花卉，颜色都繁复缤纷。园艺技术的发展，打破了物种自然选择的进化规律，却也创造出更多的美丽。我在金师傅天山脚下的院子里，是见过双色、双花郁金香的。金师傅是铁路局一退休工人，热心于郁金香的栽培。他用院外山坡上野生的郁金香与院内的郁金香杂交，捣腾出几行别有姿色的郁金香品种。所以，见到这些单花、单色的郁金香，我并没多少惊喜，甚至觉得偌大的山坡，只有郁金香，且排列中规中矩，颇显单调。意外总是姗姗来迟。就要走出漫花庄园的大门时，我看到了旁边的多肉馆。多肉馆里的多肉，品种并不多，多肉的状态也不是太好，但对于刚刚迷恋多肉的我来说，却是花团锦簇一般。满心欢喜地选了几盆，其中就有一盆观音莲。一株，一头，一盆，模样端庄。

观音莲就这样被带回了家。穿秦岭，过河西走廊，一路向西，抵达安身立命的乌鲁木齐。

细细想来，我养的多肉，养死了的，多半出于无知。知己知彼，方能长久相伴。那时的我，更多好奇于多肉的皮相，对其生长习性却不求甚解。这株观音莲实在是皮实，有着普货的生命韧劲。头一年，因为水多、光少，"摊大饼"了。第二年，越来越小的母株，竟然在根部长出几枝走茎。我一心期盼它长成一盆大大小小的莲座。过分的关注和自以为是，导致了它的衰竭。我失去了它。一个生命的陨落，空留几分遗憾和些许落寞。我再也没有养过观音莲。

观音莲是景天科长生草属植物。叶片莲座状环生，外形如莲座。叶片扁平细长，前端极尖，叶缘有小绒毛。光照充分的话，叶尖和叶缘会咖啡色或紫红色。我的观音莲是越长越绿，一点一点褪掉了那漂亮的紫红色。

观音莲，又叫长生草、观音座莲、佛座莲。能把长生草养死的，恐怕只有我了。我家里还有一盆长生草，却不是观音莲。有了观音莲的教训，我不大招惹它，就放在窗台外露养着。它又小又丑，生机无限，怡然自得的样子。它像一面镜子，时不时地，就照出那盆观音莲的往昔，照亮我内心深处的幽暗之境。

观音莲，就是观音莲。我从不叫它——长生草。

长生草

《西游记》里镇元大师的万寿山五庄观里，种有人参果，三千年开花，三千年结果，三千年成熟，闻一闻果子可活360年，吃一颗延寿47000年。我一直认为它就是长生果了。

殊不知，所谓的长生果，其实是寻常的花生。

长生草，究竟是哪一种呢？长生草，作为属的名称，不单指某种具体的植物，而是属内40多种植物的统称。由于栽培技术的广泛运用，这个属已有250多个品种。莲座，叶薄，易群生，耐寒，是长生草属的特点。常见的品种有观音莲、蛛丝卷绢、紫牡丹、草莓羊绒等。

如果特指一种植物的话，长生草就是观音莲。观音莲的确是长生草属的属长呢。

除了观音莲，我还养了一种长生草。在花市看到它时，卖主说它是长生草，我便一直叫它长生草。之前，我在网上见过它在石缝、瓦砾间蓬勃茂密的样子，又因长生草的名字，就想当然地以为它无惧酷暑炎热。买回来的时候，是秋季。它很快萌发出几个侧芽，小而萌，很讨喜的模样。等到了春季，就把它放在窗台上露养。它的生命力的确旺盛，很快，爆出的侧芽就铺满了，完全看不到盆里的铺面石。即便在炎炎夏日，它似乎都没有一点不适的样子。一分硬币大小的莲座挤挤挨挨的，小小的叶片一层层向外翻。可是，又哪有空间向外翻呢。后来，最外面的叶子变黄、干枯。我用镊子一点一点拔除枯萎的叶片。干枯的叶片间，许多小小的蚧壳虫蠕动着，不仔细看绝对发现不了。小心翼翼地清除枯叶，然后用医用酒精一顿喷杀。长生草出了名的爱招蚧壳虫。由此，我一路喷杀至今。我见枯叶层出不穷，以为是日光暴晒导致水分蒸发的缘故，遂三天两头浇一次水。一天，我在清除叶片时，竟然拔出了一个莲座。仔细一看，根已经腐烂了。轻轻拨动别的莲座，竟然无一幸免。唉，这家伙的生命力还真是旺盛呀，根已经腐烂多日，莲座还是绿莹莹的。我拣巴拣巴，挑了四个大点的莲座，修剪了一下，放在盆土上，让它们继续长。

　　一个冬天，莲座没怎么长大，眼见着精神了不少。开春，照例是窗外露养。前两天，浇水时候发现，一个莲座蔫了。赶紧拿回室内，却是回天无力了。剩下的三个莲座，连成三角形状。原本的正方形，那个角是永远缺失了。心也空了一角。

　　长生草夏天是要休眠的，水多了就会烂根。如果没有养护长生草的这两次失败，我恐怕还不会知晓。曾经以为自己在真心对待这些花草，甚至说它们是自己的"闺蜜"。哪里见过我这样的？知己知彼，于敌，是制胜的前提和法宝；于友，则是相知相识，惺惺相惜。"如果人群使你却步，不妨请教大自然。"一株植物的教诲，需要你俯身聆听。

　　这盆长生草，今天，我依然不知道它的名字。

春萌·和锦

春萌

昨夜入睡前发了个愿，明天一早起来就写写春萌。

醒来，还是六点左右。这生物钟的确是准时，估计这辈子也改不了了。还有两天就入伏了，这会儿也没觉得凉。今年天气有点怪，乌鲁木齐的气温像是过山车，一场雨后，就下降十几度，冷飕飕的，两三天后冲上去了，甚至比原来的温度还高。这一波高温持续近十天了。拿起手机看了看天气预报，高温 37 摄氏度。哎，要是四月该多好，春光和煦，春风送暖，春雨如酥，春花芬芳……

近些日子，养成了习惯，每天早晨读点古诗词。随手就翻到了李清照的《点绛唇·蹴罢秋千》。"露浓花瘦，薄汗轻衣透"，颇为应景。再读，"倚门回首，却把青梅嗅"。其实，不用再读，就已经从脑海里蹦出来了。熟悉得不能再熟悉了呀，豆蔻年华的时候就常常吟诵的。只是，在这个七月的清晨，又多了一点意味。为何随手翻到的是它而不是别的？是"和羞走"的少女，而不是"老大嫁作商人妇"的琵琶女？对的，一定有原因的，我要写春萌的呀。

少女，是女性人生的花季，气息的清香，姿态的清纯，心态的娇萌，让人不由得心生怜爱。

春萌，这名字，就像少女般美好，给人无限的遐想。

春萌，也的确配得上这名字。叶片长匙状，颜色浅绿，不是黄绿，是绿中带一丢丢黄的那种。黄绿的颜色属于另一种多肉秋丽，我还没写过它，它被我养死了。我对色彩是有些迟钝的，更迟钝的是语言，我表达不好多肉那千变万化、差异微妙的颜色。在大自然的天地里，我无数次感慨，自己是个画家就好了。很大原因，不是想画出具象的物，而是想拥有一双分辨色彩的慧眼，能够无所顾忌地调配深深浅浅、变化莫测的色彩。春萌的叶尖幼圆，如女孩的指尖，百度上是这样比喻的。我低头端详我的春萌，用自己的指尖对比着，是有些像。

我家的这盆春萌，买回来的时候就有些徒长，叶片不大饱满，但是因为大棚光照充足，叶尖是红色的，所以有些出众。红配绿，穿出来怎么看怎么土气，但是大自然的调色板里，在花草中，却是好看的、讨人喜欢的，透着蓬蓬勃勃的力量。植物的智慧，远远超出人类的认知。我们喜欢植物，某种程度上，是我们有好奇心，想了解另一种生物的生命、生活。

红色的指尖，浅绿的手指，纤纤玉手一点红，谁能抵御美的诱惑呢？这盆有点徒长的春萌，到了我家，就开始了放纵的一生。这不是它的错，我家的光照实在满足不了它的需求，它就一路绿下去，越来越绿，完全褪去了那一丢丢黄。这下，从颜色上看，它与萌有些距离了。更糟糕的是，它鼓着劲地往上蹿，叶片间距越来越稀疏，秆的颜色也是白菜绿，完全没了莲花座的株型。现在，它的萌变成了懵，春变成了蠢。不单是我家的春萌这样，长大长高的春萌，都没有小的时候那么萌哒哒的。有的小姑娘是女大十八变，越变越好看。春萌显然不属于这种，至少是缺了灵气。

长大的春萌也有长大的好。养多肉的人哪有不爱老桩的呀。春萌在多肉界是长得快的，容易成老桩，而且爱爆头。我的这盆多肉是去年入手的，有几个头。今年开春，被我拦腰砍头。砍下来的头晾了两天，直接插进盆土里，才两三个月，就见长了一截。母株的每个枝干又长出了新的头。让人颇有成就感。每个热爱多肉的人，心头都是千疮百孔，养死一棵多肉，就是一个伤口。真正爱多肉的，决不会因为受伤、疼痛，而将热爱之心减少一分一毫。

听别人说，春萌是有淡淡的香味的，因为它的母本是凝脂莲。我闻了又闻，似乎有，浅到说不出是什么味道。凝脂莲，我家里有三盆，我从未闻到它的香味。

或许，从春萌的叶片上，我闻到的，是记忆中少女散发的青春气息。

和锦

我家有两盆和锦。一盆单头，一盆双头。单头的，是大和锦。双头的，是小和锦。

分开来看，我搞不清它俩的差别。放在一起，谁都能看出来。是的，长得大的，就是大和锦；小的，就是小和锦。小和锦，的确是大和锦的杂交品种。区别嘛，肉眼看到的，只有植株和叶片大小的不同。再仔细看，小和锦的叶片似乎更绿一点儿。

小和锦，我以前养过一盆。养着养着，叶片就慢慢干枯了，我一直没找到原因。现在的这盆，去年冬天从大棚里带回家时，小小的双头，颇为精致。开春后，就放在窗台的横杆上，这样光照就足了。一个月过去，我发现根部的叶片干枯了，没在意。又过了半个多月，整株的叶片都有点蔫，看着小了一圈。赶紧端到散光处。这才想起百度一下它的习性。竟然是夏天要休眠的品种。这下，我知道先前那盆小和锦的死因了。休眠期大水浇、大太阳晒，招招致命呀。怎么会想当然地认为和锦是不休眠的呢？还有多少事情，与自己的想当然，是大相径庭的，而又不自知的呢。刮目相看，只是看到的结果。而认识，需要的是对万物抱有好奇的心态，专注的态度，恒久的热情，和学理的严谨。

这盆大和锦，养了有四年了，算得上是老桩了。手指粗的茎扭着向上，顶着一个小拳头大的莲座。听说，大和锦的莲座直径可达十二厘米。眼前的这棵，我用手比画了一下，估计也就六七公分，还差得远呢。拟石莲属的多肉，都是一个个莲座。大和锦叶片光洁，底色灰绿，均匀密布红褐色斑纹，背部龙骨线凸起，叶片呈棕色，三角卵形，前端尖锐。光照充足、低温或昼夜温差大的环境下，叶缘会转为红褐色，红褐色的斑纹也更明显。

肉友们都说，大和锦生长速度很慢，不容易徒长，也不容易形成老桩。可是，在视频上，我看到别人晒的老桩，大不说，造型可真是好。有一盆，中间一杆主茎，周围一圈侧茎，平走到盆沿，转而向上挺立，有众星捧月之势。每枝茎，只顶端举着个莲座。莲座又是红褐色，带着斑点。不知为何，让我想起古代祭祀的场景。唉，我哪里见过祭祀呢。

这盆大和锦，一直没发侧芽，就这么孤独地长着。我曾经想给它找个伴，便掰下来几片叶子，放在它的脚下，等着叶片发芽长成小苗。折腾了几番，终究没有成功。也许，它注定是孤独一生的。孤独，是内心的自由。想起昨天翻开的书，《孤独与孤独的拥抱》。这株大和锦，用孤独拥抱自己，拥抱我，拥抱这个世界。我又何尝不是如此？用孤独，拥抱孤独。这是最温柔、最深情、最自如的拥抱，也是最让人期许、值得等待的自由。

我的小和锦转危为安了。双头又恢复了生机，小小的叶片硬邦邦的，叶尖更尖锐了，龙骨也饱满不少。小莲座的中心，叶面是绿色的。我每天都观察它。看着它一点一点恢复活力，真是舒心。

念念不忘，必有回响。和锦的感恩之心，天知，地知，我亦知。

月兔耳·黑兔耳

月兔耳

对于多肉控而言，七月是个悲伤的季节。这会儿，我正对着眼前的两盆月兔耳发呆。没有对比，就没有伤害。有对比，果然是伤了又伤。

坛状高盆里的这株已是干柴棒，顶着几粒豆大的毛茸茸的叶片，整个植株就像一根放大版的火柴。手指稍微用力，嘎嘣一声，茎秆断了。我心里叹息着，命数呀。一个月前，这样的场景发生过一次，那是它的另一枝茎秆。如今，算是死透了，再无生机。三四月份，是多肉植物的好季节，这株月兔耳也可着劲儿开枝散叶。瞧着那劲头，它容身的方盆是有点小了。兴致勃勃地找了现在的盆换上，憧憬着它长成老桩的样子。希望有多大，失望就有多大，不服不行。

另一株住在三足鼎状盆里。似乎是一直长在那里的。一枝高高的茎，顶着一朵"花"。这"花"是由月兔耳的叶片簇拥而成。月兔耳属于那种萌萌的多肉品种。长卵形的叶片密布白色茸毛，脑补一下，是不是很像兔子的耳朵？

有趣的是，叶片上半部具有齿状叶缘，更有趣的是，齿状叶缘处有褐色的斑点。这盆月兔耳的叶片近乎轮生排列。整体看上去，可不就像一朵盛开的花嘛。这盆月兔耳曾经徒长过，茎有点歪。为了让它爆头，多发几枝，我把它砍头了。结果，它并未出现爆头之势，只发了一个侧芽。这侧芽却是直直往上长，就好像生生把一棵歪脖子树扳正过来了。顶着的叶片，估计是光照充足控水有效的缘故，向上支棱着，硬朗、蓬勃。叶缘的褐色斑点，粒粒大而饱满，竟然连缀成线。这斑点颜色也浓重，褐色变成深棕黑色。每片叶子上半部叶缘都被化了个浓妆，像是维吾尔族美女的撩人眼眉。盆里，铺面石上还有几只小耳朵，应该是星眸才对。去年冬天，我看着歪脖子树难看，想弥补一下，就掰了几个叶片，摆在铺面石上。不负我望，其中的两个叶片长出根、发出芽，然后慢慢长大，如今已经是小小的一丛了。

养多肉几年，我真是相信了一句话：生死有命，富贵在天。还有一句：有心栽花花不发，无心插柳柳成荫。两句话的意思是差不多的，都隐藏着那么多无奈，无奈中又有那么多的不甘、落寞。

月兔耳不仅叶片上密布白毛，茎上也一样，听说花序上也密布茸毛。我养的月兔耳还没开花，我并未见过。我经常端着这盆月兔耳，迎着光看。毛茸茸的东西，逆着光看，纤毫毕现，既有剪影之舒朗，又有特写之精细。我不止一次地拍过逆光下的狗尾巴草，还有牛群。逆光中，月兔耳有与它们一样的美。

我家里还有一盆红兔耳，就是已经写过的锦晃星。说实话，它并不像兔子耳朵。可是，我也喜欢。

那盆黑兔耳，与月兔耳实在是太像了，一不留神，就会把它俩搞混。明天就写写黑兔耳吧。

黑兔耳

黑兔耳是景天科伽蓝菜属多肉植物月兔耳的栽培品种。一般来说，栽培品种从观赏的角度而言，是优于原种的。可是，浇水、打理家里的多肉植物时，看到客厅花架上的黑兔耳或是卧室窗台上的月兔耳，时不时会犯迷糊，动不动就会怀疑自己的判断。尤其是冬季，光照不大充足，它们的叶片变窄狭长，叶色灰绿，茎秆徒长，叶片间距拉长，这时候真是不好区分。

这会儿是夏季，比较好分辨。我把一盆月兔耳和一盆黑兔耳并排放在茶几上，颇有点是骡子是马拉出来遛遛的架势。这一比，就比出差别了。

先说颜色，月兔耳的叶片是灰绿的，密布的白色茸毛好似泛着光，叶片前半部分边缘的斑点是褐色的（这盆是浓浓的棕褐色）；相比之下，黑兔耳的确黑，从叶缘向叶片、到茎秆，从巧克力色逐渐淡化，茎秆也带着淡淡的褐色，似乎那茸毛都被染了色。怪不得黑兔耳又叫巧克力兔耳。

叶片呢，差别也不大。我的这盆月兔耳已经是小老桩了，随着植株的长大，它的叶片约长越厚，越长越宽，越来越不像兔子的耳朵。兔子的耳朵可是又长又薄又竖的呀。偏偏叶缘的褐色斑点又颜色浓重，饱满到相连成线，这样一个叶片就是一只明眸善睐的眼睛，撩人心神。这盆黑兔耳，只有五六厘米高，不怎么见长，却从叶柄处发出了两个芽。这芽倒是见长，差不多赶上了主枝的高度。整株的叶子挤挤挨挨的，很是旺盛。那叶片却精致得很，大小不一（差距只是那么一点点），交互对生，向上竖立着，无论从哪个方向看，都是一对对深棕色的兔子耳朵。

没有无缘无故的爱，某种程度上，这话是对的。我对月兔耳和黑兔耳的钟爱，也隐藏着对童年的追怀。那时，我家里养了一群兔子。起初，只有两三只，很快发展到几十只，最多的时候有近百只。家兔的繁殖能力可不是一般的。我和弟弟每天一放学，跨着柳条编的篮子，去水井后的菜地里拔草。兔群太能吃了。炎炎烈日下，我们不睡午觉，去拔草。夕阳西下，我们顾不上吃饭，还去拔草。穷人家的孩子早当家，我们稍有懈怠，父亲就来这么一句。

我和弟弟最喜欢趴着，看兔子吃草。兔子吃草，我们吃兔子，没有谁生出一点愧疚之心。直到我最心爱的大白兔被下了锅，我才警醒，从此再不吃兔肉。多年后，读到《永生羊》里的一句，"你（羊）死不为罪过，我生不为挨饿"，那个北塔山草原上为心爱的小羊的悲惨命运难过、哭泣、内疚的小女孩，仿佛就是我呀。我们一直都在成长的路上。

黑兔耳呢，和那只黑色的母兔有不可替代的神秘关联。为了繁衍后代，那只黑兔心焦力竭，奄奄一息，肚皮下五只丑陋的肉团闭着眼睛，咂着它空空的乳房。我莫名地心悸，紧紧攥住忙着照顾母兔的妈妈的衣角。

往事并不如烟。总会有些东西，把它捎给我。

金钱木·鸭掌木

金钱木

金钱木，与其他多肉相比，的确有"木"的颜值。瞧瞧，眼前的这盆，将近二十厘米高的竖坛盆里，高高低低错落有致地立着十几根木杆。木杆的皮灰褐色，顶端簇着一撮绿叶，肥、厚、嫩、油。你若被它这样的面貌迷惑，认定它是木本，那就真的错啦。它真真切切是草本，而且是人人都知道的马齿苋科马齿苋属的。对于一些人来说，即便不知道马齿苋属，对于马齿苋却是想忘也忘不掉的。

我这样年龄的人，对于童年、故乡的回望，是离不开味蕾的记忆的。顺着食物的味道，就能清晰地找到自己的来路。四月的头茬苜蓿芽儿，春风里招摇的榆钱儿，六月的青青麦穗头，七月的夏里蒙苹果，八月的黑皮炮弹西瓜，九月的黑蜜沙枣……满满的甜蜜、幸福的味道。只有经历过饥饿，才更能把食物的味道埋在身体的每一个细胞里，藏在记忆的每一道褶皱里。马齿苋是不分季节的，从草木发芽之时，到黄叶飘落之际，马齿苋一直皮实地生长着。这家伙尤其喜欢在菜园里安家，这里肥多水足，它挑对了地方。天气越热，蔬菜棵子越高，贴着地皮长的马齿苋越肥越嫩。把红皮的嫩茎带叶摘下来，两瓢水一冲，扔进滚开的水里，快速翻抄几下，赶紧出锅。切几瓣蒜，撒点盐，倒点醋和酱油，淋点熟油，就是这样简单、美味。只是，我现在再做不出也吃不出记忆中的凉拌马齿苋的味道了。

金钱木是俗名，学名叫云叶马齿苋、圆贝马齿苋。我看着眼前的这盆金钱木，忍不住乐了。这叶子长在光秃秃的高挑的杆尖，可不就像云端长出的叶子？！那一片片的小叶，贝状，近乎对生，可不活脱脱就是启壳呼吸的圆贝。这俩名字真是形象、生动。每一根木杆顶端生出的十几个叶片，实际上是一片叶子，也就是复叶。那十几片，就是十几片小叶。我对复叶一直怀有说不清的喜爱，尤其喜爱那种排列整齐的羽状复叶，比如豆科植物的叶子。金钱木的复叶也很好看。七八对小叶，近乎轮生地排列着、簇拥着，像一小堆金币，这也是它被叫作金钱木的原因。我在网上看到控型好的金钱木，小叶包得紧实，像一朵朵绿莹莹的玫瑰。

刚进肉坑的时候，我养过一盆金钱木。那个元旦，从花市买了七八盆多肉。寒冬腊月的，唯恐路上冻着了。回到家，兴致勃勃地换盆。特意选了白底蓝花的方口小盆，直径约莫五六厘米。单头的小株，三四厘米高，和这样的盆很搭。之后透透地浇了一遍水。那时的我实在是没多少养肉经验，那一茬多肉几乎死光光。最先水土不服的就是金钱木。看到它叶片青翠水嫩，就以为它是喜水的，隔三岔五就浇点水，盼望着它赶紧开枝散叶。叶片一片一片发黄、发蔫，然后萎落，我还一直以为是水浇得不够。那盆金钱木真是死得不明不白呀。

这盆金钱木，买的时候就是小老桩了。我对养"鼻屎苗"的初衷，不知何时已经大打折扣，看到老桩就眼红耳热的。它适时进入我的视野，不带回家肯定不成。我和瑛姐姐挑选了半天，从眼前的造型，到小枝长出、小叶长大后的远景规划，一一考量，颇费了一番工夫。之后，便放在窗台上光线最好、光照最长的地方。有一天，猛然发现底部的小叶又开始发黄发蔫了。一定是自然更替，旧的不去新的不来嘛，我信心满满。现在我才知道，是光线太充足暴晒的缘故。出差二十多天回来，这盆金钱木的叶片愈发少了。不管我怎样精心照顾，每天都有几片叶子枯萎，有一枝的叶片竟然掉光了。我找不出原因。

前几天清晨，我观察卧室窗台上的多肉，发现好多盆肉肉都无精打采的，好像僵苗了。顿时反应过来，窗台上的气温太低了，不适合有些多肉生长呀。赶紧把金钱木搬到客厅方桌上。果然，才几天时间，金钱木的叶片就油光发亮、青翠欲滴了，枝干上还萌发了一个芽点。

知己知彼，百战不殆，这话熟悉得不能再熟悉了。养多肉这几年，得到的教训也不少。养死了的，绝大部分是不了解它们的生长习性的，偏偏还自以为很了解的。

这盆金钱木，可得要让它活着，还要让它活得好才行。否则，既对不起自己，更对不起它。

鸭掌木

这是今年第二次修剪鸭掌木了。

第一次是在春天，万物复苏的季节。我家的鸭掌木，和幸福树一样，枝头的小叶蓄势待发。为了获得圆球形的完美外形，我剪刀在手，咔嚓几下，就把枝头都剪掉了。据视频里的养花大神说，这样剪几道刀，侧芽会噌噌噌发一圈。接下来的两个月，我天天都要扒开叶片查看一番。除了失望，还有失落。剪了头的枝干上是发出了侧头。只有一个。还是一个。哪有视频上的一圈三五个侧芽。可好，株形更难看了。原本还算直溜的枝干，突然被砍了脖子，生生从旁边又长出一枝，好看不了。偏偏我又在盆里埋了煮熟的黄豆当肥料。沿着盆沿埋了一圈。结果，新发的枝条可劲往上蹿，眼看要超过幸福树了，叶片也密匝匝的，扑棱了一片。占地，又遮光。

所以，就有了今天的第二次修剪。说实话，不知道该如何下剪刀了。看着曾经的伤疤，害怕这一刀下去，发侧芽的心愿还是不能达成，那它不就又白挨一刀。怎么说，也是一条命。它若会开口，喊疼的叫声会有多响。它应该是羡慕野生的姐妹的，自由自在，随意生长。我更喜欢野生状态的植物，想来也有这个原因。

这盆鸭掌木，也养了六年多了。回想一下，它是作为春节拜年的礼物，被两个小兄弟搬进门的。一同进门的，还有一盆红掌。绿油油的叶片托举着两只红艳艳的手掌，掌心里托着乳白色的肉质穗状花絮。那盆红掌真是给力，接下来的两三年，不断地开花。惹得一位写诗的花友，在微信朋友圈隔空喊话，索求开花秘籍。我哪里有什么诀窍，不过是顺其自然生长而已，也就是浇水，压根连肥都没施过。无知者无畏，这无畏早晚要付出代价。我的代价，就是那盆最多能同时开六朵花的红掌，前年死翘翘了。若是那位花友得知，不知会作何想？

我一直不知道，鸭掌木还有别名，发财树、招财树等。鹅掌木、鹅掌柴这类的，我倒是知道。无非是因为小叶组成的复叶形似鸭掌、鹅掌。发财、招财的意愿，一定是商家附会上去的，迎合大家财源滚滚的祝福。现在才明白了两个小兄弟春节送鸭掌木的心意，我真是后知后觉。红掌呢，必定也有说头。红运当头．还是别的？待我慢慢琢磨。

说起来，挫败感不仅仅是侧芽不发这一桩。更难以接受的是，剪下来的枝条，我也从没扦插成功过。不记得扦插过几次了，无一例外的，均以失败告终。我那么用心地学习扦插，水培、泥土扦插，都用过。生根粉之类的，也尝试过。扦插鸭掌木的视频，至少看了几十个。每个播主都信誓旦旦，保证两三周就白根丛生。这样的情况，在我这里从未发生过。春季剪下的头，我选了两株茎秆老一点的，扦插到两个风格完全不同的盆里，想看看萌出新芽后，哪一个盆的效果更好。一盆里的扦插条，两个星期后叶片发黄、株心发黑了。另一个盆里的，应该是生根了。它的株心有新芽萌生的迹象了。上个月，我悲哀地发现，它的叶片发黄了。它终究是夭折于这个炎热的夏季。我暗自思忖，细细琢磨。唉，肯定是水浇少了。我怎么能把它和耐旱的多肉植物混为一谈，无差别对待呢。它柔嫩的根须，怎么能经受半个月才喝一次甘露呢。

养活、养好一盆鸭掌木，怎么就那么难呢？妈妈打电话说，她扦插的鸭掌木已经发出三四个侧芽了。我又惊又喜，又生自己的气。她说，直接插到盆土里就可以了。简单得不能再简单了。

难者不会，会者不难。扦插鸭掌木，永远在路上。

雪铁芋·油点百合

雪铁芋

雪铁芋，这名字大家不熟悉，若说金钱树，保准不少人喜滋滋地带点自豪感地说，我家也有一盆。对，雪铁芋就是金钱树。

金钱树，从这名字猜想，它的某一部分长得一定与金钱有形似之处。当然是叶片了。金钱树之所以被称为树，并不是它属于木本植物，而是因为从它地下的块茎根生出的一根根叶轴坚硬、直挺，可以达到八十厘米的高度。叶轴呈圆柱状，青皮上点染着浅褐色斑点，不仔细看是看不出来的。一根叶轴就是一片复叶。叶轴上近乎对生着两排叶片，整齐、清爽，通常有十对之多。这两排叶子，卵圆状，油光光的，仿佛涂了一层蜡。用手摸摸，没有一般树叶的柔软、轻盈，硬邦邦的。这两排叶子都是小叶，它们和叶轴组成了一片硕大的羽毛——羽状复叶，还是偶数羽状复叶，就是说它的小叶数量是偶数。想象一下，一根根挺立的叶轴，两排齐展展的小叶，劲头十足，油光闪亮，真的像一串串钱币在招摇、诱惑着你。谁能拒绝这大自然赠予的绿色的财宝呢？！何况，它还能消除甲醛、净化空气呢。人是最爱惜自己的，也是最糟贱自己的。人生就是折腾，自己不折腾，也会有人来折腾你。就大自然与人类的关系而言，人真的是生命不息折腾不止。

我家这盆金钱树已经养了六七年，我从未想过附着在它身上的知识，什么科什么属学名叫啥开什么花等等。庚子之春，居家办公，有足够时间欣赏一阳台花花草草。金钱树一直抽新叶，新叶从土里钻出来的萌态，让人心里痒酥酥的。新叶生长速度快，几天就长成一片复叶。我惊奇地发现，一根拱出盆土五六厘米，就不再往高里长了，颜色黄白，不健康的样子。可能是营养不良的缘故，我对母亲说着，就伸手欲把它折断。母亲一把拉住我的手，让它长着呗，看看它能长好不。之后的几天，我天天去看它，希望它能顺了母亲的心意。变化一点一点地展现。我确定这是一枝花葶，却好奇：难道是佛焰苞？会是肉穗花序？母亲也与我一同等待着，她比我更好奇，再三说她家里的那盆去年开过花，是在枝头上的，好看的蓝紫色，开了一周时间。凭我不多的花草认知、经验，这枝华葶开不出她所说的像喇叭一样的花朵。

一天清晨，冬天初升的太阳蛋黄色的光芒透过玻璃，把这盆金钱树的绿叶染成一串串金币。它开花了。它似垂颈的天鹅，微微卷曲的鹅黄色佛焰苞下，乳白色的肉穗花序就快挨着盆土了。我赶紧让母亲来看。母亲边看边惊喜连连：真的不一样，不一样。我跪在地板上，把鼻子凑近花序。一股清淡的花粉的味道，不甜，不香，也没有天南星科怪异的臭味。

我有随手拍花的习惯。这花不好拍，靠近根部，花絮低垂又被大苞片裹着，拍了好多张都不满意。我从未听说谁家的金钱树开过花，想着与微友分享这快乐，便把这不满意的照片发到了朋友圈。这个春节，我第一次养的几盆水仙开花了，经常开花的幸福树又开花了，还有几盆多肉白美人马库斯玉露也都开花了，每发一次图片，都收获点赞一片。这次也不例外。微友们大多与我一样，不知道金钱树能开花，更没见过金钱树开花，好奇不已。有好友回复：人见人爱，花见花开。我埋藏心底的虚荣心大大满足了一回。

我家里还有两盆小小的金钱树苗。前年，我从网上看到，可以通过叶插方式获得新的金钱树植株。恰巧这盆金钱树出现叶轴萎皱、小叶发黄的状况，便砍了几枝叶轴，将绿色健康的小叶取下，插在长方形的白瓷盆里。几十片小叶排列整齐，像绿色的旗帜。过了十几天，有的叶片枯黄了，我轻轻提起，丢进垃圾桶里。慢慢地，叶片都枯黄了。那一阵儿，我忙得一塌糊涂，没时间打理花草。闲下来了，待弄完多肉，我的脚碰到了花架下的白瓷盆，我随手扯着干枯的叶片，几片之后，我看到手中干枯的小叶下有一个黄豆大的根瘤。仔细看看盆里，有些嫩绿的芽尖已经冒出盆土。我大喜过望，小心翼翼地取掉枯叶。这下清楚了，二十几个芽呢。我看着盆中光秃的一角，懊恼不已，这是被我拔秃的呀。这盆小苗一直不怎么见长，或许是我下意识地早着渴着它，我想让它的块根长得更大，以便移栽成一盆完全属于自己的金钱树。刚才，我特意去看了一下，真的看到七八株只有两个叶片的苗的旁边长出了新的芽苗。一个芽苗就是一个生长点，这说明根茎已经长得足够大足够成熟了。是到了该移栽的时候了。

我努力在头脑中搜索妈妈家那株金钱树的模样，似乎和我家的没有什么差别。可是，它怎么就开出喇叭状的蓝紫色花呢？或许，它就不是金钱树。那盆长着金钱树模样的植物，究竟是什么呢？

油点百合

我养油点百合至少十几年了。

第一盆油点百合，应该是搬到西山后养的。那时，还不懂植物，更别说养护知识了。养几盆绿植，大多是为了净化刚装修过的新房而已。也就是一些常见的品种，长寿花、绿萝、吊兰、龙骨、虎皮兰、橡皮树等等。大多是从办公室里剪几枝，拿回去扦插活的。油点百合，现在回想，应该是从母亲家带回的种球栽种的。

说也奇怪，那时不会养花，花却没心没肺长得壮实。蓬蓬勃勃地绿着，蓬蓬勃勃地开花，蓬蓬勃勃地结。印象最深的是那盆长寿花，叶片是肥厚的油绿，动不动就抽出花葶，高举着。一根绿枝条，一根高挑的花葶，顶着一簇花序。花序有密密麻麻的小花组成，鲜艳的红，四瓣。我喜欢单瓣的花，秀秀气气的。前几年我在微信上看到芹晒的长寿花图片，花瓣层层叠叠，花多色复色，形成花球，我一脸懵懂，不敢相信。这才知道，我养的长寿花是单瓣单色的长寿花，现在花市里已经不见踪迹了。我养的长寿花，是最常见的品种，单瓣大红，也是花期最长的。一次能开几个月，经常是花序下端的花已经干枯，上段的骨朵还在萌发。把整个花葶剪掉，竟然还能开二茬花。剪下的长寿花枝，随手插在花盆里，不久就会长成一盆。不小心碰掉的叶片，竟也能生根。多年后，我迷上养多肉植物，得知不少多肉植物通过叶片可以繁殖新的植株，猛然想起了长寿花。上网一查，果真也是多肉植物之一种。

别的植物也长得好。吊兰放在进门左手的玄关顶上，垂下的十几茎枝条挂满了珠芽，嫩绿、油亮。谁进门都会赞美一句，这吊兰养得可真好。橡皮树盆小了，枝头多，叶片厚重，主干承受不起，我便用筷子交叉固定住枝干。

现在，我家的植物也不算少，却大多是小巧的多肉了。原来的那些，因为种种原因，都没有搬入现在的房子。那些年，为生计奔波，为自己和孩子的学业操心，每天忙得走路都一溜儿小跑。周末有点空还要给几十盆植物浇水。父亲说，不要养花了，费时费力的，有时间休息一会儿，不要以为自己年轻，你这是透支健康呀。这样的话，三十多岁的我怎么能听得进去、听得懂呢。况且，那时的我，打理植物也就是浇浇水而已。

原来的那盆油点百合，时间久了，也没多大变化，叶片就一直绿着。看到盆土微微隆起，才发现它的茎长大了。之后，它的茎突出来，顶着几片叶子。我好奇那叶片的稀疏，总以为是缺乏盆土和肥料所致。

终于有一天，我决定给它换个大点的容身之地。无论如何，都倒不出来。它的茎竟然长满了花盆，大大小小的茎球纠结着、挤挨着，见缝插针地争夺着，盆土消耗殆尽。我掰下几个长的圆溜、蒜瓣大小的白色茎球留下，剩余的都扔了。那几个紫皮的、圆溜溜的、皮牙子模样的大茎球，也无知无畏地扔掉了。就在刚才，我在视屏上看到一个"大神"养的油点百合，茎球大半外露，紫灰色，顶着几片叶片，叶片背面也是紫色的，正面油绿，带着紫黑的斑点。难怪它又叫豹纹红宝呢。大神说，油点百合养成这样并不容易。的确，它的气质已脱离油点百合仅仅是观叶植物的层次，而呈现出盆景的效果。

没文化害死人呀。如果我早些年有这样的知识，我的那盆油点百合也是奶奶级的了。有些美，是需要慢慢认识的；有些遗憾，也是黑暗中的一星烛火，它的光亮，让你的回望满是温情，让你的前行愈发明确。

我早就知道，自家的油点百合为什么叶薄色绿几无斑点。光照不足呗。可是，我始终没有善待它，把它搬到阳光充足的窗台。我总是觉得，那些动不动就"穿裙子""摊大饼"的多肉植物，比它更需要光照。

　　油点百合就这样"不公平"地活着，活在我的心安理得里。它丝毫不委屈，每年都抽出花葶，开出一串串小小的绿色的花朵。那花朵的丝丝清香，凑近了才闻得到。

铁兰·虎皮兰

铁兰

前两天，凤鸣在微信朋友圈发了三张葫芦的照片。估计她家院子里葫芦结了不少，要不怎么舍得砸葫芦取籽呢。这长葫芦比画一下，切出形状，就是独具特色、富有审美情趣的花器呀。还有一种圆圆的葫芦，我没见过，凤鸣说是苹果葫芦。一切两半，就是两株多肉的安家之所。我心疼得不行，赶紧留言直呼可惜。凤鸣大咧咧地回复：那给你留几个玩。

其实，看到那苹果葫芦，好奇的同时，脑海里闪出的是"空凤"，也就是空气凤梨。我在网络上见过这神奇的植物，透明玻璃器皿里的，扎根在干苔藓上的，附生在树桩掏出的洞里的。更让人不可思议的，一根扭曲的垂挂的铁丝、麻绳，只要它的根能抓住，便安安妥妥地安营扎寨了。没有土不要紧，人家的叶片从空气中吸收水分，然后供应根部生长，要不怎么叫逆生长的植物呢。那长葫芦带着的干枯的一小截弯茎，正好可以托着空凤的根。长葫芦的主体，随便你怎么想怎么切，随便你种什么多肉怎么搭配，再撒上一层有点彩儿的铺面石，想不吸引眼球都做不到，想不高调实力都不允许呀。

辦扯了这么多，也就是过过嘴瘾。我并没有养过空凤。凤梨科的，我只养过铁兰。一度，我以为它就是空凤。

那盆铁兰是在成都花市里买的，十五元。记得那么清楚，是因为它被我养"死"了。现在回想，扔进垃圾桶时，它应该还有生机，只是水土不服休眠而已，我却以为它死翘翘了。

现在，这样的事情不会再发生。我有足够的耐心等待。等待一阵风在树梢上跳舞，等待一场雪从孕育到消融，从告别之际期盼下一次相逢，为一句话支撑一生……生命漫长、艰辛，用自己的一段平凡的日子，等待一株植物的生长，看着它开放、凋谢，陪伴它走过枯荣。一株植物也会替我走完一生。

在成都潮湿阴冷的冬季，即便在稍有暖意的花市大棚里，所有的植物失了三分神落了三分魄，灰头土脸、无精打采的。就连秋季美翻天的多肉，也颜值下跌，像落草的凤凰。这样的情形下，灰绿叶丛中，一枝举着的紫红色芭蕉扇，任谁都不能忽视，何况那扇缘点缀着蓝紫色的花。花小巧，细长的三瓣，喇叭状。我对紫色有说不清的偏爱，此情此景，又如何能拒绝呢！

那盆铁兰，跟着我似乎就踏上了不归路。我成都的家里没有装暖气，白天还好，晚上像个冰窖，空调再怎么吹，分分钟暖风就凉冰冰的了，压根达不到铁兰生长的适宜温度。糟糕的是，它还在正月里被安置在汽车后备厢里，翻山越岭跋涉到三千多公里外的乌鲁木齐。我小心了又小心，每天晚上把它拿进旅店的房间里，生怕它冻死了。可也不能保证它在汽车后备厢里没冻着。到家了，似乎好一些了，还有三朵小花开放着。它的叶片有点像兰花的微缩版，细细长长的，中间一道明显的凹痕，看着像叶片从两侧往中间卷曲。叶片是不大健康的灰绿。我悉心照顾着它，内心的疑惑一日胜过一日：它不会是死了吧？叶片没有变化，怎么连新叶也发不出来？小花怎么枯萎了？芭蕉扇的紫红色怎么变浅了，有点发绿了？我时不时地浇点水，甚至还心虚地为它换了土和盆。它的根也不见多肉常见的白色毛须。换了土它就会好好生长啦，我在心里说。

我一直拒绝它的死亡。它保持着最初的模样，叶片灰绿、微卷，芭蕉扇（穗状花序）一直挺立着。一天，我给家里的多肉拍照片，发在朋友圈里。芹问，你那个芭蕉扇是啥？好看。我答，铁兰。又问：怎么干巴巴的？我说，买回来就这样，好几个月了。说完之后，我左看右看，总觉得奇怪，为什么它就没变化呢？真的死了吧？

纠结中，又过了一周。炎炎夏日，我养的多肉挂了好几盆，早就被清理干净。那盆铁兰，在我的纠结中，终究也被连根拔出。根还是那根，并没有一丁点白色的须根长出。它死了，我接受了这个事实。

一个葫芦，让我又想起了那株铁兰。我在网上浏览铁兰的信息，对它的死亡产生了怀疑。那株铁兰，在我放弃的时候，真的死了吗？也许，再等一个月，等芭蕉扇变成绿色，它的新苗就萌发出来了呢。

去买一株铁兰吧。我需要一株铁兰，养护我的等待和耐心。

虎皮兰

前天去单位开会，早到了半小时，便看到同事窗台上摆放的一溜儿绿植。两盆朱顶红，一盆鸭掌木，一盆白掌，一盆金边吊兰，一盆绿萝，还有一盆虎皮兰。同事不大懂花，看那些植物的委顿模样，便知所谓的养也就是浇浇水而已。我手痒难耐，便拾掇起绿萝的黄叶、枯叶，拿起顺手的东西松松土。同事见我此番情景，大咧咧地说，想搬走哪盆就搬走哪盆。说得我倒不好意思了。我这毛病啥时养成的，不大清楚。明明是漂亮的小姑娘，干吗搞得灰头土脸的？

我也揣摩过自己为啥那么"手欠"，最后归结为多年爱臭美的心愿未得到满足。我这辈子，头发最长也只是披肩而已。扎辫子的心思却是从小就有的。在我的记忆里，童年的女玩伴都扎着辫子，长的如姐姐的麻花辫垂到腰间，跳皮筋时甩搭过来甩搭过去，若是用红头绳系出蝴蝶结，美气死了。短的就扎个小鬏鬏，这一撮那一绺的碎发头，用五分钱一板的黑发卡卡着，用今天到审美看，还真不如不扎。可是，幼年的我连这样的小辫也没扎过。母亲每天天蒙蒙亮就起来操持家务，光是喂饱大大小小的家畜家禽就够忙的了，猪食得煮，兔子要拔新鲜的草来喂，鹅鸭要赶到水渠里觅食，还有一家五口的早饭。母亲没有时间给我梳辫子，姐姐也没空搭理我，她得帮母亲的忙，况且她引以为豪的两条大辫子梳洗起来也够费事的，哪有心思照顾我的心理。我不会编辫子，所以留不成长发。母亲知道我的委屈，一个周末的早晨，要给我扎小辫。捯饬了半天，也扎不好，还揪得我头皮疼。母亲长叹一口气说，你这头发又密又硬，这边扎上了那边溜下去了，扎不成。我号啕大哭，非要母亲扎，母亲气得骂我，你这头发跟你脾气一样，犟得很。

怀孕那阵子，心心念念要生女儿，最好是双胞胎。憧憬着每天给女儿梳麻花辫，扎上各种美丽的蕾丝结，别上各种美丽的发卡。美丽的肥皂泡随着儿子的诞生，无情地破灭了。有一次无意中说起这个遗憾，儿子调笑说，妈，你还有希望，等着给你孙女梳麻花辫。我一怔，之后哈哈大笑。

同事窗台上的这盆虎皮兰，是金边虎皮兰，叶片边缘镶了一圈金黄的边。这道金边，立即让植株虎虎生威。普通的虎皮兰叶片狭长，直立向上，深绿的叶片上横生着点点黄斑组成的斑纹，整个叶片看起来就像上翘的虎尾。现在，这虎尾带了一圈金黄的光圈，美观不说，自带王者气息。

我养过的虎皮兰，是不带金边的。它的王者之气，来自它勇往直"上"的生命力。从一两寸的单头小苗，它向上、向上，长过我的膝盖、我的腰，长过我的胸脯、肩头，最后超过我的头顶。它长成了一棵树。原来的花盆太小，换成了大号的。它的根部长出的子孙，被我一次次挖出来，否则这些没嘴巴的家伙会把土吃完，把盆撑破。它像和那盆龙骨比赛似的，铆足了劲往上冲。真是奇怪，那时我不懂得施肥，没怎么施过肥，只是用淘米水浇花，它冲天的劲头打哪里来的。

每株植物各有自己的命运。我家的那一茬绿植，结局都暗淡无光。旧房卖了，新房还没交工，只能租住在别处。这些葳蕤的植物，有人要的送人，没人要的丢弃，那两盆高大的虎皮兰、龙骨，没人接手，又不忍丢弃，只能搬到姐姐家。姐姐家在四楼，没有电梯，搬的时候很费了周折。龙骨断了一根。虎皮兰的叶片东倒西仰的，不再直立往上。我把餐巾纸捏成团，蘸拭龙骨流出的乳白色的汁液。那汁液有毒，不能接触皮肤和眼睛，我晓得厉害。那汁液不停地流，我的泪也在心里流。这白色的汁液，就是人身体里的血呀。我突然生出恐惧，流完了怎么办？我又捏了一个大纸团，紧紧压住龙骨的断口，就像手割破后用力按住出血的伤口一样。虎皮兰呢，我找出两根红丝带，把七倒八歪的叶片拢成一束，上下各绑一道，希冀几天后叶片能恢复到原先的规矩模样。

那盆龙骨活了下来，只是丢了精气神，好像它的生机随着汁液流走了。即便新长出了嫩芽，也是歪歪扭扭的，一副营养不良的样子。那盆虎皮兰，活得也不好，无论我如何期盼，它也不能恢复原先的模样。由于捆束，它的新叶片没有伸展的空间，憋憋屈屈地缩着，它的老叶片也不能独立地挺直腰杆。这一切，多让人沮丧。一个垂头丧气的人，对着两盆垂头丧气的植物，相看两不厌并不容易做到。

现在，我的家里还有一盆虎皮兰。模样和原先的那盆并不一样，我也从没把它们当成一家人。叶片紧凑，宽且厚，也带着斑纹，只是叶片短短的，不及我的巴掌长。它的名字是短叶虎皮兰，也叫阔叶虎皮兰。它矮矮地贴着盆土长，极易发出侧芽。记忆中，我无数次给它分过根，每次都是把一根模样周正的小苗，重新栽种在盆里。过不了多久，一个、两个、三个新芽发出来，很快长成绿色的、挤挤挨挨的一蓬，抱得那么紧实，你想把它倒出来分根都不大容易。

这盆虎皮兰是不久前分过根的，我嫌它长得太快，就很少给它浇水。前一阵儿，它的叶片有些蔫巴，像长了皱纹，赶紧给它灌饱了水。这不，给点阳光就灿烂，它立即水灵灵的，从盆土里顶出一个新芽，嫩嫩的绿色。我不由感慨，啥时候才能活得像它一样明白呢。

紫乐·波露

紫乐

还没到多肉生长的好时候，我已经等不及了。好时候，应该是在春节后到四月底。这是我头几年在花市上听一位老人说的。

那是个四月天，刚刚迷上多肉的我周末铁定要去花市，无一例外是为了看多肉，过眼瘾。当然每次也不会空手回。多肉是个大坑，不光是说多肉品种太多，想分清楚来源实在太难，也不单说每个科属的多肉长得太像，让人傻傻分不清，更不是说多肉萌态可爱、名字文艺清新，而是说，只要爱上多肉，就会陷入循环的怪圈：买了死，死了再买。除非你跳出肉坑，否则就在"买"这条道上一直走到黑。另一个循环更无解：你就像个搬运工，今天去买多肉，明天去挑花盆，后天去买土，大后天去选缓释肥、颗粒土……似乎每次种肉都缺那么一两种，有肉没盆，有盆土又不够了，盆和土都齐了肉又该买了……况且，越迷多肉，你就会发现需要的专业工具越多，尖嘴壶、补光灯，甚至切割机打孔机等等；你需要掌握的知识也大大增加，光是各种颗粒土、铺面石、缓释肥搞清楚就够头晕的，还有各种病害、特征和处理措施，更有种种栽培技术、控养方法等。天哪，我究竟是怎样度过这些日子的，竟然还屁颠屁颠乐此不疲的呀。

那天，我在花市的一个露天摊前流连，好几次与一位年近七十的老汉擦肩而过。带四川口音的老板娘想来经营多肉时间不长，顾客问询多肉品种，有的竟然答不上来，多亏那老汉帮忙介绍。听来听去，我也搭上了话。老汉是机械厂的退休工人，喜欢花花草草，养多肉已经好几年了，家里都快摆不下了。可真是喜欢，没事就坐着公交车，晃荡一个多小时，到名珠花卉市场里转转，看看新的品种，欣赏高颜值的，碰上合适的人聊聊多肉，然后心满意足地回家，路上再晃荡一个多小时。他对我说，多肉长得最快的时候，就是春节后到四月底这段时间。我记住了这话，留心了两年，当真是这样。

还没到好时候，我的两盆紫乐就有点绷不住了，似乎攒足了劲。这两盆紫乐是去年夏初买回来的。一盆当紫乐买的，一盆当紫珍珠买的。当时觉得它们是有差别的，哪承想，它们越长越像，直到我打消怀疑，确定它们都是紫乐。现在，虽然家里并没有一盆紫珍珠，我也能把紫乐和紫珍珠分得一清二楚。出状态时它们的叶片都是粉紫色的，但紫乐叶片会出现不均匀的紫斑，紫珍珠却是整个叶片粉紫。叶片也有差别，紫乐叶片肉而厚，紫珍珠叶片薄，叶缘尤其薄，有锋利之感。我这样说，肉友立刻能脑补出画面，没有养过多肉的定是一头雾水。就好像草原上的一群羊，我探究半天，它们一模一样呀，而有经验的牧羊人说，一个羊嘛一个样子，错不了。我以前经常从文章里读到，牧民放牧丢了羊便去牧场找。我纳闷不已，天下的羊都一样，他怎么能从别人的羊群里找出自家的羊呢。现在秒懂了。

这两盆紫乐，按照专业说法，都徒长了。茎秆高，叶间距大，叶片长而下翻。它们随性地长，我并没给它们控型。所有的视频、资料上都说，紫乐是容易爆头的普货，很容易养成老桩。我不止一次看到视频里别人家的紫乐，筷子粗的茎秆上满布着萌发出的芽点，恨不得伸手去摸摸。我家的这两盆紫乐高是高，可是茎秆上却无一点动静。

紫乐没动静，我却想整出点动静了。

其中一盆，双头，把一个头顶尖的叶片都撸干净了，另一个头矮一点，把靠下的叶片掰掉几片，还有两个叶片左右轻扭两下，与茎保持藕断丝连的状态。

另一盆，也是双头，更高。把其中的一个头用酒精消过毒的刀割下来，另一个头，用刀尖在茎秆上轻轻地划了几刀。

所有这些，都是通过人为干预的方式促进紫乐芽点的萌发，从而形成爆头的状态。

效果呢，撸干净顶尖叶片的那枝，萌出来两个芽。藕断丝连的叶片，仍然新鲜着。被刀划过的茎秆，肉眼看不出变化，可我知道，它的根正把所有的营养输送到划痕附近，以养护伤口，度过危机。

相同的一幕，人间也在发生。每个人疗伤的方式各不相同。我，用的是文字，读和写，都管用。

波露

这盆波露是怎么到我家的，已经记不清了。应该是从烽火台小镇多肉大棚带回来的，具体是"花年一舍"还是"小松多肉"，说得清说不清已不重要。

重要的是，它已经陪伴我度过了两年，而我对它几近一无所知。从名字，到生长习性，统统不知道。我一直把它当芦荟养，它的外貌就是芦荟的样子呀。微缩的芦荟，洒满雪粒的芦荟。

今天，我才彻底弄明白。它的确和芦荟有血缘关系。它是杂交品种，父本是鲨鱼掌，母本是绫锦芦荟。我家里有一盆鲨鱼掌属植物——子宝，我也写过它。

生物的杂交优势不可小觑。混血的"二转子"可是漂亮又聪明的。我周围的"人精"级别的，都是二转子。植物界也是这样，只不过人类文明进化到今天，园艺业的蓬勃发展，园艺技术的无往不胜，植物间的自然杂交已经不被关注，品类繁多的杂交植物登堂入室，以至于远离自然的人早就想当然地以为，它们就是自然之子。

芦荟属植物大多株型较大，野性十足，放在室内占地方，又张牙舞爪的，实在是不美观。它的美，需要山野的大背景，和干旱少雨的"虐待"，才能释放。小小的窗台容不下它的狂野。波露适时现身了，芦荟放心撤退。

波露完美展现了"小而美"的特质。植株叶片轮生，呈莲座状。叶片呈三角形，深绿色，尖端有长刺，叶缘密布细齿。我用手指触摸，有手指划过锯条的感觉。也许是我养的波露还不够老，它的长刺没有刺的坚硬、锋利，软塌塌的，甚至被碰断了。叶片正反面密布白色疣突，这恐怕是"雪花芦荟"之名的象形。叶片背面有明显的龙骨突。龙骨突是钢筋铁骨，疣突是银光闪闪的铠甲，锯齿是盾，长刺是矛是剑。好一个威风凛凛的骑士。只是，与它的胸怀相比，它的个头太小了，不过十几厘米，它的战场太小了，不过一个窗台。人有多么奇怪的心思，就有多么矛盾、困惑的植物。英雄无用武之地，这也是它的感慨和落寞吧。

别人家的波露，单头，莲座舒展、整齐、美观，铺满盆面，望而生凛然正气。我家的波露是另一副模样。一头高高立着，另外两个头贴着盆土，仰望着高高在上的前辈。能把波露养成老桩的模样，也就只有我了。

这盆波露，由于养护经验缺乏，先是缺水，根部的叶片消耗萎蔫，手痒的我就揪揪揪。心生愧疚，水浇足了，见盆土上萌出两个小芽，便搬到窗台光线充足处。万物生长靠太阳，小芽更需要，我这样想。结果，我的波露越包越紧，水绿的叶片越变越灰红，灰头土脑的，大头底层的叶片半干了。我继续揪，一个夏天就揪出一根高挑的老桩。一天，我看着散光处的玉扇，突然醒悟，波露的叶片是晒变色的呀。赶紧移到散光处，可是揪掉的叶片不会再生，我的波露就孤独地站着，眺望着遥远的远方。它光秃秃的秆下，两张可爱的小脸仰望着它。

从一盆波露，看出人世、人情。对我，似乎是天经地义的。

花月夜 · 简叶花月

花月夜

说起花月夜，立刻想起张若虚那首"孤篇横绝"的《春江花月夜》。春、江、花、月、夜，无一字不美好，合在一起，美上加美，"炼成一片奇光"（明代钟惺语）。其实，写过《玉树后庭花》的陈后主，也写过《春江花月夜》，可惜没有流传下来。流传下来的，是好大喜功的隋炀帝的那首："暮江平不动，春花满正开。流波将月去，潮水带星来。"这是隋朝版的《春江花月夜》，像画轴徐徐推展，从江边到江面，从江面到天空，从暮色沉沉到皓月当空、群星闪亮。隋朝是历史上短命的王朝，也是中西学界评价迥异的朝代，但说起隋朝的诗歌成就，隋炀帝应该是佼佼者，这首《春江花月夜》便是佐证。张若虚的那首，是大唐版的《春江花月夜》，有景，春江月、月下花，动静相宜；有理，尤其是"江畔何人初照月？江月何年初照人？"一句，是千古之问，有探源的意识，让人掩卷沉思；有情，从一人之思入手，写思妇、写游子，结尾延宕到更为广阔的人情世界，"不知乘月几人归，落月摇情满江树"。两相对照，唐诗开放气象，唐人昂然精神，跃然纸上。

多肉植物花月夜也是美的。或许，正是因为它的美，才会让人用这么美的名字为它命名。这命名之人，定是读过且喜爱《春江花月夜》的。我一直好奇，多肉植物的名字怎么都那么美？植物学专业的拉丁名称之烦琐、难记，让人欲哭无泪。这些美美的多肉名字，真的是形象、生动，与多肉植物相得益彰、相映生辉，让人只一眼就印象深刻。

花月夜是我最早养的多肉之一。可心的莲座株型，勺形的淡蓝绿色叶片，我在花市见到它时，它的状态正好，叶片边缘镶了一道红边，还带点透明的样子。花月夜被称为红边石莲花，大抵是因为此。每个叶片还带着红色的尖儿。我一眼就看上了它。这是那株花月夜的命数，也是我的命数。我终于失去了它。对于一株多肉植物来说，过分的关爱是导致它夭折的主因。可是，对于美的事物，任谁能把持住，不过分地关爱呢。

我还清晰地记得那盆花月夜开花的模样。两枝高高挺起的花葶，两串小小的花苞低垂着。每粒花苞饱满到极点，便咧开了嘴，微微翻出黄色的花瓣。你得从下往上才能看出它的花蕊，看出一朵黄花的全貌，因为它是低垂着头的呀。一串花苞，十几朵。并不是一次开完，两三朵两三朵地开，似乎留恋自己的青春，留恋自己的娇美，舍不得一下绽放。花月夜的花期多是在一二月份。北方正是天寒地冻之时，窗外白雪皑皑，窗内一片老绿，这两串明黄色的小花就是一串串的惊喜，像金色的风铃呼唤着春天，像一张张小巧的嘴儿鸣叫着春天。

我家窗台上的春天，是被花月夜叫醒的。

我从未在月亮的清辉下，仔细打量过花月夜。我家的窗子大而明亮，我经常坐在窗前瞅着月亮发呆，怎么就没有探头看看那盆花月夜呢。那定是别有一番情致的呀。

我家里还有一盆花月夜。

筒叶花月

我不喜欢吸财树这个名字，有点俗气，张扬着浓郁的物质化欲望。马蹄角、马蹄红，我也不喜欢，用动物或者动物肢体的一部分为植物命名，总是有点隔膜。况且，马蹄的腾跃，与植物的沉静，太有距离感了。玉树卷，是不是太憋屈了点？那只剩下一个名字了，筒叶花月。我喜欢的就是筒叶花月。

我对花、月这类物象，有着说不清的思绪。它们属于自然，却被赋予了深厚的人文意蕴。它们自带轮回的生命观。月有阴晴圆缺，花有盛败荣枯。从缺到圆，从圆到缺，无始无终。从一个花苞的长久孕育，到一枚花朵的短暂绽放，从盛开的艳丽花朵，到层层呵护的朴实种子，周而复始。你不知道起点，更不知道终点。或许，我们所说的起点、终点，压根就不存在。换句话说，是我们有限的认知，限制了我们的想象。地心说，日心说，在被提出的那个年代，是超凡脱俗，甚至骇人听闻的。现在，银河系、太阳系，也只是浩渺宇宙的极其微小的一部分，黑洞、暗物质更是辽阔无边，神秘无限。

我家的这盆筒叶花月，就一直悄无声息地长着。从寸把高的单头苗，到一尺有余枝丫茂密的小老桩，时间过去了四五年。我没花多少心意照顾它。它从未有开花的迹象，我也一直以为它是不开花的。它的叶片，在多肉界是很还认的，圆柱状的绿叶片，顶端有椭圆形的截面，截面中央稍凹，四周颜色稍浅，据说还很容易变红。看来，马蹄角、马蹄红的名字，还算是名副其实哦。室内养的筒叶花月，叶片就是绿色的，哪怕你养多少年，植株长得多高大。这一点，我是亲自实践过的。

写这篇文字之前，无论是在花市、大棚里，还是网络、视频上，从未看到过出状态的筒叶花月。长成树的，倒是看到过。一盆养了八年的老桩，长在大棚的地里，售价2500元，主干有我的小腿那么粗，枝叶扑棱成圆球。羡慕是羡慕，我不也曾梦想自己的这盆也这样枝繁叶茂嘛。却怎么看怎么觉得不爽，笨头笨脑的，少了点灵气。

不爽的感觉没持续几分钟，我又满心欢喜的了。我看到了一盆红艳艳的小老桩筒叶花月。和我的筒叶花月差不多高，下面的枝干光秃秃的，火红的叶片簇拥在枝头，饱满而紧凑。像擎举的火把。像捧出的发光晶体。我看傻了。出状态的多肉美翻天，我是见识过的。这盆筒叶花月，推翻了几分钟之前的有限认知以及带来的不良情绪。避免用你的所见限制你的认知，避免用你有限的认知限制你的想象，这话，不久前我对谁说过来着。现在，需要对自己说一遍。

"春有百花秋有月，夏有凉风冬有雪。"这是自然的规律。用眼睛看，用耳朵听，用肌肤感知，用心体察，便不会辜负。投入自然，所得皆为自然。唯此，即便有"闲事挂心头"，依然是"人间好时节"。

看着我的绿油油的筒叶花月，回想它的过去，憧憬它叶片红红的未来，也是一桩乐事。

叶片红不红，那是它的事。随它吧。

碰碰香·荆芥

碰碰香

碰碰香是我喜欢的植物。鼠尾草是，薰衣草是，野薄荷也是。能发出香味的植物，大抵我都喜欢。只要丝丝缕缕的香味飘过来，被鼻腔内的嗅觉细胞捕捉到，我整个人便被激活了一般。

嗅觉和味觉是两种不同的感知方式，却似乎有着不可解的关联。据说嗅觉一旦失灵，味觉只能分辨出五味。这么说来，我对各种口味的宽容度之广，可以找到根源了。不仅是各种甘辛的蔬菜，香菜、荆芥、藿香、茴香等等，甚至是大名鼎鼎让很多南方人都嫌弃的鱼腥草，我都偏爱有加。湖南的臭豆腐，广西的螺蛳粉，有些人闻着就倒胃口，在我眼里，却是妙不可言的美食。

碰碰香的味道，百度上说是苹果香。奇怪的是，我吃了几十年苹果，调动多年累存的嗅觉、味觉记忆，都寻不到类似碰碰香味道的苹果香味。

第一次见到碰碰香，是在几年前的四月初。乌鲁木齐的春天寒意料峭，白雪未消的戈壁，风都被吹凉了。说是踏春，也只能去城郊永丰乡转转。若想看到绿色，只能去草莓采摘大棚。兜兜转转，我们走进了一个带住房的大棚。友人迷恋于大棚的特殊布局，憧憬着暖意洋洋、春意盎然的田园生活，思忖着是否购置这样一个大棚。我转来转去，目光停驻于窗台上一大盆清新绿的盆栽。透过玻璃窗的光懒洋洋的，一分硬币大小的叶片密匝匝的，绒绒的，好像刚睡醒的小公主。忍不住探出手指。一股说不出的香味迸发出来，快而浓郁。手指上也沾满了浓郁的香味。

我好奇地向主人打听。哦，多有趣的名字，碰碰香。那么茂盛的一盆碰碰香，铺天盖地的，看不到扎根的土壤。我扒开婴儿皮肤般柔软细腻的叶，看到下面已经木质化的茎。估计有些年头了。余下的时光，我的眼睛离不开它了。我的手指不属于自己了，它不再受我的控制。它完全被碰碰香的游戏俘获。多年前，在一盆含羞草前，它也如此沉溺过，沉溺于含羞草叶片神秘的开合。

这次是完全新鲜的，甚至有点不可思议。手指一触碰叶片，香味立即浓郁一分。再触碰，更香一点。这种好奇，一直保留到今天。当碰碰香的叶片受到触碰的刺激时，细胞内的水分会发生作用，使叶枕的膨压发生变化，这时内部用于透气的气孔扩张，一种易于挥发的带有苹果香味的物质就顺着气孔扩散到空气中了。科学的解释就是这么客观、理性，可是，谁能告诉我，这一切的产生，究竟是谁的旨意？又被谁何时安排？我们发现的越多，未知的是否也越多？认知有限，而宇宙无涯。

家里的两盆碰碰香，都是那次掐了枝回来种的。活得极为艰难，只因为主人一句话：随便一插就能活，随便一长就一大盆。我信以为真。结果却是：光照不够叶片薄小，光照太强叶子发黄；浇水太多根部腐烂，浇水太少叶片枯落，肥少不长，肥多烧根。几年了，两盆碰碰香，枯了发，发了枯，到现在还是几根绿茎。好在，我屡战屡败、屡败屡战的实战已经累积了那么点经验，估计发展成两大盆不再是遥遥无期的理想远景。

我曾经为碰碰香写过一首诗，是送给勤的。前一阵儿整理诗集书稿，读到这首诗，几年前的情形历历在目，不由心生感慨：所有经历过的，都是美好的。

写到这儿，又想起了往事。只能在心底轻轻探问：亲，你在他乡还好吗？

碰碰香可以泡茶，可以炒菜、做汤。这是今天才知道的。我以前怎么就没想到，用味蕾认识并记住它说不清楚的苹果香呢。

荆芥

我家的荆芥是长在花盆里的。

说这话的人心里的悲哀，懂的人不多；心里的喜悦、自足，能够领悟的，应该少之又少了。每一个爱好植物的城里人，都有一个田园梦。"采菊东篱下，悠然见南山"，在他们眼里，不是远离世俗的归隐，而是坐拥有一个实实在在、植满各种花草的小院子，哪怕那院子小到只有几十平方米。没有小院子，还有变通之法。楼房的顶楼房顶，可以随自己的心愿打造成空中花园。一楼呢，更便利，实用的，栽几棵果树，杏、桃、李、苹果、山楂、海棠等，春天看花，秋天观果，都是乐事。夏天呢，坐在树荫下，任漏过枝叶的光洒在衣衫上，闭着眼听鸟儿啁啾。冬天，枝头大多光秃秃的，挂着雪，探出红色的是一簇簇的山楂果。它们是鸟雀漫长冬季的一味甜点。这样的景，是我梦寐以求的生活。或者，有个露天的平台也行，养花、种菜两不误，既怡情，又满足菜蔬之需，生活也可以活色生香起来。

没有，都没有，小院子、空中花园、一楼小树林。心有不甘且生活热情满满的我，挖空心思开发室内种植。一路走过，屡战屡败，屡败屡战。谁能挫败一颗植物之心呢？

这盆荆芥，实在不好用盆来修饰。只有五株苗，太稀疏了。种子撒下去，没几天发了芽，密密麻麻的绿点，勾得心痒酥酥的。当季的植物，长得飞快。眼看着就寸把长了，估计是缺光的缘故，瘦瘦弱弱的，真是比豆芽还细很多。出门几天，回来一看，枯死了不少。省得间苗了，只好这样安慰自己。浇水，浇水。一天蹿一点。用剪刀剪掉头，也就一小撮，十几根。做了一碗西红柿蛋花汤，出锅前把荆芥撒入。小口小口地喝，让舌面的每一个味蕾充分滋润、品味。它的味道，没有记忆中的芳香、浓烈。是清清淡淡的，仿若那香味走了很远的路，被风吹散了。

有几年没有吃过荆芥了。在我18岁之前，荆芥是我家夏季餐桌上的必备菜品，凉拌荆芥、荆芥拌黄瓜、荆芥皮蛋、蒸荆芥、荆芥西红柿面、荆芥鱼……我最爱的是荆芥拌黄瓜。

前年，受同学之邀，我和几位朋友驱车200多公里，去同学家的沙漠酒庄玩。同学高中毕业后，在团里承包棉田，很快成为青年农工中的佼佼者。结婚后，与丈夫的事业越做越大，在沙漠中植树几千亩，开了三个养殖场，办了一个酒庄，整合在一起，就是乡村旅游庄园。席间，她自豪地说，菜都是自产的，绿色纯天然。一盘绿油油的凉拌荆芥端上来了，我立即夹了一筷放进嘴里。瞬间，味蕾被激活了，记忆被激活了，体内涌动着少女的情愫。朋友说，荆芥拌黄瓜更对味。黄瓜切成细丝，放入等量的荆芥，放入蒜末，熟油泼入，加食盐，淋香油，别的调料都不需要。我补充道。一桌人都笑了，朋友说，你也是吃荆芥的老到人。

还有一道和荆芥有关系的菜，荆芥鱼，是我自己琢磨出来的。穷人家都孩子早当家，我小小年龄就学会了做饭。高中那会儿，父亲开了个农机修理店，每到七八月份，赶在秋收前，来修理农机的人都特别多。越到中午，店里越忙，父亲忙得水都来不及喝一口。人不走，父亲是吃不上饭的，况且大热天，很多时候，轮到父亲有空吃饭，却没有胃口了。

一天中午，一位姓黄的老顾客来我家修小四轮拖拉机。父亲的修理水平没说的，曾经解了他的大难题，此后他就成了我家的固定客户。他说没有父亲解决不了的问题。他风风火火地进门，风风火火地从车斗里拎出几条大头花鲢，说给父亲打牙祭，他也在这里吃。母亲和姐姐还在葡萄地里干活。我望着几条白花花的大鱼，一下傻眼了。这一锅怎么能炖下？

母亲是海边长大的，做鱼是拿手好戏。我没做过鱼，看母亲做鱼倒是很多次了。把鱼剁成块，倒入两把面粉、两勺五香粉，放入油锅内过油微炸，捞出。花鲢头大，得多炸一会儿。炸好的鱼块放入锅内炖，放入葱姜蒜。与母亲的做法不同的是，我在汤里放了西红柿块。原本中午我是准备做家常豆腐的，这一大锅鱼哪里还需要做别的菜。我把豆腐切成块，放进锅里。好一锅沸腾的鱼汤，鱼块微黄，豆腐雪白，汤汁微红，我又切了红辣椒丝放入。香味飘出来了，从灶房的竹篾门帘缝往外飘。黄叔叔忍不住进来，看到花花绿绿的一锅鱼和汤，问蹲在灶旁满脸汗水添加柴火的我，你做的？不等我回答，又说，好大一锅，味道真香。出锅前，我往锅里放了一大把刚从地里摘的荆芥。我爱吃荆芥，以为荆芥哪里都有，人人爱吃，便多放了一些。

那天中午，父亲拗不过想吃鱼的黄叔叔，没干完活就开始吃饭。他破天荒地连吃了两大碗鱼。黄叔叔吃得头都不抬，喝完汤说，这是我吃过的最好吃的鱼了。

那一大锅鱼和汤，被吃得一干二净。喝着鱼汤的母亲说，以后花鲢就你来做。满心欢喜的我想来想去，总觉得是荆芥和西红柿发挥了作用。荆芥和西红柿搭在一起，鲜美无比，这一点是我的味蕾告诉我的。

我曾给同事做过一次荆芥鱼。记忆中，似乎没受到预期的欢迎程度，只有娜娜赞不绝口。我当时想，做荆芥鱼，还是花鲢为上，这草鱼次之。现在想明白了，应该是吃不习惯荆芥吧。娜娜是兵团二代，而且是八师的。八师尤以河南人居多，可以夸张地说，此时此地的普通话就是河南话了。而荆芥，就是河南人的最爱呀。

我也是八师的，兵二代。

这盆荆芥只剩下五株了。其中一株开花了，淡淡的紫色唇形花。这株荆芥，将在花盆里完成生命的轮回。它延伸而来的记忆，又能对谁说呢。

金鱼吊兰·银边吊兰

金鱼吊兰

认识金鱼吊兰，是在娜仁姐姐的微信朋友圈。木制的高架上，一盆绿油油泛着光泽的垂挂的枝叶瀑布，气势逼人。一朵朵橙色的小鱼，游弋于绿色的世界。不，一张张小小的娇艳的玉唇，或微含，羞羞答答，或轻启，红晕满颊。这小鱼，仔细看，是萌发于叶间的花。那玉唇，无论如何，都不愿把它看成花。金鱼吊兰，这名字真生动。口红吊兰，好得不能再好的名字。

说不清哪年开始，我对植物的兴趣，如开闸一般奔流而下。山野中的草花，是我首先关注的。继而，开始养萌萌的多肉，一发不可收拾。我家光照不足，多肉不出状态，否则我会把瓶瓶罐罐（花器）"摆到床上"。这话当然是某人说的。颖儿的说法是，就算小姨父给你买个别墅，你也能种满肉肉。某人不经意的一句，等退休了我给你弄个大棚。四两拨千斤，化千钧压力于无形。除了呵呵，还是呵呵。

"只是因为在人群中多看了你一眼，再也没能忘掉你容颜",《传奇》歌词的第一句，于金鱼吊兰，于我，也是如此，贴合无比。

春天的一天，友人来我家小聚。萍知我心，带来一盆绿植。在厨房忙活的我听闻，放下手中的腥膻之物，细细打量。革质的对生叶，偏黑的绿色，油亮亮的。半拃高，枝条密，叶片也密，看不出土质。盆搭的土气，万象盆，还是绿色的。配个白色、米色、浅灰色的瓷盆，一定更出彩。

接下来的聚会，从中午持续到晚上。气氛轻松、惬意。那天，我做了一个新学的菜，花开富贵。将蒸熟的松花蛋，切成瓣，摆在盘边一周，为花瓣。用刮皮器刮出的黄瓜片，卷切成同样宽度的剪鸡蛋饼。卷好后，一个个立在盘内，就是花蕊。鸡蛋的油黄映着黄瓜的淡绿，煞是好看。用鸡蛋饼条卷黄瓜片，另有一番娇嫩。这是喂眼睛的，先饱眼福。动筷之前，将料汁淋几勺。小米辣、白芝麻、葱姜蒜末，随飘着醋香藤椒油香的汤汁，铺展在花蕊上，花蕊就芬芳四溢了。这样就可以开始饱口福了。这道菜有点费工。因为此，友人品尝得也越发精细，都口齿生津、神采飞扬的。聚会的时光慢慢前行，一点也不辜负这道菜花费的分分秒秒，不辜负做菜人付出的诚意和欢欣。

那次家宴，闺蜜们念念不忘的，是花开富贵的味道，以及氤氲而生的情义相近、相通、相融。

那盆金鱼吊兰，没有我期待的那样花开富贵。枝繁叶茂倒是一直有的。没多久，枝条的叶腋窝处，萌出了星星点点的花苞。我不止一次想象橙色的小鱼可爱的模样，不止一次憧憬芳唇开启的香氛。可是，可是……那些米粒大的花苞停止了生长的脚步，像抽去了精神，慢慢枯萎了。接下来，枝条开始疯长。一看就不对头：叶片稀疏、不平展，小而薄，个头蹿得高而瘦弱。我想，一定是缺光少肥的缘故。每次浇水，上面浇着，下面漏着，这样的土怎么能保水保肥呢。那段时间，我在外面忙得晕头转向的，想换土换盆的念头，一次又一次闪过。也只是闪过而已，唉。

昨晚，实在忍无可忍的我，拿起剪刀，把这盆疯长的金鱼吊兰好好修理了一番，披肩发修成了板寸。剪下来的枝条，顺手扦插到一个白底碎花的高盆里。视频上，一个高人用一根枝条养出了一盆茂盛的金鱼吊兰，只用了一年时间。我是不大信的。

等我的金鱼吊兰开花了，我定会邀请友人来赏花、喝酒，也会端上那道声名远播的"花开富贵"。它们是匹配的，相得益彰的呀。

银边吊兰

细细想来，我养过吊兰品种可真不少，绿叶吊兰、银心吊兰、银边吊兰、金鱼吊兰、佛珠吊兰、情人泪……金边吊兰、金心吊兰应该也是养过的，只是那时我还不知道它们与银心吊兰、银边吊兰的区别，误以为是相通的品种。现在弄明白了，宽带状的叶片，中间绿色，边缘是白色的，是银边吊兰，边缘是金黄的，是金边吊兰；叶片边缘绿色，中间是白色的，是银心吊兰，中心是金黄的，是金心吊兰。

现在家里的是银心吊兰。银边的那盆，长成草了，乱七八糟，披头散发，去年冬天被我剃了头，就像割韭菜一样。之后，我去南方出差。半个月后回来，枯黄一片，显然是旱死的。

银心吊兰有两盆，都是新栽不久的。我家的吊兰，似乎养一阵儿就不守规矩了，株心往上蹿，叶片长而不挺，耷拉着。匍匐茎也会萌发，三两枝，无依无靠地垂挂着，形不成垂挂一圈的圆满效果。这样的颜值，我是很不满意的。不满意的结果，一是割韭菜，二是分株，三是重新栽种。第三种，因为经常做，算是得心应手的。吊兰的繁衍方式很有意思，匍匐茎上会萌生珠芽，珠芽会长成一簇带根的新植株。掰下娇嫩的新植株，插进准备好的盆土里，浇透定根水，就这么简单。十天半月的，一盆生机盎然的吊兰就在阳光下舒展呼吸了。

我喜欢这样的小吊兰，叶片长度也就十几厘米，向上生长，泛着新绿。像豆蔻年华的少女，满满的小想法，含着快点长大的心愿。这样的美，我一直很欣赏。这样的年华，我是怎么度过的呢？唉，我是默默长大的，是被忽略的。也许正是这个原因，我才格外关注、喜欢这样的生命状态。俗话说缺啥补啥，我是在补偿自己吧。

我自己的家搬过四次，也就是说，我曾经在五套房间里长时间地生活过。每套房间里，都有吊兰的身影。无非是吊兰常见的原因，办公室、友人家、厅堂里，到处可见到吊兰垂挂的绿色。随手掰取珠芽，随手插入闲置的盆骨罐。还有一个原因，吊兰是大名鼎鼎的空气卫士，净化空气的能力绝对是植物界的翘楚。搬入西山的新居前一个月，几盆吊兰被提前安顿，目的就是为了吸甲醛。那时，孩子年幼，几盆吊兰伴随着他成长。只不过，那时候，吊兰随便长，匍匐茎多而密，颇有气势。我把两盆都放在门口玄关顶上，匍匐茎披挂下来。一进门，满眼绿意，谁都会夸两句。那两盆是绿叶吊兰。

除了两盆土培的银边吊兰，我家里还有两瓶水培的。其实说不上培养，只是把萌发的珠芽放在装有水的容器里而已。记得当时到处找容器未果，一眼瞥见酒柜中的玻璃茶壶。拿揭开盖，倒入清水，翠绿的小吊兰植株悬在壶口。置于木制的茶台上，可爱又可爱。我左看右看，觉得自己真是有才呀。隔了几天，某人终于发现了茶台上的吊兰，大喝一声：糟蹋了我的茶壶，真想得出来。过来一会儿，又一句：还挺好看的。还有一盆，是培在小小的玻璃瓶的。玻璃瓶是烧杯状，一寸有余。那植株有多大，你肯定能猜得到。

水培吊兰，我的经验，一定要用玻璃器皿，透明的那种。观叶观根，两不误。吊兰的根是肉质根，白色。上绿下白，绿叶在空中飘，白根在水中漾。清清白白，莫过于此。

龙血树·幸福树

龙血树

龙血树，这名字真是霸气。据说，此树是龙象大战中，受伤的龙腾空而起，鲜血淋洒于大地，而长出的植物。传说的真实性，一向要打个折扣。龙血树的茎秆，砍一刀，就会流出血一样的树脂，这却是事实。流出的树脂，干涸以后，叫"血竭""麒麟竭"，是一味珍贵的中药材，有活血、止痛等功效，可做跌打损伤之药。

我家的这盆龙血树，算起来已经养了七年了。是搬新房时，和家人一起买的。那会儿，我还是"植物盲"，更不会挑选。枝繁叶茂的，水灵灵的，就觉得是好的。搬回家的这盆，三个头，叶片水绿、鲜嫩，蓬蓬勃勃一满盆。160元，感觉自己捡了个大便宜。还买了一盆幸福树，也是按同样标准买的，它的故事下一篇文章再写。现在，回想起那卖家小哥的过于殷勤和笑容，总觉得不那么地道。

新房，新树，喜气洋洋。人还是旧的。在这间屋子里，种种缘由，旧人开始与植物结缘，对自然、生命乃至世界，有了别样的认知角度、路径。旧人的我，已变成了崭新的人。

　　搬回家的龙血树，长势还不错。毫无打理经验的我，能做的，除了浇水还是浇水。三个头，比着往上蹿。叶心稍微有点黄。我以为新生的叶，就是娇嫩的黄绿色。无知害死的不是人，是龙血树。后来，龙血树的叶片尖端老是焦黄。嫌它难看的我，拿起剪子剪焦黄干枯的叶尖。那段时间，我家的龙血树，除了株心的叶片是完整的，其他的都七零八落的，没有一片是完好无缺的。终于有一天，一株龙血树不光是下面的叶子发黄、干枯，叶心的叶片也蔫了。我捏捏它的茎，竟然空了。手上稍微一用力，连根拔了出来。哪里有根呀。或者它的根已经腐烂，还有一种可能，它压根就没生出根。这才明白，当初我买回的所谓多头龙血树，其实是三株拼凑而成的。而且这三株肯定是刚栽上不久的，甚至连根都没有长出来。

　　一株死了，另外两株活了下来。也许是有了更宽松的生长空间，也许是频繁的浇水无意间为它们提供了生根的湿度要求。它被放置在一进家门就能看见的位置。那地方阳光不能直射。每每见到它叶片不平展了，叶尖焦黄，我便把它搬到客厅窗户边阳光能直射到的地方。过不了半个月，它的叶片就恢复油亮的绿了，叶片形状也正常了。

　　一年一年过去，我对它的要求越来越高了。它的叶片为什么不能厚而油亮呢？啤酒兑点水，用纸巾蘸一点，擦洗叶片，既除尘，又补充养分。朋友这么说，我便这么做了。几次之后，它的叶片呈现出有底气的结实的健康的绿，泛着亮光。

它长高了很多，或者说它的高，是被我拔叶拔出来的。一旦底层叶片黄了，我就手痒，不拔下来心里像猫抓。黄一片，拔一片；黄两片，拔两片……高挑的茎秆上，是一圈圈的叶轮。间距稀疏的，是浇多了水叶片疯长的记录；间距密实的，说明我已经掌握了浇水的规律。间距稀疏的地方，也是茎秆最细之处。这盆龙血树的茎秆，藏着它的生存密码。一株茎秆，就是一部生活史、生命史。就像一个人的文字，是一个人的记录史、思想史。

我家的龙血树，找到了自己的最佳状态，家生的状态。

不能忘怀的，还有它的野生状态。西太平洋的潮水渐次退去。一群人向着大海走去。一片高大的、密不透风的龙血树林。

那时，我不知道它是龙血树。海南龙血树。那片树，长在台湾垦丁。

幸福树

我家的幸福树，在我的微信朋友圈里可是大名鼎鼎的。不为别的，就因为它经常开花。没错，是开花，还经常开花。

幸福树是较为常见的观叶植物。当初，搬进新居，为了美化居室，决定买几盆绿植。这也是大多数搬进新居的人的想法。我和先生在花市上逛来逛去，缤纷的花色让人眼花缭乱，混杂的花香让人微醺般飘忽，大棚内高温、湿润的空气让人像缺氧的鱼儿张大了嘴巴呼吸。先生是个急性子，如此情形，便有些不耐烦，对着喜形于色的我说，赶紧挑两盆大的绿叶子的就行了，花花草草的就算了，你也没时间打理。想想也是。至于买什么品种，两人的意见不合拍了。好不容易商量定，幸福树和平安树各买一棵。买哪棵幸福树，又不一致了。平安树，我选中的那棵，主茎秆粗壮，上部分枝均匀，树叶稠密，整体造型像是绿色的华盖。无可挑剔，先生欣然接受。幸福树嘛，花了很长时间，我看上的他总能找出毛病，让他自己选他又没主意。其实，他说得没错，我看中的也是勉强看上，是在可选的范围内"矮子里拔将军"。先生突然指着后面一棵绿油油的幸福树说，这棵不错。心气不顺的我看了一眼，叶片从下到上严严实实的，发着油亮的光泽。就这棵吧。两个卖花的小伙子对视了一眼，忙不迭地推出拉车，殷勤万分地把两盆绿植抬上拉车，送到车前，又不厌其烦地调整方位，勉强把这两盆大家伙挤进轿车的后座。

如果不是几年后这盆幸福树开出了鹅黄的筒状花，我是压根不知道幸福树会开花的。幸福树开花的时候，平安树已经养死了。儿子上高二的那年暑假，我和儿子去成都接父亲回来。走之前成都酷暑，想着接上父亲就赶紧返回。哪里想到，一离开乌鲁木齐，乌鲁木齐气温就飙升到近40

摄氏度。成都的气温却降到30摄氏度以下。恰巧，先生的发小一家四口去新疆旅游，住在我家里，便在成都偷闲避暑。我家里没有装空调，往常年份也热不到需要用空调的，这一家热得睡不着觉，只在我家里住了两晚，先生就去对面的宾馆给他们开了两间房。先生的发小一家赶上了乌鲁木齐几十年来的最高气温，多年后对新疆的热还念念不忘。

这么热的结果，应验到两棵树上。等我回到家里，树下落叶一层。平安树的叶片，只剩下枝丫顶端的几片。现在，它呈现出完美的树干轮廓，像一把雨伞的骨架。我全力施救，也难以挽回它的颓败之势，眼睁睁地看着它气若游丝地走完短暂的一生。

幸福树的叶片，与平安树的相比，又薄又小，落在地上的，已经干成卷了。再看看树上，下部枝干光秃秃的，上面三分之一还有些叶片。我怎么看怎么别扭，然后恍然大悟，原来这盆枝繁叶茂的幸福树，是由四棵大拇指粗细的小幸福树组合而成的呀。当初怎么就没有发现呢？我回想当初选定它时，那两个小伙子的相视一笑，才发觉诡异的意味，还有那殷勤之举，也难逃刻意而为的心思。幸福树命大，活下来了。它的命运发生了巨大的转向。如果说，以前它是观叶植物，安身立命的本事是生长油光锃亮的绿色叶片，现在它主打的职责，变成了开花。没人能说清，持续十几天的高温，让它经历了什么，它的基因为了适应极端的变化，发生了怎样的突变？反正，它变成了一株经常开花的树。百度上说，它的花期是五月到九月，我家的这棵幸福树，想啥时开就啥时开，完全没有规律可循。

得知幸福树开花不易，尤其是在北方，我自己就很看重它，朋友们也很看重它，因此，每次幸福树开花，我都拍了照片，发到微信朋友圈，与朋友分享幸福树带来的喜悦。

幸福树一个劲地往上蹿，枝条并不往粗里长。它的劲头，还放了在开花上。有些花最后是结了果的，细长的荚果。我耐心地等待荚果干枯、扭曲、开裂，小心取出带有睫毛的小小种子，小心地埋进土里。无论我怎样浇水、观察，都没见一粒种子发出芽，更别说长成一棵幸福树的小苗了。

前年春节，母亲在我家小住，每天都对我说，这棵幸福树抵到天花板了，要是它往粗里长就好了。说了几次，我便动了心思，给它分盆，把它腰斩，枝条生根后送给对它心念不已的朋友。这可是个大工程。第二天吃过早饭，我和母亲就开始忙乎。把四棵根部纠缠在一起的树，从一个高盆里取出来没想象的容易，况且它们还长得那么高。费了九牛二虎之力，终于脱盆。母亲用大剪刀把四棵幸福树拦腰剪断，带根的分别种进两个盆里。我家的幸福树就变成了两盆。没根的，我给母亲栽种了一盆，其他的三枝，泡在大塑料桶里，等着长出根后送人。一个星期后，看看树皮没什么变化，芽点也毫无动静，我就把一袋生根粉倒入桶内。一个多月后，我悻悻地把已经发出些微臭味的它们扔进了垃圾桶。母亲拿回家的那盆，活了下来，如今枝繁叶茂的，却从未开过花。母亲说，真是奇怪，它怎么就不开花呢。

我家里的两盆幸福树很是争气，叶片不多，开花不止，交替着开。我不在朋友圈"晒"它开花的模样了，看多了，就会审美疲劳的呀。

青玄家的幸福树也开花了。她微信里对我说，越是光秃秃的秆上，越容易长花苞。她说得没错。

昨天，我在家里大扫除。扫到电视柜旁那棵幸福树下，我抬头看了一眼。乖乖，一下开了四朵。一时竟不知道该说什么了。

绿宝石·红薯叶

绿宝石

我对天南星科植物有天然的好感。似乎这名字就自带浩渺的宇宙意识，散发神秘、不可知的气息。天南星科植物有独特的气质，这千真万确。尤其是它独一无二、气质逼人的花。佛焰苞，中间探出一枝指头壮的肉穗花序。不明白？想想马蹄莲开花的模样。立刻秒懂了吧。这模样的花放大若干倍，能想象出来吗？若是还散发出腐烂的臭味呢？我在视频上看到泰坦魔芋硕大、高耸的花，比成年男性还要高出许多。超常识的，总会让人心生恐惧。

我记忆中的那两枝马蹄莲，是想忘也忘不掉的。它们与几枝黄色、白色、玫红色、浅绿色的菊花、永不凋谢。它们安身立命于一个宝蓝色的玻璃花瓶里，陪我度过人生的头十八年。那瓶塑料花，是父亲母亲结婚时收到的礼物。比起别的礼物，印着"为人民服务"的搪瓷盆杯，带有两枝牡丹图案的暖水瓶，解放布的黄挎包……年轻的母亲对这捧花格外喜爱。每年春节前，母亲都会让我用肥皂水清洗它，然后亲手插进瓶里，放在床边的高低柜上。母亲站在那里端详它一会儿，然后就脚不沾地地继续忙乎起来。那个年代，母亲的活儿总也干不完。年幼的我好奇地盯着这瓶花，想看到母亲看到的。那时的我，怎么能看到呢？

绿宝石也是天南星科的，喜林芋属。我没见过它开花的模样。我家的这盆绿宝石，才养了一年。去年初冬，我去姐姐家玩。还没进门，就见楼道里的一个盆里覆盖着几片绿叶。进门后，雷打不动地去阳台看花。硕大的长心形叶片，油亮的熟绿。我仔细打量，是蔓性茎，竹节似的，每个节都生有火柴棒一样的气生根。就是这些气生根倚绕着盆中树立的木桩，才让这些比手掌大很多的叶片，密密实实，向上衍生。

窗外，万物凋零。雪还在路上。了无生机。室内的这株绿植真让人赏心悦目。姐夫说，它叫绿宝石，叶子好看，长得飞快。此刻，在寒冷荒芜的西域，它的绿、它的生机，散发宝石一样的光芒。

门口的那三枝绿叶，就是姐夫修理掉的。扔了可惜，便插在旧油桶里水培着。谁想要就拿去，姐夫这样说。我当然想要。看到瓶里的水已经长了绿苔，我心想嘀咕，这还能活吗。

回到家，清洗干净，才发现家里没有多余的花盆。我到储物间倒腾了一阵，取出一个方桶。看看商标，应该是装乳胶漆的。没有出水孔。这难不倒我。一根筷子，在燃气灶上把一头烧红，对着桶底，稍微用力，一下就穿透了。

打了一圈洞，然后上盆。三枝绿宝石落户了。

想当然地以为，观叶植物是喜欢阳光的。我把这盆绿宝石放到阳台上光线最好、光照时间最长位置。它长得并不好，叶片薄薄的，软塌塌的，精神不济的样子。

年前大扫除的时候，我见已经搬到散光处的绿宝石叶子上落了灰尘，便用抹布擦了一遍。突然想起，用啤酒兑水擦橡皮树、滴水观音等的叶片，可以让它们的叶片肥厚、有光泽。何不在这株绿宝石上试试？它也是观叶植物呀。果然，连着擦了三次，半个月后，我的绿宝石就是货真价实的健康的绿宝石了。

据说，绿宝石开花时，会发出特别的清香。花苞孕育两个月，只开放十二个小时。

我的绿宝石什么时候会开花呢？

红薯叶

中午，参观富厚堂之前，在一乡村酒店吃到了红薯苗。在"曾国藩家宴"酒店，喝"曾国藩"酒，湖南人把名人效应做到了极致。靠山吃山，靠水吃水，处处原是如此。席间，有炒藕片、排骨炖藕。正是食藕季节，门前水塘荷叶半枯，风仪不存。若是全枯，便另有一番异趣了。上来一盘青菜，想当然以为是莴笋叶，有人却说是红薯叶。众人筷子齐刷刷伸向红薯叶。以前农家用来喂猪的，现在是人吃的一道菜了。红薯叶可以降血压，软化血管，降低血液黏稠度，好处多呢……大家你一言我一语的。细细品味，并无鲜香甘美之滋，亦无苦涩酸辣之味。必是新鲜的红薯叶下油锅，加盐，翻炒几下出锅而已。与往日所食，并无二致。

我家里养了三盆红薯。说养而非种，是因为我家的红薯是当绿植养的，而非农家栽种以收获红薯的。

曾在网上看到一个水培红薯的视频。据播主介绍，整个红薯，拦腰部分插几根牙签，担在剪成两截的大号矿泉水瓶上。三五天，白色的根须便从没入水中的红薯皮内萌发出来。差不多同时，露在空气中的部分，发出许多芽点，两三天就舒展成小小的叶片。播主将长长的红薯藤固定在墙壁上，蔓延成一幅绿色的图画。生活艺术化，艺术生活化，民间的诠释，更有烟火气息。

红薯，于我，始终是美味，无论何时。童年时代，白菜土豆萝卜老三样，是新疆漫长冬季的主打蔬菜。红薯也是秋季家家必备之过冬果蔬。只不过，红薯通常是最早吃完的。原因之一，红薯不易存储，温度高了会发芽，温度低了会被冻伤。那时家家户户有菜窖，整个冬天的果蔬都存放在里面。需要食用，便掀开棉垫盖住的窖口，顺着木梯下到菜窖里取。菜窖里充盈着一股热烘烘的难闻之味，满满一窖果蔬，白菜一两百棵，土豆两三麻袋，青萝卜胡萝卜两三麻袋。苹果躺在纸箱里，国光、黄元帅、花牛等等，那时还没有如今人人皆知的红富士品种。这么多家伙，还有几捆大葱、百十头皮牙子，日日夜夜在这个封闭的几平方米的窖里呼吸，加上热气导致的白菜叶的腐烂，那气味说不出得复杂、纠缠。可是，一说去菜窖取菜，我们小孩子都是满怀喜悦的，争着抢着跟父亲去。

每次去取菜，母亲总是吩咐父亲，把红薯翻一翻，别冻坏了，拿几个回来。每次，父亲总会拿回来几个大大小小的红薯。多半是冻了的。冻过的红薯，放在锅里蒸着吃，再怎么蒸，冻过的部分都是硬的，甜味也随之逃逸，甚至变苦。我吃过一次冻红薯，如嚼木屑，便一口吐掉。母亲却边吃边说，还可以吃，可以吃。又从筲箕里翻出一个皮如婴儿嘴唇般红润娇嫩的红薯，递给我，笑眯眯地看着我吃。我奇怪，母亲为什么喜欢吃难吃的冻红薯呢？几年后，我读到那篇《爱吃鱼头的母亲》的文章，眼泪一下涌了出来。我的母亲，总吃冻红薯的母亲，被贫穷拖累的母亲，和那个年代大多数母亲一样，把能吃的、好吃的，留给一家老小，自己碗里的，还能有什么呢。

即便是再精心翻看，红薯还是冻坏不少。好的时候不舍得吃，冻了的又来不及吃。红薯实在难以保存到开春。

冬夜里，户外滴水成冰，屋内炉火正旺。姐弟三个围着八仙桌做功课，父亲坐在桌前读报纸。母亲坐在火炉边忙活，她的手里有干不完的活儿，织毛衣，纳鞋底，或者缝缝补补。一家人四季的衣服、鞋子，都是母亲一针一线做出来的。屋子里静悄悄的，笔尖划过纸张的唰唰响，翻动报纸的哗哗声，麻线抽过鞋底的嗤嗤声……这样的静，是"鸟鸣山更幽"的静呀。铁皮火墙猛然发出"轰"的一响，馋嘴的小弟抬头。"妈，红薯烤熟了吧？"母亲放下手中的活儿，拿起火钳，探入炉灰里拨拉，钳起红薯看看，翻个个，再埋入滚烫的炉灰。"快了，快了。等写完作业红薯就烤熟了。"母亲微笑着答。真的是这样，当我们作业写完时，父亲的报纸也看完了，红薯也熟了。母亲把一只只红薯从炉灰里拖出来，滚一滚，抖一抖，装进竹编的小笤箕里。八仙桌上的课本报纸早已收拾利索。一家人围坐在一起，一人一个红薯。这样烤熟的红薯，个头不能太大，否则烤不透，中间还是硬的。趁热掰开，一股白气裹着红薯的香甜冲出来，整个房间里都是香甜的。小弟猴急，张口就咬，烫着嘴舌也舍不得吐出来，红薯在嘴巴里倒腾着，然后咽进肚里。惹得一家人都笑。

这样的冬夜场景，在那个艰难的岁月，是一盏灯，照亮我们的贫穷和幸福，苦难和希望。这样的时光，早已离我而去。我失去的，和别人一样多。

四月的一天，我把两个近乎脱水的干瘪红薯，放进了冬季养水仙的盆里。完全是好奇所致。没几天，干瘪的红薯皮红润起来，冒出了很多芽点。水里的生白根，水面上的发红芽。那红芽一簇簇的，三两天就抽出小小的叶片，叶片是红色的。有一个红薯是紫薯，芽点和叶片竟然是浓浓的紫色后来，我掐了茎尖，有一小把，清炒了吃。发了掐尖前后的图片到朋友圈，友人回复：你家的红薯苗太不容易了，养眼还要养生。想想也是，有点对不起它哦。

　　把茎秆分开，分别埋进三个花盆里。就让它们自由生长，成为名副其实的红薯苗吧。其实，我还有一个心思，想看看它们的根部是否能结出红薯。在我的印象里，喇叭状的红薯花也是很美的。

　　如果不开花，它还能结红薯吗？我很好奇。

石榴·皮牙子

石榴

石榴分两种，果石榴和花石榴。顾名思义，一为结可吃的石榴果实，一为观火红的石榴花。

我在凤凰山上看到的石榴树，应该是花石榴。那个五月，凤凰山除了绿，还是绿。点缀其间的，是红色，火焰的红。毛毛细雨下了一夜，到处湿漉漉的，空气湿润得似乎能拧出水来。我和友人只好放弃了去湿地公园游玩的打算。

成都的湿地公园多，且不远。我早就想去领略一下"城市之肺"的风光。蓝天，白云，鸟群飞翔，芦苇摇曳于碧波之上，蹬着自行车悠闲地行进，路伸向远方。这样的场景，曾是遥远的现实，更是触手可及的憧憬。人生，想想真的挺耐人寻味。我们终其一生，不过是找寻过去曾经拥有却失去的美好。网上流传一个段子：两个农村生活的发小，一个成绩优秀考上大学，去都市读书，毕业后留在都市奋力打拼，娶妻生子，购房买车，俨然成功人士，退休后羡慕田园生活，遂卖了城市住房，倾其所有，高价购得家乡一院子居住。另一个，从小成绩不好，学业无望，只能在家种田，面朝黄土背朝天，他精于耕作，头脑灵活，抓住机遇，特色农业种植形成产业，成为乡村振兴领军人物，也是乡村成功人士。两人闲聊，前者自豪地说，拼搏几十年，我终于过上了城里人都羡慕的田园生活。后者一笑，你若不出去，早几十年就过上这样的田园生活了。

临时改变计划，去附近的凤凰山公园。山路蜿蜒向上。路边草地上，一朵朵飞蓬顶着未干的雨珠。雨珠像放大镜，把花瓣的纤细、精妙完美呈现。眼光一溜，绿中一点红，竟是蛇莓。我睁大眼睛，不一会儿摘得一小把，与友人分享。口齿生津之时不由感慨，多年前，这一幕，在几千里之远的草原也上演过。

拾级而上，远远的，一棵树，树下的一片落红，像一个鲜艳的提醒。我奔过去。是刺桐树，和刺桐的落花。落红一片，是因为即便落下，那花也是完整的，一朵一朵，铺成一片。树上，半开的、含苞的花一串串的，等待着天气晴好后的绽放。

刺桐，刺桐花，落红，那么多，一路可见。我渐渐失去了初见的喜悦和兴奋。不经意间，发现十几步之遥的绿叶间的红花，竟然是一朵一朵的，而不是一串一串的。仔细一瞧，竟然是石榴花。树上的，一朵一朵，像绿丛中的点点火苗。树下的，一朵一朵，像绿毯上刺绣的花朵。我捡起一朵朵完整的落花，对这样有尊严的凋落心生敬意。

即便凋零，也保持一朵花的完整。突然发现，落花也是不一样的，喇叭形的、筒形的，而且以喇叭形的居多。我好生奇怪，赶紧百度。果然，喇叭形花是雌蕊发育不完全的，不能结果，筒形花是雌蕊发育完全的完全花，可以结果。哦，喇叭形的就是谎花呀。这样的发现，就是自然的教诲，多么奇妙。接下来，我看到的石榴树越来越多。回到居住的小区，一眼瞅到红花，不是刺桐就是石榴。小区里的那几棵石榴树，花大得夸张，烈日下很是张扬，复瓣的花瓣炸开，每一朵都是裙裾飞扬的娇嫩舞女。

我不知道，凤凰山的石榴结不结果。从花朵的可观数量和花瓣的繁复程度估计，它铁定是花石榴。我在新疆所见的石榴，都是果石榴。

维吾尔人家对石榴树极为偏爱，还有无花果树。走进南疆的维吾尔农家小院，醒目的，藤蔓是葡萄，果树是杏树、苹果树、枣树，盆栽的，毫无例外，不是无花果树，就是石榴树。西域原本就是石榴的故乡，这种民间的喜爱，是经过历史淘洗的，已经沉淀为人们的心理认同代代相传。城市里，维吾尔餐厅的门口，大多会有几株无花果树和石榴树，栽在特大号的花盆里。无花果树叶片肥大，即便结果也不容易看见。石榴树叶片狭长、稀疏，开花时逃不过人们的眼睛，结果时更引人关注。果实从指肚大，一点一点地长到拳头那么大；果皮从绿色，到发白、发黄，到鲜艳的红色，一颗石榴，用人们的等待和耐心，把自己喂养大，用漫长的时间把青涩转化为成熟，用火一样的外表和红宝石一样晶莹的内里，捧出一粒粒感恩的籽实。

每到春季，我居住的小区草坪上都会多出一些花盆。那是小区人家把自家养的高大植物搬出来了。这些植物里，总有几盆一人高的石榴树和无花果树，还有几盆三角梅、幸福树等。每天晚上散步，我都特意从石榴树旁走过。它看着我走过，我看着它开花、结果。有时候，什么也不说，就是最好的交流。我从未看到果实成熟的那一天。不等它完全红透，天气就冷了，主人会赶在寒流到达之前，把它搬进楼房里。错过了它作为水果最风华的日子，多遗憾呀。可是，我拥有的，是它澄净的植物之心。

我是养过一盆石榴花的。婚后不久，我去花市买了一盆石榴花和一盆虎刺梅。那时，还不会养花。石榴花生蚜虫了，我听同事的话，用烟头泡水，然后喷洒枝叶、浇灌根部。按理说，是可以杀虫的。不知为什么，它始终蔫蔫的，第二年还结了不少花骨朵。它还是死了，那盆虎刺梅也死了。此后的几年时间，我都不敢再养花了。

我再未养过石榴花。

我生在五月。十二个月的花季里，五月就是石榴花。

皮牙子

姐姐来我家，看到餐桌上的几茎绿芽，大为好奇，你这皮牙子发芽了。我说，水培的，做凉拌菜、炖鱼时，剪

320　空白之地

三两根，方便得很。姐姐说，还可以这样呀？和我们小时候生蒜苗差不多吧。母亲凑过来看，皮牙子发芽比大蒜好，大蒜苗顶多吃两茬，这个可以吃好几茬。

母亲说得没错。这头皮牙子发出的苗，已经剪过四茬了。现在，第五茬已经有一寸长了。苗还是那么粗壮，还是七根。

我习惯吃姜、蒜，葱和皮牙子买得少。家里要吃羊肉，我才会去买皮牙子。

在新疆人看来，吃羊肉没有皮牙子，香味提不出来，羊肉就算白吃了。的确，热气腾腾的手抓肉端上桌，要么来一盘切成圈的皮牙子，要么来一碗剁碎或切成细丁儿的皮牙子。有人喜欢吃一口肉，咬一口皮牙子圈，很是过瘾。至于皮牙子丁，木垒人的吃法是，浇一勺滚沸的肉汤于碗里的皮牙子丁上，撒点盐，搅拌一下，然后均匀地浇在香气四溢的手抓肉上。当皮牙子的植物辛香与水煮羊肉的纯正肉香相遇，滋润、渗透之后，羊肉真的是肥而不腻，瘦而不柴，多汁而有嚼头。每次煮肉，健哥都特意找出肥瘦相间的一块，放进我的碗里。开头几次，我嫌弃肉肥死活不要，他惋惜着说，你就不会吃手抓肉。有一次，我经不住他叨叨，就狠着心咬了一口。果真是不一样呀，浸入皮牙子汁液的肥肉，口感真的无与伦比。我不是美食家，说不出其中的差异，可是我的舌头、唇齿都告诉我，好吃，好吃。皮牙子丁还有一种吃法，吃完肉，喝一碗肉汤是必须的。喝汤之前，捏一撮皮牙子丁撒进肉汤。端起汤碗，任谁都会喝个底朝天的。

新疆人喜食皮牙子。炒烤肉里放皮牙子，抓饭里要放皮牙子，拌面菜里要放皮牙子，炒菜更要放皮牙子。皮牙子，原本就是新疆人对洋葱的独特称呼呀。

国庆节期间，几位朋友来家里小聚。因为要显摆新学会的大菜清炖牛肉，我买了三头皮牙子。牛肉吃了一大盘，皮牙子也吃了两头。剩下一头，害怕冰箱里湿度大容易发芽，就放在塑料袋里扔在餐厅的窗台上。二十几天后，外出返回的我瞥见窗台上有一抹绿。仔细一瞧，竟然是塑料袋里的那头皮牙子发芽了，芽钻出了塑料袋的敞口。我拿出皮牙子，暗自后悔：这么大一个皮牙子，可惜了，琢磨着赶紧把它吃掉。突然，灵光一闪，可以先把它种上呀。我拿出一个装奶茶的塑料杯子，装满了水，把皮牙子往杯口一放，稳稳地坐妥。有了充足的水分，皮牙子的芽猛往上蹿，几乎一天一个样。它又发出了三个芽，这样一共有七个芽了。

有天晚上，做凉拌荨麻芽时，发现家里没大蒜了。这可怎么办？餐桌上的水培皮牙子苗，适时跃入眼帘。对，就用皮牙子苗。我拿起剪刀，剪下两根最粗最高的。那天的凉拌荨麻芽被我吃得精光，似乎比以前的更好吃，不知是皮牙子苗的原因，还是我的心理作用。

在兵团度过的那些年月，尤其是冬季，皮牙子是主要的蔬菜之一。白菜、土豆、萝卜，是有名的冬季"老三样"，皮牙子、莲花白、红薯也是家家户户菜窖里的老面孔。母亲喜欢皮牙子，一是因为皮牙子可以调味，包饺子、包子，皮牙子是必须的调味品；二是皮牙子不娇气，容易保存，不像土豆，发了芽就不能吃了；也不像红薯，无论如何精心保存，都或多或少会受冻；更不像萝卜，一旦糠心了，就像嚼棉絮。即便是菜窖里温度高了湿度大了，皮牙子发了芽，照样可以吃，辛辣味不减。皮牙子像个好孩子，让我妈怎么看怎么顺眼。每年秋天，母亲都会嘱咐父亲买一麻袋皮牙子，怎么也得有几十公斤。入菜窖之前，母亲会把皮牙子倒在干燥的地面上晾上几天，说是这样储存的时间更长，不容易发芽。每次，母亲都交代父亲，要买紫皮的皮牙子。紫皮的皮牙子味道冲，不容易发芽，更耐保存。黄皮的，次之。白皮的，母亲说，水呱呱的，容易从心里烂。这样的生活智慧，母亲知道不少。后来，我去超市买菜，紫皮和白皮皮牙子果然是分开卖的，而且紫皮的价格总是比白的一公斤高块儿八毛。我从母亲那里，学到不少这样的知识。

那些年，每到腊月十几，母亲就叫我们几个孩子剥蒜。去了皮的蒜瓣，一圈圈摆放在白底印有两个红"喜"字的搪瓷盘子里。浇点水，两三天，黄绿的蒜苗就蹿出来了。我小心地照看蒜苗，叶片发黄了，就端到朝南的窗台隔着玻璃晒晒太阳，到了晚上，就放到厨房的火墙上，那儿温度高。大年三十晚上，一盘蒜苗炒鸡蛋，在白菜土豆萝卜主打的席面上，其受欢迎程度可想而知。

直到今天，我也没搞明白，当年，母亲为什么不用皮牙子发芽做菜呢？皮牙子的苗，真的是又粗又高又壮呀。有我家的这盆水培皮牙子苗为证。

绿萝·玉树和倒挂金钟

绿萝

说起绿萝，第一印象是皮实，好养。好养到什么程度？即便是新手，把它养死也不容易。剪几枝回家，往盆土里一插，浇点定根水。每天往叶面喷点水，过不了十天八天，眼见着就发出嫩绿的新叶了。要不了多久，不经意间，就披挂成绿色的瀑布了。

水培更容易，把稍老的蔓性茎，剪成20厘米左右的短截。下面的叶片剪掉，留两三片，放在水培的容器里。快则三五天，慢则七八天，保准从剪掉叶片的节点，长出白色的须根。这方法我是从芹那里知道的。她家到处摆着绿萝，绿油油的。隔着屏幕，都能感觉到勃勃生机扑面而来。家里摆满绿萝的，不止芹一个，还有秋谷。

绿萝的第二个好处，是颜值高。即便是青叶绿萝，叶片全绿，却绿得健康，绿得有底气，甚至连茎都是绿的，长老了也是灰绿色。

北方的冬天，室外是见不到一丁点绿色的，似乎寒冷把植物的魂都攫取了。山上的云杉和松柏的枝叶，也暗沉沉的，近乎黑色。这是它们过冬的智慧，叶片变暗会锁住温度，避免冻伤。

室内却是暖洋洋的。就是因为寒冷，北方的室内都有供暖系统。这样，人不受罪了，花草也跟着沾光。这些年，越来越多名贵的南方花卉，落户北方"寻常百姓家"，室内温度适宜是决定性因素。温暖和如春是分不开的。冬季北方温暖的室内，春天是植物的绿色装扮出来的。最出色的，当然是叶片绿得发亮的青叶绿萝啦。我在友人家见到的青叶绿萝，堪称独一无二。绿萝的茎蔓，从地板上的花盆生长蔓延，长到搭上了天花板上的晾衣竿。茎蔓顺着晾衣竿爬上又爬下，几个反复，爬成了一面绿色的屏风。微风穿帘，一架绿色的心形叶片颤动。看得我心动如叶动，如帘动。

我在视频上看到，有的人家养的青叶绿萝，竟然爬满了客厅的一面墙。有的人家，竟然特意牵引，让绿萝在墙面爬出图案的造型。我把这样的人，称为"生活艺术家"。我也想成为这样的人。

我没有养过别的品种的绿萝，比如花叶绿萝、黄叶绿萝、大叶绿萝等等。它们的区别在于叶片的颜色、斑纹，以及叶片的大小。看过别人养的其他品种，各有特色，各有各的美，我心底里还是喜欢青叶绿萝。

绿萝的第三个好处，是它净化空气的功能。名珠花卉市场里，最便宜的花就是绿萝了，几块钱一盆。买得最豪气的，也是绿萝，一买就是十盆八盆的。不用说，那买主一定是刚刚装修过房子的。绿色的空气净化器，说的就是绿萝。不买它，怎么能行呢，新家要赶紧搬过去住的。

知道绿萝的花语吗？坚韧，善良，守望幸福……这应该是绿萝讨人喜欢的第四个优点。这些美好的寓意，不正是普普通通的老百姓所拥有、希冀、追求的吗？

写到这儿，想起了家里养了很多绿萝的秋谷。那套养了很多绿萝的房子，前年已经卖掉了。不能忘记，便只有远离。找到属于自己的生命之水，像一枝绿萝，只要有水就能活。她做到了。

像绿萝一样活着。祝福所有值得祝福之人。

玉树和倒挂金钟

当我开始养多肉后，知道了玉树的名字，从网上不止一次看到玉树的模样，却从来没有把它与自己曾经养过的植物联系在一起。

家里养过的那盆玉树，我一直以为是万年青。它的叶片肥厚，一年四季常绿，太符合万年青这个名字了。即便是叶片老，也不会枯黄，只是失了水分，变得蔫巴，然后收缩、干萎。

后来，我又叫它橡皮树。它的叶片厚墩墩的，摸起来似乎还有弹性，手感像擦铅笔笔迹的橡皮。而我家那棵真正的橡皮树，叶片硕大，叶脉清晰，叶片正面黑绿，反面紫红，怎么看怎么摸也都没有橡皮的颜值和手感。我叫它"黑金刚"。

玉树是我童年时就经常见到的观叶植物。我家所在的连队，凡是养花的人家，百分之百都有两种花卉，一种是倒挂金钟，一种是玉树，尽管并没有人知道它叫玉树。

倒挂金钟的花极为漂亮、独特，粉色的苞片，紫红的花瓣有丝绒的华丽，长长的雄蕊、雌蕊探出花瓣组成的钟，花丝是玫红色，花药是鹅黄色。整朵花垂挂的，真是花钟呀。一个花序大多有几个倒挂的花钟组成。这倒挂金钟又极易开花，花多而密。我家立柜上镶的玻璃框里，有一张图片，一个满头钗簪、裙裾飘飘的姑娘迤逦而来，手中提着一盏璎珞垂挂的宫灯。我看着开花的倒挂金钟，两三朵的，脑海里那些宫娥便三两而行，或低眉细语，或掩口遮笑；十几朵、几十朵的，便是丽人出行，宫娥簇拥，雍容华贵，喜气洋洋。

那时的兵团连队都一个样，住房都是一排排的土坯房，每排有八到十间房，面积一样，结构相同。一间房便是一户人家。一户人家大多有三四个孩子，多的甚至有七八个。每到上学、放学时间，几十个孩子涌出去，三三两两地回来，人气旺旺的。

我家左边的邻居，夫妻俩是河南人，家里有三个孩子，上头两个是男孩，老大成绩极好，老二打架超凶，第三个是女儿，细眉细眼，皮肤白皙，大人们常说，燕儿可真好看，"马虾"有福了。邻居叔叔姓马，是九二五起义老兵，个头不高，又弓着背，眼睛老眯缝着，"马虾"是他的绰号。我也觉得燕儿好看，心里想她长大了，一定比玻璃框里那个提宫灯的姑娘，还要漂亮一百倍。

邻居阿姨姓李，名字里带有梅字，长得很像我家立柜玻璃框里的另一幅画里的女人。那女人是江姐，短发精干，一条红红的长围巾垂在腰际，一手弓在腰侧，一手举过头顶，英姿飒爽的，是一个标准的亮相动作。邻家阿姨浓眉大眼，嘴巴也不小，按现在的审美是"大嘴美女"，皮肤原本就不白，田间劳作风吹日晒，越发黑亮，就有人戏谑她是"黑牡丹"。

"黑牡丹"干活不攒劲，娇里娇气的，还爱臭美，惹得一帮妇人不满意也就罢了。"黑牡丹"在家里很受宠，男人伺候着，还对老实的丈夫凶巴巴的，这让一帮妇人羡慕中带着对"马虾"的同情。"黑牡丹"爱养花，她养的那盆倒挂金钟也是绝了，株型不算高大，没完没了地开花，一开就是满树。每天早晨，别的女人都在灶间忙活一家子人的早饭时，她站在窗台前，站在晨光里，细细打量那盆倒挂金钟。这个画面，成了那个年代所剩不多的记忆，储存在我的大脑里。我好奇，从那株倒挂金钟，她能看到什么呢？她想着什么呢？

若干年后，当我自己养了许多花花草草，当这些花花草草成为我写作的对象，当这些花花草草成为我生活中的重要内容，当这些花花草草成为我生命的一部分，我领会到邻家阿姨从那株倒挂金钟中看到了什么，想到了什么。她胸中跳动着的，是一颗向往自由、平等的心。在这个薄情的世界，深情地活着。用一棵植物，艰难、自由地活着，美丽地活着。

一个夜晚，邻家阿姨与一个男人跑了，跑回了河南老家。留下蹲在地上闷声流泪的"马虾"叔叔和三个傻了眼的孩子。后来，邻家阿姨供高考失利的大儿子读完自费本科。又过了几年，"马虾"叔叔悄无声息地走完他憋屈的一生。再后来，听说邻家阿姨在河南过得不好，和她的男人回到了当年她逃离的地方，落户在九连。她的大儿子已是九连的连长。那个漂亮的燕儿，毕业后离开了连队，不再回来。那个漫长的黑夜，也黑暗了她对母亲的爱和温情，种下了一生的恨和屈辱。

很多年，我都没见过倒挂金钟了。十月，在东莞，我看到了一盆开花的倒挂金钟。日头下，它开得恣意、任性。往事一点点复苏，像书页一页页翻开。